Le meilleur Moi

Relecture, révision, correction, maquette intérieure et de couverture : Miralta Édito

Photographie de couverture : Pexels.

Dépôt légal : février 2022

ISBN : 978-1-7773333-4-8

Le meilleur Moi

ROSE PERNOT

TABLE DES MATIÈRES

1. LE BOL

C'est vraiment magnifique d'imaginer que vous êtes une reine. Vous vous amusez sans aucun inconvénient et vous pouvez arrêter d'être reine quand vous le souhaitez, ce que vous ne pourriez pas dans la vraie vie.

Anne – *Anne d'Avonlea*, L. M. Montgomery

J'ai peur.

Ces mots résonnent dans ma tête.

Dans mes songes, ma mère est là, lors de son dernier jour. La douceur de sa peau me revient, mais aussi son parfum et l'éclat de la lumière dans ses yeux.

J'en ai l'habitude.

C'est bon.

C'est rien.

Juste ce rêve.

Juste mon inconscient qui me tourmente, encore et encore...

Les murmures s'arrêtent à la sonnerie du réveil, mais ils vont bientôt être remplacés par d'autres.

Je me lève avec difficulté en ce matin de septembre. Les deux mois précédents, je n'ai pas eu besoin de réveil pour me tirer de mon sommeil. Pendant quelques secondes, je dois me concentrer, pour arrêter ce flot de paroles qui s'infiltre dans ma tête.

Tu fais peur, tu sais... Je me cacherais, si j'étais toi...

J'attrape donc rapidement mon téléphone, mets mon casque sur mes oreilles et lance ma chanson préférée. Je viens de passer la majorité de la nuit à lire un roman qui repose maintenant au pied de mon lit. Je voudrais rester quelques heures de plus enveloppée dans mes draps à relire mes passages préférés. Je n'ai pas été déçue, c'est une histoire romantique, qui finit bien, mon genre de livre favori. Il faut cependant me préparer à affronter le premier jour de la rentrée des classes. Je me lève doucement pour ouvrir les volets, portée par la musique.

Je m'installe sur le rebord de la fenêtre ouverte. Assise en tailleur, je savoure ces quelques minutes pendant lesquelles tout est calme, tout est possible.

Une partie de moi voudrait que cela soit encore les vacances d'été. Je n'aurais pas cette boule au ventre.

Tout le monde est stressé le jour de la rentrée, n'est-ce pas ?

Pour une fois, je suis un peu comme les autres...

Je me raccroche à ça. À cet espoir d'être *comme* les autres.

Puisque je te raconte mon histoire, il faut sûrement que je t'en dise un peu plus sur moi. Afin que tu te fasses une idée réaliste, autant commencer par te dévoiler trois de mes peurs.

Aussi loin que je m'en souvienne, j'ai toujours eu peur des araignées. C'est pour ça que souvent, je lève la tête et vérifie le haut de la fenêtre pour m'assurer qu'aucune bête monstrueuse ne va me tomber dessus. D'ailleurs, j'ai toujours détesté ce *stupide* dicton que ma grand-mère me répète souvent : « Araignée du matin, chagrin. Araignée du soir, espoir ». Je hais cette petite créature et toutes les superstitions qui y sont associées.

J'ai aussi peur du vide. Je dirige mon regard vers le bas de temps à autre. C'est une simple précaution, malgré le fait que l'on peut se rendre aisément dans le jardin depuis ma fenêtre en sautant.

Ma troisième peur, une de mes peurs cachées, est de perdre la vue. Cette peur m'est venue d'un coup, après avoir lu *L'histoire d'Helen Keller*. Helen était une petite fille qui est devenue sourde, muette et aveugle, après une commotion cérébrale. Je m'identifie beaucoup à Helen, sans bien savoir pourquoi. Alors, je me prépare à cette éventualité, on ne sait jamais. Souvent, en allant d'une pièce à une autre, quand je suis sûre que personne ne peut me voir, j'essaie de me frayer un chemin en fermant les yeux. J'avance à tâtons pour ne pas me cogner aux murs. Mais surtout, je mémorise les choses. Toutes sortes de choses, mais principalement des images, comme des peintures mentales. Par exemple, ce matin, la façon dont les rayons du soleil éclairent l'arbre devant moi. Il y a un halo de lumière, comme si cet arbre avait été choisi par une divinité astrale. Autour, tout est encore dans l'ombre. Mais pour *cet* arbre, chaque petite feuille se détache sur le ciel presque bleu. Je mémorise la couleur de ses feuilles avant que l'automne arrive, la façon dont les branches bougent dans le vent, comme si elles étaient juste chatouillées par un pinceau invisible. Puis, je ferme les yeux, avec cette peinture en tête, et j'identifie les odeurs.

L'herbe mouillée par la rosée.

La lavande.

Le figuier.

Lorsque j'ai une image qui me satisfait, c'est à ce moment-là que je me raconte des histoires. En effet, il faut que tu saches que pour me distraire parfois – enfin, très régulièrement pour être honnête, j'aime imaginer des scénarios dans ma tête, comme des films. Mais contrairement à la réalité, dans ma tête, j'ai toujours le premier rôle et tout finit bien. Mon passe-temps préféré est de rêver les yeux ouverts. J'incarne plusieurs personnalités différentes au fil de mes envies. Je suis une dure à cuire, qui répond sans tenir sa langue et a confiance en elle. À d'autres moments, je suis une fille super organisée, qui sait ce qu'elle veut et donne de très bons conseils aux autres. Il y a bien sûr des personnalités, plutôt atypiques, comme la mystérieuse gymnaste, la chanteuse inconnue ou la danseuse énigmatique. Je m'imagine avoir un talent caché, que je pratique à l'abri des regards. Un garçon me surprend en secret et bien sûr nous tombons follement amoureux. Je te vois lever les sourcils, mais sache que tout ça, c'est dans mon esprit. Personne, je dis bien personne, ne sait ce qu'il y a dans ma tête, et c'est facile puisque je parle très rarement.

J'ai ainsi pour habitude de me perdre dans mes pensées, et d'oublier le temps qui passe. Mais, à cet instant précis, et pour le reste de la journée, je dois me concentrer. J'ai besoin d'être là, je dois revenir à la réalité. Je dois être raisonnable et garder les pieds sur Terre.

Le jardin commence à se réveiller lui aussi, et j'essaie de me concentrer sur des pensées positives. Mes meilleures amies, Ophélie et Jess, me donnent du courage. Au lycée, je suis sûre qu'on pourra se rapprocher davantage et devenir un trio d'enfer. J'imagine mes nouveaux professeurs. Je vais découvrir de nouvelles choses et leur montrer que je peux être bien organisée cette année.

Cependant, dans ma tête, il y a toujours les mêmes inquiétudes qui se répètent en boucle, dans un ordre aléatoire :

C'est le premier jour. Ne gâche pas tout.

Le lycée...

Oui, c'est sûr.

Le lycée va être différent. Tu peux commencer un nouveau cha-

pitre de ta vie.

Tu peux être comme eux : ceux qu'on ne trouve pas étranges, ceux dont on ne se moque pas.

Tu peux être normale.

Tu DOIS être normale.

Est-ce que je peux vraiment être *normale* ? Je vois ça comme une condition nécessaire à mon épanouissement au lycée, mais ça me fait peur. J'imagine que tôt ou tard ils verront qui je suis vraiment. Le truc, c'est que même moi, je ne le sais pas tout à fait.

Je mets la chanson sur pause et dépose mon portable sur ma table de nuit. Juste à côté, une dizaine de livres lus ces dernières semaines reposent par terre et attendent d'être rangés. Je jette un regard à ma chambre. Mes vêtements portés en début de semaine traînent sur le sol, d'autres débordent du panier à linge. Hormis le papier peint floral style années 70, ma chambre ne comporte aucune décoration. Pas de photo, de poster ou de collections exposées.

Les livres prennent presque toute la place dans ma vie. Je lis pour plusieurs raisons et l'une d'elles est la lecture du *moment* : ce moment quand tout change pour le héros ou l'héroïne. Moi, *mon* moment n'est toujours pas arrivé, enfin, dans la réalité... Mais dans ma grande bibliothèque en bois clair un peu bancale car beaucoup trop fournie, et qui prend presque toute la place dans ma chambre, j'ai une immense quantité d'exemples. Les livres n'y sont pas vraiment classés, par contre sur l'étagère du haut j'ai rangé à part mes préférés. Les héroïnes de ces romans sélectionnés sont devenues des demi-sœurs pour moi. Lorsque j'ai des doutes ou besoin de réconfort, je reviens toujours vers elles. Il y a Anne, Fanny, Jane, Elizabeth, Helen, Jo et bien d'autres, qui sont toujours avec moi, dans un coin de ma tête.

Une armoire minuscule comparée à ma bibliothèque la soutient d'un côté et contient mes vêtements. J'utilise seulement le côté gauche avec étagères, pour y ranger mes affaires en trois piles, les hauts, les pantalons et les sous-vêtements. À droite, il y a une penderie, pleine à craquer, où je garde les vêtements que je ne mets jamais, des cadeaux qui prennent la poussière. Ma chaise de bureau sert de porte-manteau pour les vestes que je n'ai pas pris la peine d'accrocher à l'entrée.

Sur mon bureau sont entassés quelques carnets en tout genre. J'adore les carnets. Des carnets pour écrire, pour gribouiller, pour faire des listes. En effet, je passe beaucoup de temps à écrire des listes : la liste des endroits où j'aimerais aller, la liste des sports que j'aimerais essayer, mes citations favorites... Pour la plupart, cela ne reste que des listes, qui ne deviennent pas concrètes. Sur le coin droit du bureau se trouvent mes deux piles de livres à lire, qui menacent à tout moment de s'effondrer. J'ai déniché ceux-ci lors d'une brocante pendant l'été, après que mon père m'a indiqué, à mon plus grand désarroi, que mon budget livres était limité.

Je suis attirée par ces deux piles, malgré moi. Je m'approche pour caresser les couvertures vieillies par le temps. Pendant quelques instants, mes pensées négatives s'envolent. Je prends un livre avec une couverture bleue, qui comporte juste une main tenant une branche. Je le mets sous mon bras instinctivement sans lire le titre, pour le commencer pendant mon petit déjeuner. Puis, je change tout de suite d'avis, le repose en expirant longuement et en fermant les yeux.

Tu

dois

te

concentrer.

C'est fini les distractions ! C'est la rentrée maintenant...

Je me dirige vers la salle de bain. Il y a deux miroirs que j'évite soigneusement depuis trois ans, pour ne pas croiser mon reflet. J'asperge mon visage d'eau fraîche, puis je traverse discrètement le couloir en m'assurant de ne réveiller personne. Je suis l'odeur du café chaud venant d'être préparé et le bruit des doigts tapant sur les touches d'un clavier.

Il y a déjà de la lumière dans la cuisine et je ne suis pas étonnée d'y trouver mon père, les yeux rivés sur son ordinateur. Cela doit être son troisième café et il est seulement 6 h 30. Son regard toujours fixé sur l'écran, il me demande :

– Bien dormi ? Prête pour la rentrée ?

Mon père est une personne qui utilise la parole avec parcimonie la plupart du temps, et ce matin n'est pas une exception. Il a apparemment des choses de la plus grande importance à planifier, mais je n'ai aucune idée de quoi il s'agit. Cela a un rapport avec l'informatique et la recherche scientifique, c'est tout ce que je sais. De toute façon, nos conversations sont rares, voire quasi inexistantes, surtout depuis la mort de ma mère, il y a trois ans.

– Oui papa, ça va, merci.

Cette réponse lui suffit, car il est déjà replongé dans son travail, frappant frénétiquement sur son clavier comme si je n'étais pas là. Comme sur pilote automatique, je prends un bol, y verse du lait et des céréales et m'assois pour manger en silence. Au fond de mon bol, des dessins de personnages bretons se retrouvent noyés. Il y a quelques années, tout le monde s'est vu offrir par ma tante paternelle un bol breton avec son nom et son prénom. J'utilise toujours celui de ma mère. Mais à force de le mettre dans le lave-vaisselle, les lettres se sont effacées et on ne déchiffre plus que les initiales « C. F. P. ».

À cet instant, j'imagine les personnages de mon bol prendre vie, nager à la surface, sortir du bol et danser autour de la table de la cuisine. Lorsque mon imagination est lancée, je les rejoins, pour tourbillonner autour du feu de la Saint-

Jean. Je tiens la main d'un brun ténébreux et nous avançons et reculons vers les flammes qui réchauffent nos visages. La musique nous entraîne dans cette ronde endiablée, dans un sens, puis dans l'autre. Nous avons du mal à contenir nos rires et à garder nos chaussures aux pieds. La porte du réfrigérateur se ferme brutalement, la musique s'arrête et je m'étouffe presque avec une céréale. C'est Vanessa, ma belle-mère, que j'ai du mal à considérer comme telle. Elle grommelle une complainte incompréhensible puis s'efforce d'être polie avec un petit « bonjour » prononcé d'un ton endormi.

Mon père nous a présenté Vanessa, à ma sœur et moi, il y a quelques mois. Comme je suis assez curieuse et que j'aime farfouiller un peu partout, j'étais déjà au courant qu'il voyait quelqu'un bien avant. J'avais trouvé quelques échanges d'e-mails sur l'ordinateur familial et les avais imprimés pour mener mon enquête. Peu après, il l'avait invitée pour faire les présentations lors d'une soirée organisée à son travail. Je savais donc déjà qu'elle avait un chien, qu'elle aimait les randonnées en montagne et adorait tricoter. Elle mentionnait aussi qu'elle fumait des cigarettes, mais seulement à l'extérieur. Elle a quitté son appartement en ville, et avec son petit chien Caramel, un caniche bichon très mignon, elle est venue s'installer avec nous. Je pourrais vous parler de son chien pendant des heures. Tandis que *nous* devons faire attention à la propreté des lieux, Caramel, *lui* est traité comme un roi. Il monte sur le canapé avec ses pattes sales, met sa tête sur nos genoux lorsque nous mangeons pour mendier de la nourriture, et il aboie et saute comme un fou dès que quelqu'un passe devant chez nous. Je devrais le détester, mais malgré tout ça, je me sens plus proche de lui que d'aucune autre personne de mon entourage. Après tout, il vit avec des êtres humains qui la plupart du temps ne le comprennent pas, tout comme moi. Personne ne sait ce qu'il ressent vraiment au fond de lui.

Nous habitons dans une maison de plain-pied, plutôt simple, rue des Marguerites, à Saint-Jean, près de Toulouse, dans le sud de la France. Vanessa a eu du mal au début à trouver sa place. Du moins, c'est ce que j'ai perçu. Après avoir vu le faible niveau d'organisation et de rangement de la maisonnée, la solution qu'elle a trouvée a été d'instaurer des règles strictes pour qu'il y règne une propreté irréprochable. Vanessa étant infirmière, elle trouve de multiples occasions de contrôler le niveau microbien, en permanence. Elle m'adresse la parole principalement pour parler de l'organisation des tâches ménagères : vider le lave-vaisselle, passer l'aspirateur, ranger ma chambre, faire la poussière. Il est assez rare qu'elle me parle d'autre chose. Ce matin, la seule chose qu'elle me dit est donc :

– Tu pourras ne pas laisser ton sac traîner dans l'entrée, la prochaine fois ? Tu sais que ce sont les sacs qui transportent le plus de microbes. Aussi, rince bien ton bol avant de le mettre dans le lave-vaisselle.

Il ne faut pas trop discuter avec Vanessa le matin, alors je réponds simplement :

– Bonjour, oui, je vais le faire.

Mais, entre nous, même si je le lavais trois fois avant de le mettre dans le lave-vaisselle, tu ne serais pas satisfaite de toute façon...

J'ai appris à parler le moins possible, à économiser chaque mot. Vanessa n'est pas exclue de cette règle. Dans de rares cas, mes pensées se transforment en charabia sans queue ni tête. Ceci arrive en général uniquement avec mes amies.

Il y a des personnes qui ne sont pas du matin et Vanessa en fait partie. Elle déjeune toujours en vitesse puis va fumer une cigarette en promenant Caramel dans le quartier. Après quelques minutes, je lève les yeux vers l'horloge du four. À cet instant, je suis prise de panique et l'adrénaline monte en moi.

7 h 15 !

Dans quinze minutes le bus scolaire va passer. Je ne peux pas le rater. Cela voudrait dire prendre le bus de ville, le bus que prennent tous ceux qui sont populaires et ceux qui vont dans la grande ville vers d'autres écoles. Pendant quelques secondes, j'imagine cette éventualité et mon cœur s'emballe. Il est hors de question de me faire remarquer le premier jour. Le bus scolaire est plus tranquille et la tranquillité est tout ce dont j'ai besoin pour le premier jour. En plus, Jess et Ophélie, mes deux meilleures (et seules) amies m'ont appelée hier pour me dire qu'elles y seraient. Encore une fois, je me suis laissé déborder par le flot de mes pensées, mais je garde tout de même espoir : l'espoir de pouvoir me fondre dans la masse.

2. LES CLÉS

J'ai appris à tenir ma langue, à montrer en permanence un masque d'indifférence afin que personne ne puisse jamais deviner mes pensées.

Katniss – *Hunger Games*, Tome 1, Suzanne Collins

Je me rue dans ma chambre où j'enfile mon jean préféré et un t-shirt noir. Je me brosse rapidement les dents et les cheveux, toujours en évitant de croiser mon visage dans la glace de la salle de bain. Ma sœur, Aude, levée après moi, est déjà prête à l'entrée et elle dit au revoir à mon père. Aude commence toujours par se préparer, avale un rapide petit déjeuner et file prendre le bus scolaire. Celui-ci dépose d'abord les collégiens avant de se diriger vers le lycée. Elle fait sa rentrée en quatrième et je ne lui ai même pas dit « bonne journée ». Mais je ne me fais pas trop de souci pour elle. Elle a su bien s'intégrer au collège, et a sa vie et son groupe de copines bien à elle.

Ma sœur est l'exemple parfait pour prouver que l'on peut ressentir deux avis complètement contradictoires à l'égard de quelqu'un. Apparemment, ça s'appelle la dissonance cognitive. J'ai cherché cette définition pendant l'été, dans une encyclopédie chez mes grands-parents. Par exemple, dans mon cas, je ne crois pas à l'astrologie, et pourtant j'adore lire les horoscopes et je retiens toujours les dates importantes pour mon signe. Concernant ma sœur, je l'adore et je la déteste. Je l'adore parce que c'est ma sœur. On est dans le même bateau. On aime les mêmes films romantiques et les mêmes préparations culinaires bizarres, comme le sandwich cornichons-mayo. Pourtant, la moitié du temps, je la maudis ou j'ai envie de l'étriper. Elle a 13 ans et n'a pas sa langue dans sa poche. C'est la chouchoute de la famille. Tout le monde était ravi quand elle a annoncé, à seulement 10 ans, qu'elle souhaitait devenir médecin ou vétérinaire. Elle sait déjà qu'elle veut entrer en fac de médecine et se prépare pour ça. Elle rapporte des bonnes notes dans toutes les matières scientifiques, ce qui fait la fierté de mon père. En ce qui me concerne j'ai un peu plus de la moyenne dans les matières littéraires et je suis souvent très en dessous pour les matières scientifiques. Je devrais être contente pour elle, mais c'est plus fort que moi. Elle est en avance sur moi, sur tous les sujets. Elle va en soirée avec ses copines tous les week-ends et a déjà eu trois copains depuis la sixième. En ce moment, elle souhaite rester célibataire et m'a confié qu'elle préfère être libre et s'amuser. Même pendant les vacances d'été chez mes grands-parents, elle s'est divertie toute la journée avec les jeunes du quartier, à qui elle donnait rendez-vous à la plage, pendant que je lisais la majorité du temps. Elle n'aime pas particulièrement lire pour le plaisir et me considère souvent avec incompréhension. Au collège, personne ne faisait le rapprochement entre nous deux, et chacune restait de son côté.

La porte claque à l'entrée. C'est Aude qui part. Je sors vite de la salle de bain, j'attrape mon sac et mes clés, en criant : « J'y vais ! Bonne journée ! » et cours dans l'allée du jardin, puis tourne sur le trottoir. Le bus stoppe à l'arrêt loin devant moi, alors j'accélère, mes clés toujours dans la main. Sans m'arrêter de courir, je retire une bretelle de mon sac pour ranger mes clés. Celles-ci m'échappent des mains et je dois stopper ma course subitement. À la hâte, je les ramasse, les range et je me prépare à continuer mon chemin. C'est à ce moment-là que mon voisin choisit de sortir sa voiture de son garage et de reculer dans la rue. Je suis bloquée pendant quelques secondes et il en profite même pour me saluer tranquillement. Lorsque la voiture est enfin hors de mon passage, je reprends ma course et remue le bras pour indiquer au chauffeur de s'arrêter, mais c'est trop tard, il est déjà loin, avec ma sœur à l'intérieur, qui me fait signe qu'elle est désolée. Mes amies Jess et Ophélie assises au fond évitent mon regard.

À l'arrêt de bus, j'essaie de reprendre ma respiration et je m'adosse à l'affiche publicitaire de l abribus qui me nargue clairement puisqu'elle fait la promotion d'une voiture dont le slogan est : « Vous détenez les clés ! ». En petites lettres en dessous est écrit : « La confiance est votre atout sur cette route des possibles... »

Quelqu'un se moque de moi, c'est obligé...

La sueur coule sur mon visage, je laisse tomber mon sac sur le béton. Je n'ai plus le choix maintenant, je vais devoir affronter les moqueries, je le sais. Pour me rassurer, je parle à voix haute :

— Ça va aller, ça va être une bonne journée ! Tout va bien se passer ! Tu *peux* passer une bonne journée !

Je tourne la tête, le bus de ville arr ve au coin de la rue. À cet instant, je remarque un garçon assis sur le banc de l'abribus qui m'observe de la tête aux pieds. En lui jetant un rapide coup d'œil, je peux voir qu'il doit avoir environ mon âge, autour de 15 ans. Même s'il a l'air sympathique et plutôt ouvert d'esprit, je l'imagine quand même en train d'examiner chacun de mes défauts. Son physique n'attire pas trop mon attention, il me parait plutôt passe-partout. Je ne l'ai jamais croisé dans le quartier. Lorsqu'il voit que je le fixe à mon tour, il détourne le regard. Je suis alors soulagée de pouvoir sortir de cette situation, puisque le bus s'arrête devant nous. Cependant, à peine un pied posé dans le bus, les chuchotements moqueurs débutent :

— Elle fait *vraiment* pitié cette fille ! Non mais regardez-la... elle me fait peur.

Mon cœur s'emballe, j'avale difficilement ma salive, mes doigts tremblent en passant ma carte de bus. Je la range vite, et je serre mes poings dans mes poches.

Ne les regarde pas, ne les écoute pas, marche droit devant toi.

Je dis bonjour au chauffeur et j'avance dans l'allée du bus. Miraculeusement, je repère une place assise et m'installe rapidement sur le strapontin inoccupé.

Une voix est plus forte que les autres, et c'est celle de Katia.

Katia était la fille la plus populaire au collège. Imaginez une grande brune, avec des cheveux longs qui descendent élégamment le long de ses épaules. Imaginez aussi sa taille fine et son visage parfaitement proportionné. Ajoutez deux grands yeux bruns magnifiquement maquillés et sa peau légèrement hâlée. Vous avez le portrait de Katia Lemaître. J'ai remarqué que, jusqu'à la sixième, presque tout le monde peut être votre ami, il n'y a pas de réputation en jeu. Puis les jours passent, et les collégiennes et les collégiens ressentent le besoin d'être populaires ou admirés. Au collège, j'étais loin, très loin, d'être populaire. Par moments, je me demande pourquoi je ne peux pas juste être « neutre », c'est-à-dire ni populaire ni impopulaire. Je me considère comme une fille simple, sans caractéristiques spéciales et de taille moyenne. Jusqu'à la cinquième, je passais plutôt inaperçue. Je me suis toujours sentie un peu différente, mais cela n'a pas de rapport avec mon physique. La différence se trouve dans ma façon de parler, ou simplement de ne rien dire, ma façon d'observer le monde et mon côté « tête en l'air » comme dit mon père.

— Excuse-moi mais c'est réservé, me lance Émilie de la bande de Katia. Depuis quand tu penses que t'as ta place *ici*, Vampire ?

Je l'ignore mais son regard reste sur moi. Le bus freine à un arrêt et j'en profite pour me lever et rester debout un peu plus loin.

Si tu les ignores, ils finiront bien par t'oublier...

Je contrôle minutieusement chacune de mes inspirations et expirations, et je fais le moins de mouvements possible.

Ce que vous savez, vos connaissances et vos croyances sont influencés et façonnés par votre environnement. Ça, je l'ai appris à mes dépens. En ce premier jour de seconde, je sais donc que je suis tout le contraire de Katia, dont tous les garçons semblent amoureux et qui est vénérée par la totalité des filles. Je le sais car Katia et sa bande, ainsi qu'une bonne partie du collège, me l'ont répété chaque jour, depuis trois ans.

Bien sûr, quand vous entendez chaque jour la même chose, vous finissez par le croire. Cela devient une conviction puis un fait et une évidence : Annabel Charles — c'est-à-dire moi, est une fille bizarre, qui fait peur, avec sa peau trop pâle et ses cheveux trop foncés ; elle ressemble à un fantôme ou pire, un vampire assoiffé de sang. Ce personnage que les autres ont construit autour de moi fait maintenant partie de mon identité. Si bien que l'on m'a surnommée au collège « le vampire ».

Je suis progressivement rentrée dans la peau de mon personnage et dissimule à présent la moitié de mon visage derrière ma chevelure brune. Chaque miroir me rappelle leurs moqueries, alors je les esquive. Maintenant, je ne sais plus très bien à quoi je ressemble. Dans ma tête, mon vrai visage est celui que les autres décrivent, celui d'une fille laide, sans attrait.

– Eh Vampire ! Tu t'es trompée de bus ! crie un gars.

– J'ai pas envie de voir sa sale tête... c'est trop tôt pour ça ! renchérit une autre voix.

Pendant 20 minutes, je vais devoir rester debout et supporter les commentaires du groupe de Katia qui me critique de la tête aux pieds. J'essaie de remarquer discrètement où est l'inconnu de l'arrêt de bus. Il discute avec des lycéens, tout au fond, et je le surprends à jeter des regards sur Katia. Il tourne aussi la tête dans ma direction, alors je fixe la route au travers de la vitre.

Au bout de quelques minutes, les sons et les moqueries sont relégués à l'état de murmures, car tous mes sens sont fixés vers mes pensées. Mes deux meilleures amies m'attendent. Je continue de fixer un point quelconque à travers la fenêtre et je me répète encore et encore :

Elles m'apprécient, même si je ne suis pas populaire, c'est le plus important.

Je ne suis pas seule.

On sera bientôt réunies, dans la même classe.

3. LA BULLE

Les commencements sont toujours sombres.
La Petite Impératrice – *L'Histoire sans fin*, Michael Ende

– C'est quoi ton vœu ? m'a demandé Jess, juste avant de partir en vacances.

Le dernier jour de classe, notre rituel à toutes les trois est d'écrire un vœu sur un morceau de papier, puis de le brûler ensemble, avant de se séparer. Ophélie soutient qu'en réduisant notre vœu en flammes, il se réalisera dans notre futur. Comme un phénix qui renaît de ses cendres. Je sais... sans commentaire.

– Et toi ? On n'est pas censées le garder secret pour que ça se réalise ?

– Moi, c'est me perfectionner en espagnol, et tu sais très bien qu'Ophélie veut toujours perdre 5 kg, chaque année.

– Mon vœu... j'aimerais juste être *transparente*.

***

Transparente.

Tu es transparente.

Le bus arrive enfin à destination, il s'arrête et les élèves se pressent pour descendre. J'attends que tout le monde sorte pour passer la dernière. Je me dirige vers la grande entrée principale où je peux déjà voir au loin, en grosses lettres, le nom du lycée : « LYCÉE MAILLET ». Je suis le mouvement, comme entraînée par la foule, mon cœur battant plus vite à chaque pas. Tout autour de moi, des groupes d'amis, heureux de se retrouver après les vacances d'été, se serrent dans les bras ou se font la bise. Je passe rapidement devant un groupe qui communique uniquement à l'aide de cris stridents. Cela me met immédiatement mal à l'aise. Je me trouve encore moins à ma place que dans le bus. On me coupe le passage. Je suis bloquée, pendant quelques secondes, par plusieurs lycéens dont les sourires me semblent exagérés, surfaits. Juste après, j'essaie de me débarrasser de cette sensation d'appréhension qui s'amplifie lorsque je traverse la foule au milieu d'un groupe de fumeurs.

Plusieurs élèves attendent seuls sur le côté de la grande allée menant à l'entrée principale. Ils tiennent tous soit leur téléphone, soit une cigarette à la main, soit les deux. J'avoue qu'avec Jess et Ophélie, nous avons essayé la cigarette au collège. Un jour, après les cours, Jess a ramené trois cigarettes piquées à sa mère. Sa mère fume en secret, et ne tient pas à ce que le père de Jess soit au courant, donc elle ne risquait pas d'évoquer le vol. Lorsque je passe devant ces personnes seules, je me demande :

Est-ce que c'est pour se donner un genre ? Est-ce qu'ils manquent de confiance en eux ? Est-ce que c'est devenu une habitude qui les rassure ? Encore une fois, là, il y a dissonance cognitive... Ils savent très bien que c'est nocif, mais ils fument quand même. Ça veut dire qu'ils pensent à la fois que ça leur fait du bien et que ça leur fait du mal. Je suis mal placée pour les juger... OK, ça suffit, maintenant, pense à ce que tu vas dire à tes meilleures amies !

J'ai vraiment hâte d'écouter Jess et Ophélie me rapporter leurs aventures. En ce qui me concerne, je n'ai pas grand-chose à leur raconter. J'ai passé l'été chez mes grands-parents à Marseille, toujours un livre à la main, que ce soit sur la plage ou au parc. Dans l'allée, presque toutes les filles que je dépasse ont la peau bronzée, et se complimentent sur leur nouveau sac, leur nouveau pantalon ou leur nouvelle coiffure. En inspectant la peau d'un de mes bras, je me sens encore plus à part.

Ma pauvre... on dirait que tu n'es pas sortie de tout l'été. Tu pouvais essayer de laisser tomber l'écran total pour le mois d'août, mais non, tu as juste rajouté une couche de plus...

Mon bras est presque translucide. Je m'assure que mes cheveux sont bien devant mon visage, en passant mes doigts à travers quelques mèches, puis je réajuste les bretelles de mon sac nerveusement. Ce sac que j'ai depuis la sixième. Un sac noir, fourre-tout, dont les bretelles se desserrent de temps à autre. Je replonge ensuite mes mains dans les poches de mon jean pour empêcher mes doigts de s'acharner sur mon sac.

Après quelques mètres et la foule se dispersant un peu, je peux apercevoir mes deux amies à l'entrée. Il y a aussi un homme et une femme qui ont l'air importants, et qui saluent chaque élève qui entre, en leur souhaitant « Bonne rentrée ! ».

Je reconnais d'abord Ophélie avec sa blondeur lumineuse. Elle sait se mettre en valeur, tout en restant naturelle. Je la connais depuis la sixième et je l'ai vu changer au cours de ces années. Elle était au début timide et peu sûre d'elle, et en quatre ans, elle a pris confiance en elle, surtout après s'être aperçue qu'elle avait du succès auprès des garçons. Malgré tout, elle est restée mon amie. Elle paraît hautaine, mais ses yeux clairs adoucissent son visage. C'est une bonne élève.

Elle a de solides notes dans toutes les matières, mais elle s'intéresse surtout à l'architecture, et moi je n'y connais rien. Elle fait des dessins magnifiques avec des concepts de maisons, d'immeubles, d'écoquartiers, ou même de chambres où chaque chose a sa place, chaque meuble a un style bien précis. Aussi, Ophélie sait exactement ce qu'elle veut dans la vie : une famille. Elle se voit déjà avec un mari et trois enfants, avec son cabinet d'architecte, menant une vie parfaite.

Jess est à l'opposé d'elle. Elle veut parcourir le monde. Elle ne sait pas encore ce qu'elle veut faire de sa vie. Sa règle d'or est de profiter avant d'avoir à décider quoi que ce soit. Jess s'est trouvé une passion pour les langues au collège, et maîtrise parfaitement l'anglais, l'espagnol et l'arabe littéraire, qu'elle a pris en option cette année. Jess et Ophélie ont toutes les deux le même style vestimentaire depuis l'année dernière, qu'elles appellent le style « lolita décontractée ». Leur garde-robe consiste en une dizaine de jupes courtes simples aux couleurs unies, associées avec des t-shirts décontractés qui ont la plupart du temps un motif, une inscription et une couleur flashy, qu'elles rentrent dans leur jupe. Lorsqu'il fait froid, elles enfilent juste une paire de collants. C'est sûr qu'à côté, je dois faire tache avec mon jean et mon haut noir minimaliste.

Arrivée au niveau de la grille d'entrée, la tension monte encore d'un cran. L'allée se poursuit dans l'enceinte du lycée. Celle-ci est bordée d'arbres à la taille impressionnante mais on devine à quelques mètres l'imposant bâtiment rectangulaire aux murs blancs et aux fenêtres bleues.

Beaucoup de fenêtres... ça fait beaucoup de salles et beaucoup d'élèves.

Je suis soulagée de voir enfin la chevelure épaisse de Jess. Le bruit, les cris d'excitation, l'odeur de cigarettes ne me dérangent plus. Je joue des coudes pour arriver jusqu'à elles. Cependant, plus je m'approche et plus je constate que quelque chose ne va pas. Jess est préoccupée. Lorsque je suis à leur hauteur, j'essaie de paraître spontanée même si cela fait plusieurs mètres que je répète la réplique dans ma tête :

— Salut les filles ! Alors, prêtes à me raconter vos vacances ? Au fait, vous avez vu qui est dans notre classe ? Je n'arrive pas à croire qu'on est ensemble !

Il y a un moment de flottement et je suis maintenant persuadée que quelque chose cloche. Ophélie prend finalement la parole et me dit d'une traite, en baissant les yeux :

— Salut, tu sais, on voulait te dire, toutes les deux, que les groupes de trois, ça fonctionne jamais au lycée, il y a toujours des problèmes.

Puis, elle cherche tout de suite la confirmation de ce qu'elle dit dans le regard de Jess. Mon cœur s'arrête de battre pendant une seconde, qui me semble une éternité.

Elles me font une blague ? Elles plaisantent, c'est obligé... Non pas ça... pas Ophélie, pas Jess... Ne pleure pas... oui ne pleure surtout pas.

— C'est vrai... ajoute simplement Jess, en regardant au loin, les lèvres pincées et l'air gêné.

— Alors, on pense que maintenant, c'est mieux si on reste que toutes les deux. C'est-à-dire sans toi, pendant les pauses, en classe, au self et dans le bus, finit Ophélie en me regardant droit dans les yeux, pour voir si j'ai bien compris.

J'essaie de contrôler ce flot d'émotions qui commence à m'envahir.

Sans toi.

SANS TOI.

Sans TOI.

SANS toi.

C'est la seule chose qui résonne dans ma tête, comme un écho. Tout ce que je peux articuler est :

– C'est tout ?

Ophélie répète :

– Oui, c'est tout. Tu peux faire comme si tu nous connaissais pas, s'il te plaît ?

Je fournis un effort immense pour ne pas laisser les larmes monter, mais ma vue commence à se troubler. Je dois partir pour y voir plus clair.

– Pas de problème... Alors j'y vais, je murmure sans les regarder, le regard fixé vers le passage menant vers ma nouvelle école.

Marche, un pas après l'autre. Concentre-toi sur tes pas.

Juste. Tes. Pas.

Une partie de moi essaie de donner du sens aux paroles d'Ophélie et Jess, et l'autre partie est déjà en train de les effacer de ma mémoire, comme si mes deux meilleures amies depuis la cinquième n'avaient jamais existé. Il y a toujours de l'agitation autour de moi, mais je suis dans ma bulle. Le bourdonnement des élèves est devenu un bruit sourd, étouffé par mes pensées. Je m'arrête au milieu du chemin, car l'incompréhension a fait place à la rancœur.

Elles pensent que je suis quelque chose dont elles peuvent se débarrasser comme ça, comme un vieux mouchoir. Je pensais qu'elles m'acceptaient comme je suis, mais ça, c'était avant... elles ne veulent pas traîner un boulet pendant tout le lycée. Oui, c'est ça.

Je suis un boulet.

Trop lourd à porter.

Ma réputation est devenue plus importante que notre amitié.

Pendant un court instant, j'ai envie d'aller leur répéter tout ça, j'ai envie de revenir vers elles et leur dire ce que j'ai sur le cœur. Mais au lieu de ça, je me mets à fredonner doucement, comme j'ai pris l'habitude de le faire régulièrement pour effacer une pensée négative ou désagréable. Puis, je me remets à marcher, en gardant cette mélodie dans ma tête, sans voir la personne qui fonce sur moi, les yeux baissés. La collision me fait sortir de ma mélancolie. Il se serre le ventre à cause du choc. Il a pris mon coude de plein fouet dans les côtes. Je lui demande confuse :

— Désolée ! Tu vas bien ? Ça va ? Comment tu vas ? Enfin, j'ai déjà demandé mais...

Non, non, non... ne panique pas ! Calme-toi !

Et surtout contrôle-toi et...

ne dis rien de stupide !

— Oui, je vais survivre... je pense... me répond-il en levant légèrement la tête, en grimaçant et en se frottant le ventre.

Nos yeux se croisent. Pas l'ombre d'un doute, c'est Guillaume Duval. Sa voix ne laisse jamais passer une émotion, mais ses yeux... il m'a reconnue et je détourne rapidement les miens. Je m'avance par réflexe, pour vérifier qu'il va bien, mais il recule brusquement. Je reprends vite mes esprits lorsqu'il ajoute d'une voix rude :

— Ça va ! Tu sais où sont les emplois du temps, et les listes des classes ?

Tu as déjà eu cette sensation, d'avoir conscience de chaque battement de ton cœur ? C'est exactement ce que je ressens à ce moment. Sauf que chaque battement est comme un coup de poing qui me rappelle que je suis en bas de l'échelle de popularité du lycée. Je ne peux plus parler alors je lui montre simplement du doigt le grand bâtiment blanc où sont affichées sur les fenêtres les listes tant appréhendées. Il me remercie froidement d'un signe de tête et se dirige rapidement dans la direction indiquée, là où se trouvent agglutinés tous les nouveaux élèves de seconde. Je pourrais lui dire que nous sommes dans la même classe, car je suis venue la veille afin d'éviter la foule, et pour me préparer psychologiquement. Mais je sais qu'il préfère rejoindre ses amis et passer le moins de temps possible à me parler. Après tout, je suis le Vampire.

J'ai presque atteint le bâtiment de mon premier cours lorsqu'une pensée s'impose à moi :

Et si c'était pire qu'avant, et si sans Ophélie et Jess, ma réputation au lycée était déjà toute faite ? Est-ce que je peux repartir de zéro ? Je ne sais même pas si je veux avoir des amies désormais.

Tôt ou tard, nos chemins se séparent...

Qu'est-ce que je vais faire ?

4. LA TACHE

Non, je le dis du fond du cœur ; et pourtant, par les griffes mêmes de la malice, je jure que je ne suis pas ce que je représente.

Viola – *La Nuit des rois*, Shakespeare

Les autres commencent à arriver alors je me dépêche de trouver un coin dans un couloir afin d'attendre le début de mon premier cours. Depuis là où je me trouve, j'ai la possibilité d'être observatrice sans me faire remarquer. Un groupe se distingue déjà des autres. L'un d'entre eux se croit être la star d'un one-man show avec son audience qui rigole à chacune de ses paroles. Un autre supplie :

– Allez Alex ! Balance ! On veut savoir !

Le prétendu Alex explique dans les moindres détails ses conquêtes féminines de l'été.

J'aurais dû noter tous les noms de la liste hier... pitié qu'il ne soit pas dans ma classe !

Dégoutée, je change de sujet d'observation : un groupe de

trois filles, qui n'a vraisemblablement pas vu le mémo avec le code vestimentaire du lycée. Elles portent toutes un haut qui leur arrive au-dessus du nombril, qu'elles font semblant de cacher avec leurs bras croisés. L'une d'elles me rappelle une photo, vue sur une vieille compilation CD années 80 de mon père. Pour la première fois de la journée, je souris finalement. Mais cela ne dure qu'une fraction de seconde. J'observe davantage autour de moi. Manifestement, presque tout le monde est en groupe. Peu d'élèves sont seuls, ou alors ils se font tout de suite rejoindre par d'autres. Plus j'y repense et plus cela devient une évidence : je suis mieux toute seule. Je n'ai pas à me forcer à parler. Je peux juste observer. Malgré tout, c'est difficile de ne pas ressentir la solitude. Cet isolement doit se lire sur mon visage.

Ma première heure est avec monsieur Moineau, professeur de mathématiques. Une de mes voisines, qui a été dans le même lycée, a déjà eu monsieur Moineau. Elle m'a dressé son portrait et m'a prévenue de toutes ses méthodes et habitudes. Je me rappelle son témoignage, lorsqu'une main tire en arrière mon sac à dos et me fait presque basculer en arrière. Surprise, je pousse un petit cri insolite que j'étouffe rapidement après avoir retrouvé mon équilibre. Une voix familière chantonne alors :

– Anna... bel ! La re... belle ! Anna... bel ! La re.... belle !

C'est Lecomte... pas aujourd'hui... je ne vais pas pouvoir supporter son jeu stupide aujourd'hui.

Le jeu préféré de Mathieu Lecomte depuis la cinquième est de tirer mon sac, me l'arracher, et le cacher dans tous les recoins de l'école. Tu penses qu'il aurait pu arrêter ce jeu infantile une fois arrivé en seconde, mais non. D'habitude, je me laisse faire, mais à cet instant, je bouillonne. Je me tourne et lui dis d'une voix ferme :

– Arrête tout de suite... J'ai pas le temps pour ça aujourd'hui.

Il est accompagné de Guillaume Duval, le garçon que je viens de bousculer. Tous les deux sont quasiment inséparables. Mathieu Lecomte est la seule personne avec qui Guillaume se décontracte un peu. Sinon, il prend toujours cet air sérieux et supérieur, comme si Lecomte et sa bande étaient les seules personnes dignes d'intérêt. Mathieu Lecomte est, peu importe la circonstance, toujours fidèle à lui-même, un petit comique qui se croit tout permis.

Guillaume grimace et fronce les sourcils, comme s'il se rappelait l'impact subi il y a quelques minutes. Il souffle ensuite avec agacement, en regardant autour de lui, sûrement pour voir s'il aperçoit quelqu'un d'important.

— Le groupe nous attend avant le début des cours. On a mieux à faire, insiste-t-il.

Écoute-le, Lecomte... il a raison, même si j'ai une grosse envie de lui rappeler qu'il ne fait pas partie de la famille royale d'Angleterre et que sa bande n'est pas sa cour.

J'imagine alors Guillaume en costume royal et mon visage se détend un peu. Mathieu hésite en m'observant attentivement. Je devine la méfiance dans son regard sombre et cela m'énerve tout de suite. C'est une évidence que pour lui, je n'ai pas le droit de contester ses mauvaises blagues. Je les ai acceptées pendant si longtemps que c'est devenu la norme. Je détourne mon regard et fixe des élèves passant dans le couloir pour garder mon sang-froid. Il me dit alors :

— Toute seule ? Les deux autres se sont perdues ? C'est vrai que c'est un peu plus grand que le collège... tu penses qu'elles vont trouver le chemin ?

En temps normal, je lui aurais laissé mon sac sans rien dire, mais pour m'en débarrasser une bonne fois pour toutes avant que l'heure de classe ne débute, je réplique :

— Non, elles viennent de réaliser que je ne suis pas fréquentable. Tu le sais déjà alors passe à autre chose.

Il a une seconde d'hésitation, mais il tire quand même mon sac et le dépose à quelques pas, dans une poubelle de recyclage, avant de s'éloigner avec Guillaume vers son groupe d'amis. En chemin, Guillaume tourne la tête quelques secondes dans ma direction, son air contrarié se rapproche plus de la pitié que du mécontentement. Et s'il y a bien une chose qui me blesse plus que tout, c'est la pitié...

Je récupère mon sac intact et attends, le dos contre le mur du couloir, en essayant de trouver une position nonchalante, même si mon cœur bat à un rythme fou après ce simple échange avec Lecomte.

Je t'ai parlé précédemment de Katia qui était dans le bus. Mathieu Lecomte est le petit rigolo de la bande de Katia. C'est très rare qu'on l'appelle par son prénom. Il a un physique plutôt avantageux, avec sa grande taille et ses muscles que l'on devine à travers son haut épousant les formes de son torse, toutefois c'est Guillaume que l'on surnomme « le beau gosse » et qui est considéré comme l'alter ego de Katia.

En pensant à ces trois-là, je doute de plus en plus de ma future intégration. J'ai une main posée sur le haut de ma cuisse droite et pour me relaxer je gratte avec mon pouce une petite tache sur mon pantalon. Je ne peux pas nier que Guillaume a certains attraits physiques. Si je devais le décrire avec un regard extérieur, c'est-à-dire en prétendant ne pas le connaître, en prétendant qu'il n'est pas celui qui vous regarde comme s'il se croyait mieux que les autres, alors je dirais qu'il est beau. Mais je ne peux pas, même s'il a des cheveux bruns qui contrastent avec des yeux d'un bleu intense. Le physique ne fait pas tout, mais dans son cas, apparemment, les filles s'en fichent. Mes jambes commencent à s'engourdir, alors je tape les pointes de mes chaussures, l'une après l'autre, contre le sol. Pour garder un pied dans la réalité, je jette de temps à autre un coup d'œil à ma future salle de classe, pour voir si des élèves osent s'y aventurer.

Pour en revenir à Guillaume, il parle rarement, mais lorsqu'il le fait, il donne toujours l'impression de détenir la vérité suprême. J'ai eu l'occasion de l'observer, car nous avons été dans la même classe avec lui, Katia et Lecomte. C'est purement de l'observation bien sûr, je suis fascinée par la façon dont le collège fonctionne et comment quelqu'un peut être populaire ou tout son contraire, comme moi. Je vais pouvoir approfondir mes théories à son sujet car cette année encore nous sommes dans la même classe. Plus que tout, à ce moment même, je remercie la providence d'avoir mis Katia et Lecomte dans une autre seconde. Guillaume est tout le temps en train d'observer les autres, de les scruter, comme s'il pouvait lire dans les pensées. J'imagine que pour passer le temps, il doit s'amuser à écouter les secrets de tout le monde, et que c'est pour ça qu'il prend souvent cet air désapprobateur.

Ce qu'il faut quand même que tu saches, c'est que Lecomte n'a pas toujours cherché à s'amuser avec mon sac ou à me faire perdre patience, et que Guillaume n'a pas toujours été aussi froid et distant. Lorsqu'il est arrivé au collège en cinquième, il a été même plutôt amical. Je me souviens aussi d'une petite anecdote qui me fait sourire quand j'y repense, parce que c'était ridicule. En début de cinquième, un jour après la classe, Jess était venue me rapporter avec excitation :

— T'as un admirateur secret !

J'avais essayé de la raisonner :

— Arrête, t'es en plein délire...

— Non je *délire* pas, c'est Guillaume ! T'as vu comment il te fixait en Histoire !

— Non, c'est Ophélie qu'il fixait, elle est assise juste à côté de moi, arrête quelqu'un va t'entendre...

— Mais t'es sérieuse ? avait-elle continué plus bas. Il avait l'air complètement hypnotisé, et pas par Ophélie, mais par toi !

Cette anecdote me fait toujours sourire, parce que quelques jours plus tard, Lecomte et d'autres élèves de ma classe ont commencé à me tourner en ridicule. Je suis devenue « Vampire ». Ce surnom, prononcé la première fois par Katia, fait toujours partie de moi.

Le vampire, un revenant. Celui qui se nourrit du sang des vivants.

J'essaie de me détacher de cette image, mais aucune ne me vient à la place. La sonnerie me vient en aide. C'est l'heure.

Je ne suis pas encore prête... pourtant il faut que je me décide à entrer.

5. LE PROBLÈME

Parfois, je me demandais si mes yeux voyaient comme ceux des autres. Mon cerveau souffrait peut-être d'une défaillance.
Bella – *Twilight*, tome 1 : *Fascination*, Stephenie Meyer

Pour ne pas arriver la première dans la salle, je reste encore quelques minutes adossée contre le mur. Une fois qu'une dizaine d'élèves est entrée, je décide de faire de même. Je m'apprête à suivre l'élève habillée avec le style année 80. Elle vient de dire au revoir à ses deux autres amis. Son ensemble vaut vraiment le détour et je le mémorise mentalement.

T-shirt avec des ailes d'ange au-dessus du nombril.

Taille dissimulée avec une grande chemise à carreaux ouverte qui descend jusqu'au-dessous des genoux.

Mini short en jeans noir.

Lunettes de soleil.

Cheveux coupe au carré acajou.

Rouge à lèvres assorti.

Au moment où nous allons entrer dans la classe, je sursaute

suite à un cri perçant :

– Camille ! Attends !

Ses deux amies l'appellent et quelques secondes plus tard, lui sautent dessus en la serrant dans leurs bras, comme si elles ne l'avaient pas vue depuis plusieurs années. Je reste bloquée derrière elles.

– Tu vas nous manquer ! On se retrouve à la pause, sous l'horloge ! dit l'une de ses copines.

J'ai envie de leur signaler qu'apparemment les groupes de trois, ça ne fonctionne pas au lycée, mais finalement, elles se décollent et les deux autres s'éloignent dans le couloir. Camille se tourne vers moi :

– Désolée... c'est la première fois qu'on est pas dans la même classe.

– Je comprends, je lui souffle sans conviction.

Pitié, épargnez-moi... faites que cette scène ne se reproduise pas chaque jour !

Nous entrons enfin dans la classe. Mon regard s'attarde alors sur ces visages inconnus qui ne me connaissent pas encore, qui n'ont aucun a priori sur ma personne. La tension commence à monter en moi, car connaissant les habitudes du professeur de mathématiques, je me souviens qu'il positionne les élèves par ordre alphabétique dans la classe. Je ne vois pas encore Ophélie ni Jess, mais la probabilité que je sois placée à côté de l'une d'elles est très mince. Ophélie s'appelle Léger et le nom de famille de Jess est Alaoui.

Je passe devant le tableau pour prendre connaissance du plan de classe et tout le monde peut assister à mon désarroi quand je découvre où je dois me placer. Les placements sont par deux et je dois m'asseoir au troisième rang à droite. Je m'assois et Ophélie entre à ce moment. Camille s'attarde au tableau, elle remet en question le placement du professeur :

– Est-ce que les places vont changer au cours de l'année ?

— Mademoiselle, occupez-vous de faire votre travail et je ferai le mien, dit-il en articulant chaque mot, comme s'il s'adressait à une élève de maternelle.

Elle le toise avec dédain avant d'aller s'asseoir au fond.

Merci Camille, j'ai un petit espoir en cette classe maintenant !

Ophélie va s'asseoir quelques rangs plus loin et Jess lui dit au revoir pour s'installer au premier rang à gauche.

Des inconnues... non... pires que des inconnues. Comment on appelle des personnes qu'on doit oublier, qu'on doit sortir de notre vie ? On peut éviter de les regarder ou de leur parler, faire comme si elles n'existaient pas, mais il y a toujours leur visage dans un coin de notre cerveau.

La seule solution serait de perdre la mémoire.

Guillaume entre à son tour. Il est accompagné de deux gars, dont celui que j'ai vu plus tôt à l'arrêt de bus. Il conduit celui-ci vers monsieur Moineau, puis se dirige vers le plan de classe avec l'autre. Au fond de moi, j'ai envie qu'il me remarque avant d'aller au tableau. Je voudrais que nos yeux se rencontrent mais j'ai aussi peur de ma réaction si cela arrivait. Alors, je baisse et relève les yeux furtivement, en espérant inconsciemment lui dérober un regard à la volée.

Je dois éviter ses yeux...

Pourtant, c'est plus fort que moi.

Guillaume balaie en un regard la classe. Je crois le voir s'arrêter un bref instant sur moi.

Est-ce que c'est moi qu'il a regardé ?

C'était une milliseconde... c'est ridicule ! Pourquoi je me mets dans cet état pour si peu ?

Il s'attarde sur le plan de classe. Je pense que je l'ai vu sourire, mais cela doit être une erreur de ma part, car j'essaie en même temps d'écouter la conversation du professeur avec le mystérieux inconnu :

— Bonjour jeune homme, vous êtes perdu ? lui lance le professeur d'un ton moqueur.

— Non Monsieur, mon dossier vient d'être transféré. Est-ce qu'il y a une place particulière où m'asseoir ? demande le jeune homme.

— Votre nom ?

— Daniel Patterson, Monsieur.

Le garçon de l'arrêt de bus, Daniel, a une façon de parler qui m'indique qu'il vient probablement d'une autre région, peut-être même d'un autre pays. Je le fixe sans m'en apercevoir, essayant de faire de multiples hypothèses sur son identité. Le professeur semble très préoccupé, mais il continue :

— Vous venez d'où, si ce n'est pas indiscret ?

— Je viens du Canada, d'une école française à Toronto.

— Bien, bien, ce n'était pas prévu...

Il griffonne quelque chose puis reprend :

— Nous ferons une exception pour les premières semaines, veuillez prendre place là où c'est libre.

Daniel parait plutôt sympathique, le son de sa voix est agréable et il montre une certaine assurance.

Le professeur encore perturbé par cet événement qui change ses plans poursuit en tournant sa tête vers Guillaume et l'autre garçon :

— Quel est le nom de vos amis ?

— Duval, dit Guillaume en s'avançant.

— Lucas Moreau, ajoute l'autre.

— Monsieur Duval, monsieur Moreau, très bien, vous ferez en sorte que votre ami trouve une place.

Ils s'avancent tous les trois, en essayant de repérer une place libre. Je tourne la tête légèrement pour qu'ils ne sachent pas que je les écoute. Je les observe aussi du coin de l'œil, cachée derrière mes cheveux. Lucas propose alors à voix basse en me regardant :

— Il y a une place là-bas, qu'est-ce que t'en dis ? Elle a l'air sympa.

– Oui, potable, merci, mais par précaution, je préfère être seul que mal accompagné, répond Daniel.

– T'as raison, lui dit Guillaume, et il ajoute encore plus bas : de toute façon la place est prise.

Daniel s'installe alors au fond tout seul non loin de Lucas, et comme prévu, Guillaume vient s'asseoir à côté de moi. Il sait que j'ai tout entendu. Même si je suis habituée aux réflexions que l'on me fait, je suis tout de même blessée par le commentaire de Daniel.

Guillaume s'assoit en montrant ouvertement qu'il souhaite m'ignorer. Bien sûr, je décide de faire de même. Comme lui, je garde la tête bien droite, comme s'il y avait un mur invisible entre nous deux. Je m'efforce de ne pas prêter attention à son odeur que j'ai appris à reconnaître. Je m'imagine que cela doit être un mélange de bergamote et de sauge. Quelque chose commence à me rendre hors de moi. C'est comme une force, une pression à l'intérieur, qui souhaite sortir, sans succès. Je ne sais pas exactement si c'est le fait d'être à côté de Guillaume ou à cause de ce qui s'est passé avec Ophélie et Jess. Encore une fois, j'ai envie de me défouler, de dire à Ophélie, Jess, Guillaume et tous les autres que tout ça, c'est n'importe quoi. Dans ma tête, je leur fais un discours vraiment éloquent sur leurs histoires de mauvaises fréquentations et de popularité.

Sans m'en apercevoir, mes jambes remuent et font trembler quelques secondes mon bureau. Guillaume tourne la tête vers moi. Je prends vite un stylo dans ma trousse pour avoir quelque chose avec quoi m'occuper. Je remarque alors sa trousse qu'il vient de sortir. Comme moi, il a gardé la même trousse depuis la cinquième. Cela me fait sourire, alors que c'est la dernière chose que j'ai envie de faire à côté de lui. Je me souviens très bien de cette trousse, car on avait la même.

La professeure d'anglais en cinquième, Madame Leroux, nous donnait des bons points à chaque fois que l'on n'avait aucune erreur au test d'orthographe. Au bout de cent points, nous avions droit à un cadeau. En quelques semaines, j'avais eu l'honneur de choisir quelque chose dans sa grande boîte en carton, qu'elle appelait sa caverne d'Ali Baba. J'ai pris une trousse, simple, grise. Peu après, Guillaume avait droit aussi à ce privilège et il avait choisi la même.

Pendant quelques instants, j'étudie la sienne. Elle est encore intacte, propre, comme s'il l'avait juste sortie de l'emballage. La mienne... est couverte de taches d'encre, et on peut difficilement savoir qu'il s'agit du même modèle. Je le trouve ridicule et pourtant, je trouve ça mignon, le fait qu'il ait encore cette trousse. Pour moi, elle est le souvenir d'une époque. Cette époque, où j'étais encore sans « réputation ». Alors que je fixe toujours sa trousse, je bondis sur ma chaise. Monsieur Moineau vient de déposer un emploi du temps sur ma table. Je le lis afin d'avoir une vue d'ensemble de cette courte semaine de rentrée. Cela devrait me rassurer, mais en serrant la feuille de papier, je suis plutôt inquiète.

Est-ce que je serai à la hauteur ? Ou alors est-ce que ça sera encore ce cercle sans fin ?

Partir sur de bonnes bases,
laisser tomber,
faire les choses au dernier moment,
stresser.
Puis recommencer.

Je plie l'emploi du temps et le mets sur un coin de ma table. Le professeur commence par se présenter. Il répète plusieurs fois qu'il n'aime pas la médiocrité et reformule à maintes reprises qu'il ne supporte pas qu'on lui fasse perdre son temps. Il a la cinquantaine passée, de grosses lunettes noires et des cheveux grisonnants. Sa façon de parler est plutôt brusque et très directe.

Il nous annonce qu'il est notre professeur principal et nous donne un problème, qui selon lui « n'en sera plus un à la fin du premier trimestre de la seconde ». Cependant, je doute que je puisse un jour résoudre un problème de la sorte avec des x et des y. Depuis le collège ma moyenne en maths n'a jamais décollé des 5 sur 20.

Pendant quelques minutes j'essaie de trouver une solution, mais tout ce que j'ai réussi à faire, c'est écrire en haut de ma feuille « Que cherche-t-on dans ce problème ? », souligné deux fois. Je n'ose même pas regarder ce qu'est en train d'écrire Guillaume à côté de moi, mais son stylo bouge frénétiquement et cela m'angoisse.

Très vite, je suis préoccupée par d'autres choses, qui me semblent intolérables. J'ai déjà repéré le garçon qui faisait son intéressant dans le couloir. D'après le porte-nom sur sa table, il s'appelle Alex Pêcheux. Je me penche légèrement pour observer la classe. Alex asperge d'encre le pull de monsieur Moineau. Apparemment le professeur est habitué à ce petit jeu qui doit se passer d'année en année, car son horrible pull jaune semble lui servir à protéger sa belle chemise en dessous. À chaque fois que le professeur se retourne, Alex en profite pour secouer son stylo plume.

Est-ce qu'il a acheté son stylo
spécifiquement
pour ça ?

Mais ce qui m'énerve le plus, c'est deux gars qui s'amusent à taper avec leurs pieds sur la chaise d'un autre. Je ne peux pas voir leurs noms car ils sont assis devant moi. Celui qui se fait embêter est au premier rang et ne se laisse pas perturber dans la résolution de son problème par les coups de pied répétitifs. J'ai retenu son prénom lorsque le professeur a fait l'appel, c'est Sébastien.

Je commence à ne plus supporter cette scène.

S'il vous plait, faites qu'ils s'arrêtent. Ils vont bien s'arrêter à un moment donné.

Pourquoi ils font ça ? Probablement de la jalousie... ou de la pure méchanceté.

Ça me rend malade, mais en même temps, qu'est-ce que je fais ?

Rien....

En plus j'arrive pas à me concentrer sur ce

fichu PROBLÈME !

Tout à coup, on me donne un coup de coude. C'est Guillaume. Mon cœur s'emballe. J'arrête de fixer le premier rang et le professeur m'adresse la parole :

— Mademoiselle Charles ! Décidément ! tempête-t-il comme si cela faisait plusieurs fois qu'il m'appelait.

— Quoi ? Oui ? dis-je, en sursautant, sortant de mes réflexions.

— Finalement ! Pouvez-vous nous faire part de vos lumières, vous semblez avoir été éclairée par la solution apparemment, au vu de votre attitude !

Jess s'est retournée vers moi et me regarde comme si elle me soutenait à distance, mais cela me fait plus de mal que de bien. Quant à Ophélie, elle a un petit sourire forcé, comme la plupart des autres élèves qui se sont mis à ricaner. Leurs ricanements me déstabilisent quelques instants.

— Non, je ne pense pas... je n'ai pas vraiment... commencé... je lui avoue, en articulant difficilement.

— C'est donc le moment de se mettre au travail ! C'est parti, venez au tableau !

Sans faire exprès, je fais tournoyer mon stylo sur lui-même entre mes doigts. Mes mains moites font glisser celui-ci qui tombe par terre. Je me baisse pour le ramasser, cela me fait gagner du temps, mais mon cœur continue de s'emballer. Le stylo roule sous la chaise de Guillaume. Je suis maintenant dans une position très inconfortable et deux choix s'offrent à moi : me mettre à quatre pattes pour récupérer le stylo, ou me relever et essayer de le faire glisser avec mon pied. Ma prise de décision était compromise à l'instant même où j'ai passé la tête sous cette chaise. Je suis donc à quatre pattes et les rires ne sont plus de simples ricanements, mais des éclats de rire. Guillaume décale sa chaise d'au moins un mètre, en soupirant. Je passe ma main, récupère le stylo et remonte à la surface, en évitant de justesse de me cogner sur le bureau. Je reprends difficilement mon souffle, je racle ma gorge et dis :

— Je ne pense pas que ce soit nécessaire... si vous ne supportez pas que l'on vous fasse perdre votre temps, j'insiste en restant cordiale.

— Vous me faites perdre mon temps maintenant ! Au tableau ! Venez prendre ma place !

Je réalise que je n'ai pas le choix et comme je m'avance vers l'estrade, ma tête se vide d'un coup. Toute mon attention se porte sur ma respiration. Il faut que je respire.

Respire...

Annabel,

RESPIRE !

J'ai l'impression que l'on peut entendre mon cœur tambouriner, et que tous les élèves doivent être assourdis par ce bruit, comme je le suis.

Le professeur veut juste m'humilier, je suis déjà habituée à tout ça avec les collégiens. Il faut juste que je temporise jusqu'à ce que quelqu'un puisse venir au tableau pour vraiment apporter une solution. Je m'apprête à improviser, mais pendant quelques secondes je prends conscience de tous ces yeux qui me dévisagent, sauf Guillaume qui braque son regard sur son cahier.

L'indifférence... ça fait mal aussi. Je lui fais peut-être trop pitié...

Après un petit rire nerveux, je commence finalement en

essayant de me concentrer sur le professeur mais pour tout te dire je me parle plutôt à moi-même :

– Alors... on a donc des inconnues : x et y. L'objectif est de trouver à quoi correspondent ces deux lettres. C'est ça ? Bien sûr, elles correspondent à un nombre... un nombre... On doit trouver ce nombre... On doit multiplier ? Ou diviser ?

À ce moment, le professeur s'assoit à mon bureau. Je me tourne vers le tableau pour écrire des nombres et des chiffres dans un ordre quelconque afin qu'il me fasse rapidement retourner à ma place. Je distingue alors quelques chuchotements derrière moi :

– Il regarde dans ses affaires... ça se fait pas !

– Qu'est-ce qu'il prend dans son sac ?

Dans mon sac se trouve mon journal, dans lequel j'écris tout ce qui me passe par la tête et des petits poèmes... Tous mes membres se raidissent en y pensant.

Personne ne doit lire ça...

Personne !

Ce journal est le seul à connaître mes pensées. Je fais crisser la craie sur le tableau par inadvertance. En me retournant, j'évite de justesse de tomber de l'estrade. Je me sens trahie, de nouveau. Il peut se moquer de moi, mais il n'a pas le droit de toucher à mes affaires. Je dois très vite faire diversion ! En posant avec fracas la craie et sans vraiment réfléchir, je poursuis :

– J'ai fini... mais, un petit conseil pour certains...

Je fais une pause car le professeur sort mon journal et s'arrête pour en lire une page. Son expression devient plus sérieuse, puis ennuyée. Je guette chacun de ses mouvements avant de continuer :

– Vous n'allez pas trouver la solution au tableau... ni dans les affaires des autres !

Des rires se font alors entendre, le professeur arrête de

fouiner dans mon journal, et le laisse ouvert sur mon bureau. Il se lève et reprend le contrôle de la situation. Il me montre ma chaise, se racle la gorge et déclare :

— Mademoiselle Charles, retournez à votre place et faites-nous grâce de vos stupidités. Avec cette évaluation diagnostique, je sais déjà que vous faites partie de ceux qui ne réussiront jamais en mathématiques. Vous aviez tort, j'ai bien utilisé mon temps, pour vous et pour moi, ce n'est même pas la peine d'essayer, s'il vous plait taisez-vous.

Je regagne ma place rapidement, en fixant mon regard sur mon bureau. En passant quelqu'un chuchote :

— Katia a raison, elle fait vraiment pitié, en plus elle se croit drôle !

Je ne peux pas dire que cela ne me touche pas, mais je veux juste ranger mon journal qui est encore sur mon bureau. Guillaume y jette un coup d'œil. Le professeur l'a laissé ouvert à une page. Lorsque je suis enfin assise, je relis rapidement ce que j'y avais écrit l'année dernière :

Pourquoi me blessent-ils avec leurs mots tout haut, tout bas ?
Ils ne me connaissent pas.
Alors, ils ne s'en prennent à personne ?
Mais personne n'est personne.
Ou alors est-ce que c'est moi ?

Sans m'en rendre compte, je dis à voix haute en fermant mon journal brusquement :

— Je vais lui montrer...

Le professeur m'entend bien sûr, et riposte tout de suite :

— Qu'est-ce que vous allez me montrer, Mademoiselle Charles ?

Je pense qu'avec ce qui vient de se passer avec Jess et Ophélie, quelque chose s'est réveillé en moi. Tout à coup, c'est comme si j'étais seule, je ne vois plus personne autour de moi. Cette pression interne qui souhaitait sortir depuis le début du cours est maintenant libre. À cet instant, ma voix intérieure crie, et c'est un cri qui veut dire : « Tu es vivante ! La vie est trop courte ! ». Pendant trop longtemps, j'ai étouffé ce cri, il faut que ça change. Mon moi intérieur a décidé de commencer à se rebeller. Je réponds alors sans réfléchir :

– Je vais vous montrer... que je peux réussir !

– Vous avez de l'audace ! Il étouffe un rire puis continue. Nous verrons ça aux examens de fin de trimestre ! Je n'attends que ça, votre réussite !

Je regrette déjà ce que je viens de dire.

Le professeur poursuit tranquillement la correction du problème. Le reste du cours passe ensuite assez rapidement. Je suis dans ma bulle, je pense à ce monde dans ma tête, un monde avec des couleurs et non en noir et blanc. Un monde dans lequel je réussis les examens de fin de trimestre.

6. LE CONTRAT

Il semble qu'il y ait quelque chose de plus incompréhensible dans les pouvoirs, les échecs, les inégalités de mémoire, que dans aucune autre de nos intelligences. La mémoire est parfois si rémanente, si réparable, si obéissante ; d'autres fois, si perplexe et si faible ; et à d'autres occasions, si tyrannique, si incontrôlable.

Fanny — *Mansfield Park*, Jane Austen

À la pause de 10 h, il me faut une échappatoire. Je vais donc explorer la bibliothèque du lycée. Les livres sont mon refuge, ma zone de confort, depuis toute petite. Lorsque ma mère est morte, je me souviens que la semaine qui a suivi son décès, je suis restée dans mon lit pendant quatre jours à lire des livres du matin au soir.

C'est toujours excitant pour moi de découvrir une nouvelle bibliothèque. J'entre, et déjà je me sens à ma place en lisant la grande pancarte qui indique « Zone de silence » à l'entrée. Comme c'est le premier jour, l'endroit est vide. Je suis comme un bambin dans un magasin de jouets.

Personne à l'accueil ! Yes !

La bibliothèque se trouve au deuxième étage du bâtiment principal du lycée. Ses grandes baies vitrées offrent une vue sur l'arrière de l'école, un quartier résidentiel, qui n'a rien d'extraordinaire. Mais lorsque j'avance dans le fond, je me trouve devant un jardin communal qui a pour attraction principale une magnifique fontaine centrale, avec une statue mi-ange, mi-sirène. Quelqu'un a installé un fauteuil juste en face. L'endroit parfait pour s'installer et lire ! Je m'y assois pour profiter de la vue et être entourée de livres. Pour la première fois depuis quelques heures, je suis calme. L'odeur des livres, toutes ces pages qui n'attendent que d'être tournées, cela m'enivre. Je me relève du fauteuil, mais une voix me prend par surprise :

— Bonjour Mademoiselle ! Je vois que vous appréciez la vue ! Dommage que le jardin communal soit fermé... j'aurais bien étudié cette sirène de près. C'est mon endroit préféré aussi... c'est là que je m'assois lorsqu'il n'y a pas d'étudiants.

La jeune femme au style bohème mais chic me sourit, et je fais de même.

— Bonjour, oui, l'endroit est parfait !

— Madame Bénaud, enchantée, ou Marie-France, mais tu peux m'appeler Marie !

— Bonjour Ma... rie, dis-je hésitant à être aussi informelle, Annabel, c'est mon premier jour...

— J'espère te voir souvent ici ! Bon, je dois me préparer à accueillir la horde de seconde dans quelques jours pour l'explication des cotes et de la recherche documentaire, et avec ce nouveau logiciel de base de données, c'est la folie... bon, enfin je dois m'y remettre ! dit-elle d'une seule traite.

Elle est sur le point de s'en aller, mais je la coupe dans son élan :

— Excusez-moi... je voulais savoir...

– Oui ? Je t'écoute !

– C'est possible d'emprunter aujourd'hui ?

– Oui bien sûr, si tu as ta carte étudiante, viens à l'entrée quand tu es prête. Bon allez, j'y vais !

J'ai trouvé mon havre de paix et sa gardienne est adorable. C'est le jour et la nuit si on compare à Madame Dumas, la responsable du CDI, l'année dernière. Une femme approchant la retraite, aigrie et ronchon au plus haut point. Bien sûr, je ne peux pas lui en vouloir, avec ce qu'elle doit subir chaque jour.

Après ça, je fais le tour de la bibliothèque, juste pour le plaisir et repérer comment sont organisés les rayons. Au rayon « Romans ados », j'hésite beaucoup. Je sais que c'est une mauvaise idée de faire une nuit presque blanche deux jours d'affilée. Je sélectionne un livre que je pourrais finir en quelques heures, dont le titre, *Damnés*, me parait de circonstance.

L'histoire semble prometteuse...

Une histoire d'amour impossible entre une simple mortelle de 17 ans et un ange déchu...

Je commence à le lire jusqu'au prochain cours. Après avoir lu un chapitre, je craque et j'emprunte aussi les quatre autres tomes faisant partie de la série.

Finalement, le dernier cours se termine à midi, avec français et histoire. J'ai eu la possibilité d'être un peu plus discrète et j'ai pu m'asseoir toute seule pour lire plus de la moitié de mon livre durant les monologues des deux professeurs. Avant ça, il a fallu remplir les traditionnelles fiches d'information du premier jour. Je déteste ça. Pour chaque professeur, je dois écrire le mot « décédée » en face du nom de ma mère.

Après cette première journée, tout ce que j'ai envie de faire, c'est lire un livre afin d'oublier ce que j'ai dit au prof de mathématiques. Le stress monte en moi dès que je pense à ma moyenne de l'année dernière. Si je veux réussir ces tests de fin de trimestre, je vais devoir travailler sérieusement. Le chemin du retour, en bus scolaire, est moins pénible qu'à l'aller, mais il est tout de même interminable. Je souhaite juste être dans ma chambre, seule, avec mon sandwich. J'arrive chez moi à 13 h. Je tourne la clé dans la serrure mais la porte est déjà ouverte. Je me faufile et à l'entrée je reconnais les clés de ma belle-mère Vanessa.

Non !

Aujourd'hui, c'est mercredi... Vanessa travaille pas, les mercredis après-midi !

J'enlève délicatement mes chaussures et marche sur la pointe des pieds. Je n'ai aucune envie de raconter ma rentrée.

C'est mon jour de chance, elle doit être dans le jardin !

Je fais un détour par la cuisine. Pour ne pas risquer de faire du bruit, je saisis à la hâte une barre de céréales, une banane, et fonce dans ma chambre, toujours à pas de loup.

Mon sac est rempli de mes nouvelles acquisitions ; je les sors, les empile sur mon bureau et je choisis mon préféré, qui ne quitte jamais le rebord de ma table de nuit : *Jane Eyre* de Charlotte Brontë. Son odeur de vieux livre peut me soulager instantanément.

Jane, ma demi-sœur favorite...

Je m'apprête à me blottir dans mon lit avec mon déjeuner improvisé et à plonger dans un autre monde, lorsque la porte de ma chambre s'ouvre.

— Comment s'est passée cette matinée de rentrée ? me demande gentiment Vanessa.

En regardant ma chambre, son ton change et devient plus dur :

— Tu plaisantes, là ! Tu ranges ta chambre ! Et tu passeras l'aspirateur aussi. Si tu as le temps, tu le passeras aussi dans le salon. Tu ne peux pas commencer l'année scolaire comme ça !

L'appel de l'aspirateur a sonné...

C'est pas comme si j'avais subi des lycéens arrogants, imbus d'eux-mêmes, et des professeurs nombrilistes qui pensent que notre génération est vraiment en retard sur tout...

— OK, d'accord... je lui réponds en posant difficilement mon livre à sa place.

— Et j'espère que tu ne mets pas de nourriture dans tes couvertures... Pourquoi tu n'as pas mangé au self ?

Le self ? J'ai besoin de me préparer mentalement encore un peu pour ça...

— Je n'avais pas vraiment faim...

Je mens.

— C'est pas une raison pour manger dans ton lit, quand même ! Tu es grande maintenant, tu devrais savoir ça !

Ne dis rien.

Laisse-la gagner, ne discute pas.

Les adultes veulent toujours avoir raison, pas la peine de te battre pour rien...

Le silence.

Silence.

Silence.

C'est une véritable épreuve de garder mon calme et de ne pas craquer.

Finalement, après un long silence gênant, elle sort en me rappelant de m'occuper de mon linge sale et de faire une machine.

Dès qu'elle referme la porte derrière elle, j'ouvre la bouche en grand et mime un cri à gorge déployée pendant plusieurs secondes. Je pourrais continuer de lire un peu, mais à ce moment, j'ai juste envie de trouver un *punching bag* et de frapper de toutes mes forces dedans. À la place, je sors mon téléphone et mes écouteurs de mon sac, et je mets de la musique à fond dans les oreilles.

Quelques heures plus tard, ma chambre est rangée, l'aspirateur passé, mes vêtements entreposés dans le sèche-linge, et il ne reste plus qu'à préparer mes affaires pour le lendemain. Même si j'aime mon désordre organisé, j'apprécie ces moments pendant lesquels j'ordonne ma chambre, car je peux ne penser à rien. J'essaie de rester dans cet état. Je m'assois en tailleur par terre, au milieu de la pièce, mon regard perdu dans le vide. Je ne veux pas repenser à cette journée, mais ma tête me fait mal à force de vouloir l'en empêcher. Quelques images et quelques mots reviennent de façon inévitable, comme des coups de poing dans ma poitrine.

C'est mieux si on reste que toutes les deux.

Je m'allonge alors sur le tapis au pied de mon lit. Je t'ai déjà dit que ma chambre est dépourvue de tout objet sentimental. Aucune peluche, vieux jouets ou photos. Pourquoi ? Parce que ça fait trop mal. Pour les photos, ça vient surtout de mon père. Les photos lui rappellent que ma mère n'est plus là, et il les a mises de côté. Pour le reste, j'ai comme un nœud dans la poitrine, rien qu'en y repensant. Pendant l'année de CM2, j'accompagnais ma mère à l'hôpital, tous les week-ends. Avant de rentrer à la maison, on passait toujours dans un magasin et elle m'offrait un jouet. Elle m'avait dit que c'était pour compenser toutes les choses qu'elle ne pourrait plus m'offrir. J'acceptais pour lui faire plaisir, mais ça me mettait mal à l'aise. Tous ces cadeaux et ceux qui suivirent sont maintenant dans une grande boîte dans le garage. S'il y en a qui traînent dans ma chambre, ils sont sous mon lit.

Sur le tapis, je me tourne sur le côté en position fœtale. Je déplace mon attention sur chacun des objets se trouvant sous mon lit et essaie de me concentrer uniquement sur ceux-ci. Une petite valise. Je me rappelle tous les vieux CD qu'elle contient, un à un. La musique est aussi ma porte de sortie lorsque j'ai besoin d'échapper à la réalité. Je continue cet exercice avec tout le bazar qui se trouve sous mon lit. J'apprécie que Vanessa ne vienne pas y mettre son nez, elle me laisse au moins ça. Mon regard se promène sur une corde à sauter, un coffret de peinture, plusieurs partitions de piano, et je m'imagine utiliser chacun de ces objets.

Dans mes pensées, je saute à la corde comme une professionnelle, je peins des tableaux à couper le souffle, et je joue devant des milliers de personnes pendant un concert de piano improvisé. Je rêve les yeux ouverts, mon exercice préféré. Cela fait bien longtemps que je n'ai pas touché à tous ces objets, autrement que dans mes pensées. Tu penses peut-être que je suis pathétique... et c'est ton droit.

Après quelques minutes, mon regard est attiré par une petite boîte de métal. En m'étirant, j'attrape l'objet vintage et m'assois en tailleur pour l'ouvrir. Je souffle dessus pour enlever la poussière et ouvrir son couvercle. L'opération s'avère plus difficile que prévu. Le couvercle en métal est coincé et un peu rouillé. Je m'agrippe fermement à la boîte en m'enroulant autour et j'applique une pression sur le couvercle pour le faire bouger de quelques centimètres. Finalement, le couvercle saute et je secoue mes doigts pour apaiser la douleur après cette opération difficile. Je sais que cette boîte contient seulement des feuilles de papier. Je les déplie quand même une à une. Ces feuillets sont des pages déchirées de mes journaux intimes. Ils comportent des moments de ma vie que j'ai voulu oublier, comme s'ils n'avaient jamais existé. Lorsque je les déchire, et les mets dans cette boîte, ils disparaissent. Après cela, je peux les remplacer par une autre réalité, celle que je me crée ou celle de mes livres.

Mon pouls s'accélère sans le vouloir, comme à chaque fois que je lis une de ces pages. Je m'arrête sur plusieurs en particulier. La première est une feuille rose pliée en quatre. Il y est inscrit :

La Bête avait disparu, et elle ne vit plus à ses pieds qu'un prince plus beau que l'amour, qui la remerciait d'avoir fini son enchantement. Quoique ce prince méritât toute son attention, elle ne put s'empêcher de lui demander où était la Bête. "Vous la voyez à vos pieds", lui dit le prince...

Je reconnais tout de suite le passage de *La Belle et la Bête* que j'ai recopié. Je ne comprends pas tout de suite pourquoi je l'ai mis dans la boîte pour l'oublier. Puis, j'en trouve la raison, avec une autre page rose qui date du CM2. J'avais donc dix ans lorsque j'ai écrit ces lignes :

La maîtresse Madame Colombe nous a lu La Belle et la Bête aujourd'hui. À cause de ça, Valentin a cru que j'étais comme la Bête. On a eu sport et il a pas arrêté de me faire des passes au hockey. Il m'a même choisie en première pour son équipe. Il a dû croire que même si j'en avais pas l'air j'avais peut-être des talents cachés. Le pauvre, il devait être déçu... Madame Colombe dit que cette histoire, c'est pour nous faire comprendre que parfois il faut voir ce qui est caché en dessous, que parfois une personne n'est pas vraiment ce que l'on croit qu'elle est. Katia était étrange aujourd'hui, je lui ai demandé si c'était parce qu'elle avait été choisie dernière, mais elle m'a dit que non. Elle m'a dit qu'on était amies pour la vie même si j'étais parfois un peu bizarre, ça m'a fait plaisir.

Je tourne la page, et derrière je lis :

Annabel + Katia = Meilleures Amies Pour La Vie

Pour la vie ?
La blague !
Je comprends à cet instant pourquoi ces pages ont atterri là, Katia étant loin d'être ma meilleure amie désormais. C'est comme si notre amitié avait existé dans une autre vie. Malgré

ce sentiment d'inconfort que je ressens en relisant mes mots, je continue de lire. Je tombe alors sur quelque chose que j'ai écrit en cinquième :

Je n'ai jamais réussi à faire semblant d'être quelqu'un d'autre. Être plus souriante, paraitre plus cool… Parfois j'essaie, mais ça me demande tant d'énergie ! Je me suis toujours sentie différente, mais depuis quelques jours, les autres me font sentir cette différence. Vampire est mon surnom maintenant, probablement parce que je n'avais pas dormi pendant une semaine lorsque je suis revenue au collège. Pendant une semaine, j'ai essayé de ne pas penser, penser au fait que maman est partie et ne reviendra pas. J'ai lu du matin au soir, avec deux ou trois heures de sommeil. À mon retour, j'étais plus pâle et fatiguée que d'habitude, c'est sûr. Mais, est-ce que ça leur donne le droit de se moquer ? Je n'ai rien dit, je n'avais pas la force, alors ils ont sûrement cru qu'ils pouvaient continuer. Personne au collège ne sait pour maman… je préfère que ça reste comme ça. Heureusement Ophélie et Jess ne les écoutent pas.

Cette dernière phrase me fait l'effet d'un coup de poing. Je réalise que pendant toutes ces années, j'ai laissé les autres me traiter avec supériorité et méchanceté, du jour au lendemain, sans rien faire, et en me consolant avec le fait que j'avais des amies. Mais c'est bel et bien fini, je suis maintenant convaincue que je n'aurai plus jamais de meilleures amies.

Annabel, c'est fini tout ça.

Tu dois évoluer, tu vas devenir celle que tu veux être, tu n'as pas besoin des autres.

Tu vas leur montrer de quoi tu es capable et que tu PEUX être quelqu'un de normal !

Je profite de cette nouvelle motivation trouvée, range la boîte sous mon lit et attrape mon journal dans mon sac. Je le brandis en l'air en serrant les dents, puis le lâche violemment sur mon bureau, pour signifier que je trace une ligne temporelle imaginaire entre ce jour et tous ceux qui ont précédé. Je marche de long en large dans ma chambre quelques secondes, avec les mains couvrant ma bouche. L'excitation monte. Mon cœur bat plus intensément à chaque pas. Tout mon corps est enthousiaste, mais ma tête me répète de me calmer. Après avoir canalisé ce trop-plein d'énergie, je m'installe à mon bureau et sur une page blanche du journal j'écris :

Moi, Annabel Charles,
en ce jour, le 9 septembre (09/09),
Je fais la promesse de mettre tout en œuvre pour changer et devenir la meilleure version de moi-même : une fille courageuse, forte et persévérante.

En dessous, j'ajoute :

C.F.P. (Courage Force Persévérance)
Je vais :
1. Améliorer mon apparence et prendre soin de moi
2. Réussir avec succès mes tests de fin de trimestre en mathématiques
3. Arriver dans les 10 premières à la course du lycée
4. Reprendre le piano et jouer le premier mouvement de La Sonate au Clair de lune de Beethoven

Étant secrètement superstitieuse, je me dis que c'est le jour parfait pour commencer à changer, et que tous les éléments vont dans mon sens. Je ferme mon journal et j'écris en gros sur la couverture :

Le meilleur Moi

Il faut que je passe à l'action tout de suite. Je sens une force intérieure qui me pousse à passer à l'acte. Pour une fois, je dois agir. Je décide de commencer par la première chose sur ma liste. J'ai besoin de m'occuper de moi, d'arrêter de me cacher derrière mes cheveux. En pensant à ma chevelure, cela me donne une idée. Vanessa a un placard entièrement à elle pour ranger ses produits de beauté et je sais que je peux y trouver quelque chose.

En entrant dans la salle de bain, je m'apprête à ouvrir directement le placard. Mais, après une pause, je me retourne et m'approche du miroir que j'évite depuis presque trois ans. Je fixe mon reflet, mais c'est comme si je regardais une inconnue qui a l'air perdue. J'observe avec des yeux neutres mon visage : ma peau semble bien trop pâle pour une fin d'été, mes yeux verts tirent sur le jaune et mes cheveux paraissent plats et trop foncés.

C'est assez pour un début !

Je me tourne vers le placard, je l'ouvre en grand et commence mes recherches. Je sors tout ce qui peut me servir, mais un produit en particulier retient mon attention. C'est une bouteille en forme de spray. Il y est écrit « ILLUMINATEUR DE COULEUR » en lettres capitales, le tout accompagné d'une photo d'une jeune femme blonde souriante. Je remarque aussi l'inscription plus petite, « décoloration cheveux : effet vacances ». Je lis rapidement les indications.

C'est parfait, c'est exactement ce qu'il me faut, la brillance de cheveux dorés par le soleil !

Je remets tout le reste en place et garde ma trouvaille. Juste après le dîner, je profite du fait que tout le monde soit devant la télévision pendant au moins deux heures pour effectuer ce petit changement capillaire. Je suis parfaitement les instructions et applique le spray uniformément sur toute ma chevelure. Je laisse agir vingt minutes et rince sous la douche. Les cheveux mouillés, je peux difficilement voir le résultat mais il parait prometteur.

7. LA CHAMBRE

☾

J'aurais voulu pouvoir chasser cette matinée de mon existence aussi facilement que l'air de mes poumons. On inspire, on expire. On inspire, on expire.

Regan – *Blacklistée*, Cole Gibsen

Cette nuit-là, mes cauchemars habituels ont eu un jour de répit. Je me réveille après une nuit à rêver du résultat de mes cheveux. Je me lève un peu plus tôt pour pouvoir vérifier la réussite de mon expérience et me dirige immédiatement dans la salle de bain. Là, je reste sous le choc pendant plusieurs secondes. Mes yeux brûlent, car par réflexe, j'essaie d'empêcher quelques larmes de couler. Je me reprends immédiatement.

Ce ne sont que des cheveux, Annabel...

Que des cheveux...

Respire...

Reprends-toi !

J'inspecte plusieurs mèches, je les prends entre mes doigts, une à une, pour voir si mes yeux me trompent, mais mes yeux ne me trompent pas, mes cheveux sont bel et bien orange.

Je fonce dans la chambre de ma sœur. C'est la dernière personne à qui je voudrais demander de l'aide mais c'est une situation d'extrême urgence. J'ai besoin d'aide à tout prix, ou au moins de soutien moral. Aude dort encore, je ferme la porte derrière moi dans l'obscurité. J'avance sur la pointe des pieds. La dernière fois que j'ai mis les pieds dans sa chambre remonte à très loin. Il fait sombre mais je suis choquée du contraste entre sa chambre et la mienne. La sienne est parfaitement rangée et organisée. Elle pourrait se trouver sur la couverture d'un catalogue d'ameublement.

Aucun vêtement qui traîne par terre.

Rien qui dépasse.

Elle a des décorations et posters avec des citations inspirantes sur chacun des murs. Il y a un poster qui est plus grand que les autres et qui affiche un énorme papillon bleu sur lequel est écrit : « Être soi-même est un risque. Ne pas l'être en est un autre. »

Où j'ai mis les pieds ?

Vraiment sinistre...

Je laisse échapper un murmure :

— Qu'est-ce que j'fais ici...

Aude se retourne alors dans son lit et me demande, les yeux entrouverts :

— Annabel ? Qu'est-ce que tu fais ?

— J'ai besoin de toi, est-ce que tu peux m'aider ?

— T'aider ? À 6 h du matin ? J'ai encore au moins trente minutes de sommeil, souffle-t-elle en bâillant.

— S'il te plaît...

Je m'assois sur le bord du lit et lui tapote le dos doucement pour la réveiller.

— Qu'est-ce qui t'arrive ? geint-elle en gesticulant pour

échapper à ma main.

— Regarde ! lui dis-je en allumant sa lampe de chevet.

Ma sœur se redresse dans son lit. Elle ouvre d'abord doucement les yeux, puis les écarquille pour me regarder. Pendant quelques secondes, elle prend un air ébahi. Elle laisse échapper un rire que je stoppe immédiatement en plaquant ma main sur sa bouche. Je la laisse jusqu'à ce qu'elle me fasse un signe de tête pour me signifier qu'elle ne rigolera pas si je la retire. J'ôte doucement ma main pour en être sûre.

— Qu'est-ce que t'as fait à tes cheveux ! s'enquiert-elle aussitôt, en montant sa voix dans les aigus pour ne pas rire de nouveau.

— J'ai utilisé un produit de Vanessa, un illuminateur de couleur...

— Me dis pas que tu as utilisé son décolorant ! C'est un produit radical, pour les blondes... comme elle !

Je plonge la tête dans mes mains, marche de long en large dans sa chambre, tout en répétant de façon désespérée « non, non, non... », en essayant de garder mon calme. Puis, ma sœur me dit, d'un ton se voulant rassurant :

— Je peux t'aider à réparer ça, mais il faut attendre 48 heures, donc pas avant samedi, sinon le résultat pourrait être... dramatique.

— Tu ne peux rien faire maintenant ? Je ne peux pas aller comme ça au lycée... je la supplie, la voix tremblante.

— Tu vas devoir, pour deux jours. Oui, juste deux jours, c'est pas la mer à boire.

Elle baille puis reprend, après s'être étiré les bras, la main devant sa bouche pour réprimer un autre fou rire :

— Ce n'est pas si terrible que ça, c'est même pas mal, faut juste s'habituer...

— Je voulais commencer à faire des efforts et à prendre soin de moi, pour être enfin normale. J'ai déjà raté ça... c'est pathétique !

– Viens là... on peut rendre ça un peu plus discret, tente-t-elle de me rassurer.

Je m'assois au bout de son lit et elle commence à me brosser les cheveux, à les tourner dans tous les sens et à les tresser. Lorsqu'elle a fini, elle pose sa brosse et me demande :

– C'est quoi pour toi, être « normale » ?

– Être comme les *autres*... à priori...

– Tu crois pas que tu devrais plutôt être toi-même ?

Facile à dire quand on est Miss populaire...

– Moi-même... je ne sais même pas qui c'est...

Le long silence est finalement brisé par l'alarme de son téléphone.

Je me tourne vers elle. Elle sourit, et à cet instant je suis rassurée. Oui, j'ai du mal à me l'avouer, mais voir le visage souriant de ma sœur me rassure. Ma sœur a deux ans de moins que moi, mais elle en sait tellement plus sur les modes et tendances des adolescents ! Dans la famille, tout le monde dit qu'elle tient de ma mère et que je tiens de mon père. Elle a de longs cheveux bruns qu'elle attache en tresse tous les soirs. Lorsqu'elle se réveille, elle la défait et laisse apparaitre de magnifiques ondulations. Sa bouche révèle un appareil dentaire, qu'elle porte à merveille. Pour couronner le tout, ses yeux bruns font un beau contraste avec sa peau dorée.

Elle me montre le résultat avec un miroir de poche. Mes cheveux sont tressés, elle a noué le tout dans un chignon, quelques mèches entourent mon visage. Le résultat parait satisfaisant, et elle affirme en terminant :

– Parfait ! Ça fait ressortir tes yeux et ta peau ! C'est magnifique ! Maintenant, à mon tour, je dois me préparer...

– Merci, merci, merci ! je lance, en me forçant à être enthousiaste. Tu me sauves la vie !

Je suis presque prête à la prendre dans mes bras, mais les

effusions de sentiments ne sont pas du tout le genre de la famille. Toutefois, ce petit évènement vient légèrement bousculer nos habitudes, pour nous rapprocher un peu.

Après l'avoir laissée, je continue de me préparer. Je mets mon sweat en rabattant la capuche sur ma tête et prends mon petit-déjeuner en vitesse. Mon père et Vanessa ne remarquent rien, et je m'éclipse de la maison, la tête baissée, pour aller prendre le bus scolaire.

À l'arrêt de bus, je peux enfin enlever ma capuche. Tout à coup, je me sens comme nue, sans la masse de cheveux entourant mon visage. Je replace les quelques mèches qui sortent du chignon, pour me rassurer. Puis, je les entortille autour de mes doigts nerveusement, pendant une durée indéterminée. Lorsque cette manipulation ne me calme plus, je me surprends à vouloir remettre la capuche sur ma tête et à disparaître. Je prends ma tête dans mes mains puis pince mes joues pour me secouer. Un de mes bras s'engourdit. J'étire mes bras, en plaquant mes mains derrière ma nuque. Je presse aussi fort que je peux en levant la tête vers le ciel. Je veux que les choses changent, mais j'ai tellement peur.

De quoi tu as peur ? Tu peux être forte ! Ne baisse pas les bras ! Pense à autre chose...

Je souffle en repensant à mes objectifs, puis en baissant mes bras, je décide de focaliser mon attention sur mon environnement. Saint-Jean est une ville plutôt tranquille et mon quartier connait peu de circulation le matin. Je balade mon regard sur les maisons aux toits roses. Tous les murs sont crépis, avec des nuances d'orange pastel. Seulement, une maison fait exception : une maison aux volets bleus, et aux murs jaune clair. Je me demande comment ils ont fait pour obtenir l'autorisation d'utiliser des couleurs si différentes des autres. J'observe les détails du jardin à l'anglaise, en m'imaginant le parcourir, en prétendant que c'est mon refuge, avec ses fleurs qui poussent harmonieusement, de façon sauvage. Un bruit me fait sursauter. Je me retourne, c'est Daniel, celui qui arrive de Toronto, qui s'excuse tout de suite :

– Désolé, je t'ai fait peur. Bonjour ! Annabel, c'est ça ?

– Oui, bonjour... Daniel.

En repensant à ce qu'il a dit le jour d'avant, je tourne la tête dans la direction opposée pour qu'il ne se sente pas obligé de continuer la conversation. Il garde une certaine distance entre nous deux mais enchaîne en paraissant sincère :

– Sympa tes cheveux !

– C'est une expérience qui n'a pas très bien tourné, je plaisante en me tournant vers lui, et je dois attendre 48 heures maintenant.

– Comment tu trouves la classe ? Le lycée ?

– Je m'adapte, ça va...

Je fais une pause, surprise par son intérêt, puis je décide de satisfaire ma curiosité.

– Tu viens d'arriver ?

– Oui, ma mère vient d'être mutée ici, on a encore des cartons partout.

Ça fait deux mois que je n'ai pas eu de conversation avec quelqu'un de mon âge et je pense que ça doit se voir. Je trouve ça agréable et plus on parle, plus j'oublie l'incident de mes cheveux. Je continue donc :

– Comment tu trouves les profs ?

– Hmm, dans l'ensemble ça va, par contre le prof de maths... on dirait qu'il veut nous choquer pour nous faire réagir, comme hier quand il t'a envoyée au tableau.

– C'est vrai que j'avais pas pensé à ça... Mais ça a marché !

– Qu'est-ce que tu veux dire ?

– Je vais travailler à fond en maths et réussir mon test de fin de trimestre ! Je vais lui montrer de quoi je suis capable !

Je termine ma phrase comme si j'étais une superhéroïne

prête à sauver la planète. Daniel essaie de ne pas montrer ses émotions, puis il laisse finalement échapper un éclat de rire. Il se rapproche puis ajoute, l'air gêné :

– Au fait, je voulais m'excuser pour hier... je pense que tu as entendu quand...

Il n'a pas le temps de finir, car je lui coupe la parole en déclarant :

– Ne t'inquiète pas, c'est ma nouvelle devise : mieux vaut être seule que mal accompagnée !

Le bus scolaire apparait alors au bout de la rue, et Daniel me demande :

– Tu prends ce bus ?

– Oui, et toi ?

– Si tu le prends, je le prends, on m'a dit qu'il y avait des places assises.

– Oui, c'est beaucoup plus tranquille...

Nous montons tous les deux dans le bus lorsque ma sœur arrive tranquillement au même moment. Elle s'assoit avec ses copines au fond et je prends place au milieu, près de la fenêtre. Daniel s'avance vers moi :

– Je peux m'asseoir ?

– Vas-y ! À tes risques et périls... je murmure.

– Quoi ? dit-il en souriant tout en s'installant à mes côtés.

– Je rigole, mais tu comprendras tôt ou tard, je pense...

Pendant ce trajet, tout semble plus facile. Je n'ai pas le temps de penser à mes cheveux ou aux possibles moqueries qui doivent arriver inévitablement. Je discute juste avec un autre être humain qui me parle de lui. Daniel me raconte qu'il a laissé derrière lui sa petite copine Morgane à Toronto, au Canada. Il m'avoue qu'il va lui écrire chaque semaine et qu'elle lui manque. Elle doit s'inscrire pour un échange scolaire dans notre lycée et si tout va bien, après avoir trouvé une famille d'accueil, elle sera là à la rentrée prochaine, jusqu'au bac.

Presque sans que je m'en aperçoive, nous sommes déjà devant le lycée, puis près du bâtiment de notre premier cours de la journée. Les élèves prenant le bus de ville commencent aussi à arriver et j'aperçois d'abord Jess et Ophélie. Jess me dévisage et j'entrevois un sourire de sa part. Ophélie lui donne un coup de coude, puis m'examine avec un certain étonnement avant de détourner les yeux.

Non loin derrière, Katia arrive avec sa bande. Tout à coup, je ne suis plus aussi confiante. Je suis de retour dans ma bulle protectrice. Je fais des efforts pour ne pas le montrer, mais j'appréhende maintenant les remarques qui, je le sais, ne tarderont plus.

Tu dois être forte, ne leur montre pas que ça te touche.

8. LE MUR

Si le monde était juste et raisonnable, il ferait plus attention à mon bon cœur qu'à ma vilaine figure et mes mauvais habillements.

Fadette – *La Petite Fadette*, George Sand

Katia laisse son groupe avancer vers la cafétéria et attend quelqu'un. Celui qu'elle espérait voir arrive, et c'est Guillaume, comme je le pressentais. Ils se parlent quelques minutes. On pourrait très bien les prendre pour un couple. Elle le fixe comme si elle buvait ses paroles, joue avec sa longue chevelure et n'hésite pas à le prendre par l'épaule ou à toucher son torse. Lui, il reste stoïque. Quelque part, j'apprécie son attitude. Il n'est pas en train de lui sourire à tout bout de champ comme la plupart des garçons.

Je jette des coups d'œil discrets alors que Daniel me parle. Ces deux-là m'ont toujours fascinée. C'est toujours un mystère pour moi, la façon dont une personne peut changer du tout au tout. Aussi, il faut que je sois honnête, ce que je ne t'ai pas dit et qui est enfoui dans ma vieille boîte en fer, c'est qu'en cinquième, j'ai écrit dans mon journal que j'étais « amoureuse » de Guillaume. C'était avant les moqueries et les surnoms. Ce souvenir est bien loin mais je suis toujours désorientée par son regard. Ses yeux sont mon point faible. Je veux à tout prix le nier, mais dès qu'il me regarde, je ressens quelque chose. J'ai l'impression qu'il cache un secret derrière ses yeux. Je lis beaucoup trop de romances et je me rassure en me disant que c'est à cause de ça que je fantasme sur Guillaume Duval, parce qu'en réalité je le déteste. Et surtout, je ne peux pas oublier que c'est le meilleur ami de Katia, celle qui me fait ressentir, rien qu'en me jetant un regard, que je suis inférieure.

À un moment, Katia me regarde et fronce les sourcils, puis Guillaume me scrute attentivement. Ma respiration se coupe, je tourne vite la tête pour répondre à Daniel. Je lui promets de récupérer des informations sur les échanges scolaires organisés dans notre lycée. C'est alors que Lecomte s'avance vers nous avec Guillaume et lance :

— Carotte ! Ou orange ? Lequel des deux tu as mis sur tes cheveux ?

Je scrute autour de moi pour voir où est passée Katia, mais je ne la vois nulle part. Je rétorque alors sans perdre mon sang-froid :

— Un peu des deux, merci de te soucier de ce sujet vraiment fondamental.

— Les carottes, il faut les manger Annabel, pas les mettre sur tes cheveux ! Ça pourrait t'aider à bronzer un peu !

— Oui t'as raison, je peux savoir pourquoi j'ai droit à ces merveilleux conseils, ce matin ?

Je lui souris de façon ironique.

La situation devient gênante, je suis sur le point de partir, lorsque Guillaume rompt le silence en s'adressant à Daniel :

– Je vois que tu as fait la connaissance d'Annabel... on se met à côté pour le cours de français ?

– J'ai déjà dit à Lucas que je me mettrai à côté de lui, désolé...

– Peut-être qu'Annabel veut s'asseoir avec toi ? propose Lecomte en rigolant.

– Très drôle, je ne pense pas, non... dis-je rapidement. Je sais que Guillaume préférerait s'asseoir à côté de n'importe qui sauf moi... j'y vais. À plus tard ! je lance à destination de Daniel.

Je sors de cette situation inconfortable et trouve la salle de notre premier cours de français. Contrairement aux matières scientifiques, les professeurs des matières littéraires nous laissent nous asseoir comme nous le voulons. Encore une fois, j'ai un pincement au cœur en apercevant Jess et Ophélie dans le couloir. On avait toujours l'habitude de s'installer à côté à tour de rôle au collège, quand c'était possible. Je me demande de quoi elles peuvent parler.

Est-ce qu'elles m'ont complètement rayée de leur vie ou est-ce qu'elles discutent de moi quelquefois ?

Je me demande si elles essaient toujours de mémoriser ensemble les paroles de leurs chansons préférées comme on le faisait...

J'entre tout de suite et en profite pour m'asseoir au fond, toute seule, comme le premier jour. Cependant, je suis surprise de voir une fille de ma classe s'avancer vers moi. Elle regarde d'abord attentivement le porte-nom sur mon bureau, me demande si la place est libre, et s'y assoit. Elle se présente, en m'indiquant son prénom : Aurore. Elle semble parfaite, comme son prénom. Des yeux noisette, des cheveux blonds mi-longs, un visage fin... même sa voix est charmante. Elle continue à me parler, à voix basse, car le professeur, madame Buissière, commence sa classe :

— J'aime beaucoup ta coiffure !

— Merci, la couleur est temporaire...

— C'est dommage, dit-elle avec l'air vraiment déçu. J'espère que...

— Tu ne dirais pas ça si tu me voyais les cheveux détachés... je la coupe.

— J'ai vu que tu connaissais Guillaume Duval !

— On ne se connait pas vraiment, on a juste été dans la même classe au collège.

— Vous êtes amis, non ? demande-t-elle, surprise.

— Non, sa meilleure amie s'appelle Katia...

— Katia... je pense savoir qui c'est...

Je n'entends pas le reste de sa phrase, car Guillaume se retourne vers nous et nous dévisage. Il me fixe quelques secondes, puis Aurore me rappelle à la réalité :

— Tu m'entends ? Annabel ?

— Oui ?

— La prof veut qu'on sorte notre livre...

— Oh ! Merci !

Je sors mon livre et me promets de ne plus me laisser distraire. J'adore le français et madame Buissière semble plutôt sympathique. C'est une jeune professeure qui a encore l'énergie d'essayer différents styles d'enseignement. Même si l'œuvre qu'elle a choisie pour débuter l'année est l'une de mes préférées, une tragédie grecque, *Antigone* de Sophocle, j'ai beaucoup de mal à me concentrer.

Ce serait plus facile si je pouvais participer en classe. À chaque fois que la professeure pose une question, la réponse apparait dans ma tête, mais impossible de lever le doigt et de prononcer un seul mot. Parler est un muscle que j'ai mis de côté ces dernières années et il a perdu sa force.

Vers la fin du cours, elle nous demande d'effectuer une recherche et un exposé sur le théâtre antique pour les semaines suivantes avec l'élève assis à côté de nous. Aurore me donne son adresse e-mail et sur un petit papier je lui écris la mienne, qu'elle recopie sur son agenda afin que l'on puisse travailler à distance. Je suis soulagée de pouvoir faire cet exposé avec elle. Je ne me voyais pas sociabiliser avec qui que ce soit d'autre dans la classe. Si je dois y être obligée, autant que ce soit avec elle.

La pause de 10 heures arrive, j'ai besoin d'air, mais malheureusement tout le monde se serre dans les couloirs car la pluie s'est mise à tomber à verse. Je me fraie un passage entre les élèves.

Parfois, je perçois des chuchotements qui me concernent, sans nul doute. Mon cœur se serre alors que j'entends :

« C'est elle ? », « Face de carotte... », « Oui, c'est elle, regarde ! », « Elle a pas honte ? », « C'est elle, sans amis ? », « Pauvre fille... ».

Je dois trouver un endroit pour me réfugier, pour arrêter toutes ces voix. Le premier endroit que je trouve, c'est les toilettes du bâtiment, et là encore, les personnes qui en sortent me regardent de la tête aux pieds et prononcent même mon prénom. J'essaie de me rassurer.

C'est rien, c'est rien, ne les écoute pas Annabel.

En entrant, je vais promptement au lavabo, et je me rafraîchis le visage avec de l'eau glacée. Pendant un instant, je repense à cette blague qu'ils me faisaient au collège. Plusieurs fois, ils plaisantaient sur le fait que je n'avais pas de reflet, comme les vampires. Je regarde alors dans le miroir pour contredire cette pensée.

Pourquoi c'est aussi difficile de me regarder ?

Le miroir ne montre pas tout.

C'est comme si ce n'était pas moi.

Moi...

Mon esprit commence à vagabonder malgré mes yeux fixés

sur mon reflet, mais quelque chose retient mon attention dans la glace et ma respiration s'arrête quelques secondes. Je me retourne alors et avance lentement vers le mur du fond des toilettes.

Et là, sur le mur, parmi les autres inscriptions laissées par les élèves au fil des années, je vois en gros mon prénom :

Annabel C. Face de carotte.

À côté, il y a aussi un petit dessin de carotte avec des yeux et des dents de vampire, qui dit :

Je m'appelle Annabel : la sans ami. Ne me faites pas confiance.

Sur le moment, je ne sais pas si je dois rire ou pleurer. Sans m'en rendre compte, les larmes commencent à couler. Je suis blessée. Je veux être forte et courageuse, pourtant un stupide dessin me fait pleurer. En y pensant, j'essaie d'arrêter mes larmes.

Je ne vais pas pleurer.

Ça n'en vaut pas la peine.

Rappelle-toi pourquoi.

Je veux me rappeler la dernière fois où j'ai vraiment pleuré. J'ai la gorge serrée en y repensant. Je me souviens que c'était aussi un jour de pluie, le jour où ma mère est morte. Lorsque mon père est rentré cette nuit-là, j'ai entendu de l'agitation. Mes grands-parents étaient là pour nous garder, ma sœur et moi. Cachée dans le couloir sombre, je l'ai entendu annoncer la nouvelle. J'ai alors pleuré toute seule dans ce couloir, puis dans mon lit. Je me suis fait une promesse cette nuit-là : j'ai fait le serment de ne *jamais* pleurer devant quelqu'un. Je pensais que mes larmes n'auraient jamais autant de sens que lors de cette nuit.

Tout en regardant l'inscription sur le mur, je me rappelle alors un graffiti similaire. Quelques jours avant que ma mère décède, j'avais vu sur la porte des toilettes :

Katia la commère : Il faut arrêter de faire semblant d'être populaire. Personne ne t'aime vraiment !

Malgré notre relation avec Katia, cela m'avait choquée que quelqu'un écrive ça. Même si Katia était désagréable avec moi, jamais je n'aurais pu tomber aussi bas dans la méchanceté. Juste après, ma mère s'est éteinte, suite à deux ans de maladie, et j'ai été absente pendant une semaine. À mon retour, personne, pas même mes copines, n'était au courant de ce qui s'était passé. Seuls les professeurs étaient au fait. Je ne savais pas comment en parler, je faisais semblant que tout allait bien, j'avais juste été malade.

Après ça, je n'étais plus tout à fait la même, et il n'y avait pas de retour en arrière possible. J'ai remarqué que les autres me traitaient différemment, mais c'était plus facile de les ignorer, plus facile de prétendre que ça allait passer. Cependant, ils n'ont pas arrêté ; tout au contraire.

À cet instant, j'essaie de mettre du sens à tout ça, et j'observe avec attention l'écriture sur le mur.

Ces f, *je reconnais ces* f, *qui ressemblent à de grands* S. *Les mêmes* f *que sur le mot écrit sur Katia en cinquième. Et si c'était la même personne...*

La sonnerie interrompt mes réflexions, je dois me rendre à mon prochain cours. Pour me préparer à affronter le professeur de maths, j'avance dans le couloir jusqu'à une sortie. Je pousse la lourde porte coupe-feu et marche quelques secondes sous la pluie en laissant les gouttes glisser sur mon visage. Lorsque la pluie tombe, cela me fait penser au fait que le monde s'étend bien plus loin que le lycée, que mon univers n'est rien comparé à l'univers entier. Mes pensées s'écoulent librement.

Est-ce que je suis perdue ?
Où est la sortie ?
Est-ce qu'il y a vraiment une sortie ?
Un rien...
auquel me raccrocher.
Courage.
Force.
Persévérance.
C.F.P.
Oui, raccroche-toi à ça !
C'est juste une averse...
rien qu'une averse.

Je respire profondément et cela me réconforte. À ce moment, je remarque plusieurs visages rieurs qui m'observent par les fenêtres. Je me dépêche de regagner l'intérieur du bâtiment et me précipite vers la salle du cours de mathématiques.

Tout de suite, je prends place, sans regarder personne. Guillaume est déjà assis. Pendant quelques secondes, il me regarde d'un air bizarre, presque dégoûté. Sûrement à cause de mes yeux encore un peu rouges, mes cheveux et mes vêtements mouillés. L'air perturbé et comme s'il avait un chat dans la gorge, il me dit :

— Tu as besoin d'un mouchoir ou d'une serviette... je pense.

Je fais mine de n'avoir rien entendu en sortant mes affaires de maths. J'ai décidé de prendre des notes sérieusement.

Soudain, je sens quelque chose dans mon dos. Je me retourne et une boulette de papier glisse sur ma chaise. Je regarde autour de moi mais je n'ai aucune idée de qui pourrait avoir fait ça. Un instant, mes soupçons se portent sur Alex Pêcheux. Je prends le papier et le déplie. Il y a écrit :

Sans amis, laisse Guillaume tranquille ! T'as aucune chance !

Je souris quelques secondes tellement ce message est ridicule, puis fais passer le mot à Guillaume qui en prend connaissance et le roule en boule avant de faire un tir dans la poubelle de recyclage à quelques mètres. J'écris aussi sur un papier qui traîne dans ma trousse :

Tu pourras dire à ton fan-club qu'il ne faut pas qu'ils s'inquiètent...

Guillaume le lit aussi et je pensais qu'il allait s'en débarrasser mais il le range dans sa trousse en rougissant légèrement. Je ne l'ai jamais vu rougir. J'en conclus qu'il ne veut absolument pas avoir d'interaction avec moi. Je souris nerveusement de plus belle et secoue la tête. Le cours commence et monsieur Moineau est déjà en train de nous parler du prochain contrôle de maths.

Le professeur me voit sourire et me lance immédiatement :

— Mademoiselle Charles, je vois que l'annonce du contrôle vous fait sourire, vous êtes donc prête... cela nous donnera un petit aperçu de votre future réussite aux tests de fin de trimestre !

J'accepte sa remarque sans rien dire. Perdant mon sourire, je suis tétanisée, mais au fond de moi je me rappelle mon désir de renverser la situation.

Il ne croit pas vraiment en toi, mais tu dois pouvoir passer à l'action !

9. L'E-MAIL

Je cherche un cœur pas trop fragile. Un brin subtil, pas difficile.

Je cherche un cœur de caractère. Plutôt solaire, pas trop lunaire.

Annabel

Ça fait seulement trois jours que les vacances d'été sont finies, mais j'ai l'impression d'avoir déjà passé deux mois au lycée.

Enfin vendredi soir...

Aujourd'hui, j'ai fait profil bas. Les cours de mathématiques ont été remplacés exceptionnellement par la visite de la bibliothèque et l'explication de la recherche documentaire avec madame Bénaud. J'ai eu un peu de sursis.

Ça y est, je peux respirer un peu.

J'hésite entre lire ou regarder un film. Romantique bien sûr. Je prends d'abord mon téléphone pour me détendre avec un peu de musique.

Tiens, une notification d'e-mail.
C'est Aurore qui bosse déjà sur l'exposé de français ?
J'ouvre l'e-mail et j'en lis son contenu :

Salut !
De : Eryx1
vendredi 11 septembre, 18:04
À : Ann_c777
Est-ce que tu veux discuter ?
Signé : moi.

Sur le moment je suis intriguée. Les seules qui connaissent mon adresse e-mail sont Jess, Ophélie et Aurore.
C'est une blague ?
Ou un spam ?
Non, je n'ai jamais reçu de spams...
Est-ce que c'est Jess qui veut garder le contact ?
Une idée me vient. Une idée stupide sûrement. Mais sur le moment, cela me semble être une idée géniale. Je ne sais pas pourquoi mais j'ai envie de répondre, même si c'est pour écrire des bêtises. C'est comme jeter une bouteille à la mer.
Je dois vraiment être désespérée.
J'effleure le bouton « répondre » puis j'écris en tapant à toute vitesse :

Re : Salut !
De : Ann_c777
vendredi 11 septembre, 18:37
À : Eryx1
Tu veux discuter ?
Alors discutons.
Déjà, si tu es « moi », ça veut dire que je me parle à moi-même.
Ce que je fais depuis bien 5 bonnes années. Non-stop. Dans

ma tête.

Si tu es moi, alors tu sais que je ne sais pas ce que c'est une « décoloration » pour cheveux. Pourtant, le préfixe et la racine du mot auraient dû me mettre sur la voie, me donner des indices. Mais non. J'ai préféré les ignorer, parce que quoi de mieux qu'une chevelure orange pour passer inaperçue ?

Oui, parce que si tu es « moi », tu sais que passer inaperçue c'est mon objectif principal. Mon deuxième objectif, étant de réussir mes exams de maths...

Enfin, si tu es moi, tu n'as aucune idée de comment je vais faire ça.

Quoique.

Tu m'as donné une idée ! L'idée parfaite.

Les cours de soutien de maths !

Merci pour cette idée fantastique.

A.

Je reprends finalement une respiration normale.

Envoyer !

Ça fait du bien de jeter une bouteille à la mer...

10. LE LIVRE

Qui sont ces gens et pourquoi dois-je être incarcérée avec eux quotidiennement ?

Mia — *Journal d'une princesse*, Meg Cabot.

J'hésite devant la porte qui me sépare de la salle de classe. J'essaie de calmer mon cœur qui bat à cent à l'heure. C'est lundi, début de la semaine suivant la rentrée des classes. Il est midi, et j'aurais pu être en train de manger, comme la plupart des lycéens, mais j'ai pris mon courage à deux mains pour venir jusqu'ici.

La veille, j'ai demandé à mon père de signer le formulaire pour les cours de soutien de mathématiques qui se déroulent pendant la pause de midi. Il l'a signé tout de suite, sans poser de question. Pour mon père, c'est sûrement une solution de facilité. Il sait que quelque chose ne va pas, mais ne sait pas quoi faire. Comme je te l'ai déjà dit, nous n'avons pas l'habitude de discuter, tous les deux. Mais, il m'a pourtant dit en me tendant la feuille signée :

— Annabel, je sais que les maths ne sont pas ton fort... tu peux te concentrer sur les matières littéraires et ta moyenne sera correcte. À l'université, tu n'auras plus de maths. Ce n'est peut-être pas la peine de souffrir pour rien...

Souffrir ?

Rien que le lycée est synonyme de souffrances.

L'enfer c'est les autres, comme disait Sartre...

Blessée, je lui ai juste répondu :

— Tu crois que même si je travaille, je n'aurai pas de bons résultats en maths ?

Il a hésité avant de me répondre, son regard est devenu fuyant, puis il a finalement conclu notre brève discussion :

— Ce n'est pas ce que j'ai dit... fais comme tu veux, Annabel.

Il parle déjà de l'université, moi qui ai déjà du mal à me concentrer sur le lycée. Pendant quelques secondes, je me suis laissé convaincre. Je ne sais pas si je vais aller étudier à l'université, mais après le lycée je peux, c'est vrai, choisir de laisser tomber les maths. Je peux décider d'accepter cette situation, avoir de mauvaises notes pendant un an ou deux, puis effacer complètement les maths de ma vie.

Mais je me suis fait une promesse et je vais aller jusqu'au bout. C'est pourquoi je suis là, dans le couloir, pendant que la majorité du lycée fait la queue devant le self.

La porte de la classe est fermée, car j'ai d'abord cherché partout mon sac dans le couloir. Je sais très bien qui l'avait caché.

Lecomte.

Vraiment que ça à faire...

Je l'avais juste laissé quelques minutes pour aller aux toilettes et il avait disparu. En général, je fais attention à ne pas le laisser traîner, mais avec cette histoire de cours de soutien, j'ai baissé ma garde. Heureusement, je l'ai rapidement retrouvé, accroché à un arbre, à l'entrée du bâtiment.

Je suis maintenant en retard, et pourtant je ne peux pas m'empêcher de penser à ma discussion avec Daniel dans le bus plus tôt ce matin. Je lui ai fait part d'une partie de mon plan : suivre les cours de soutien de maths tous les midis, pour réussir les tests de fin de trimestre. Il semblait content pour moi. Il a évoqué brièvement mes cheveux, de nouveau bruns grâce à l'aide de ma sœur. J'apprécie discuter avec Daniel, mais il y a quelque chose qui m intrigue chez lui. Je me demande pourquoi il me parle. Il s'est déjà bien intégré dans la classe, et a plusieurs amis, dont Guillaume, et Lecomte par extension. Selon l'ordre des choses il ne devrait donc pas m'adresser la parole.

Un jour ou l'autre je vais devoir l'interroger sur ce sujet...

Devant la porte, je remets mes cheveux en place, mais je ne suis pas satisfaite. J'aplatis le dessus, sans succès.

C'est rien Annabel, tu t'es promis de ne pas penser à ça, ce n'est pas le plus important.

Tu vas ouvrir cette porte.

Maintenant !

Je prends une grande inspiration pour chasser mes peurs. Mais je ne suis pas encore prête. Je sors mon téléphone de mon sac pour vérifier si j'ai reçu une réponse de Eryx1 après l'e-mail de vendredi.

Toujours rien...

C'était bien un spam en fin de compte.

Tu vas suivre ce cours, travailler et avoir de bons résultats aux tests de fin de trimestre. Tu vas montrer à Moineau de quoi tu es capable !

Une sonnerie aiguë retentit et me sort de mon immobilité. Elle indique le début du deuxième service au self, ce qui veut dire que j'ai quinze minutes de retard ! Je pose ma main sur la poignée, souffle, puis ouvre la porte en vidant mes pensées. Monsieur Moineau est debout devant le tableau. Le professeur m'accueille avec un :

– Bonjour mademoiselle Charles, vous êtes en retard !

Pourquoi lui ? Avec tous les profs de maths du lycée... ça tombe sur LUI !

Je m'avance à la recherche d'une place libre. Des élèves rigolent en passant, je tourne la tête quelques millisecondes et la seconde d'après, je me retrouve par terre. L'un d'eux m'a fait un croche-patte et je n'ai pas pu l'éviter, l'élève chuchote :

– C'est pour Katia...

En me relevant, je me trouve en face de Guillaume qui me regarde, avec ce même air singulier que vendredi dernier. Je reconnais l'élève qui m'a fait le croche-pied, c'est Roxanne, une bonne amie de Katia, assise à côté de... Lecomte.

Bien sûr... j'aurais dû m'en douter ! Mon plan aurait été trop facile !

À ce moment, le professeur voyant ma détresse me dit :

– J'espère que vous êtes au courant que dans ce cours on ne fait pas de miracles, mademoiselle Charles ?

Plusieurs élèves se mettent à rire, puis il continue :

– Parfois, il faut se rendre à l'évidence qu'il est trop tard pour rattraper les bases non acquises depuis l'école primaire, vous pouvez toujours abandonner et renoncer à vous torturer pour rien.

De nouveau, des éclats de rire remplissent la salle. Seul Guillaume ne rit pas et me regarde toujours avec un mélange de sérieux et de mépris. Les rires font moins mal que son regard perçant qui m'analyse et essaie probablement de deviner jusqu'à quel point je vais supporter les remarques du professeur.

Finalement, monsieur Moineau sort de ses gonds :

– Dépêchez-vous ! Vous voyez bien que la seule place libre est à côté de monsieur Duval !

Je m'assois à côté de Guillaume et sors mes affaires. C'est la troisième fois que je m'assois à côté de lui. Est-ce que tu penses que l'on peut être immunisé des effets qu'a une personne sur nous ? Pour l'instant, dès que je m'assois à côté de lui, une bouffée de chaleur m'envahit systématiquement. Cette vague de chaleur commence par ma tête, jusqu'à mes jambes, qui deviennent toutes tremblantes. Il me regarde brièvement dans les yeux, s'attarde quelques secondes sur mes cheveux, puis détourne le regard, comme si je le dérangeais. Je chasse toute pensée le concernant et me concentre pour me préparer à écrire mais Guillaume me demande à voix basse :

— Pourquoi tu voulais changer tes cheveux ?

Troublée par sa question je reste quelques secondes sans rien dire, mon cœur se serre dans ma poitrine. Moineau se met de dos pour signer la feuille d'appel. J'en profite pour répondre doucement :

— Pourquoi pas ? Je ne crois pas que ça t'intéresse de toute façon...

Il rapproche sa tête de la mienne pour me dire quelque chose mais tout à coup, un projectile est lancé sur le professeur qui se retourne, surpris :

— Qui s'amuse ici et n'a rien d'autre à faire de plus intelligent ?

Roxanne, une brunette, aux cheveux coupés très courts et à la voix un peu rauque, lève le doigt et déclare :

— Je pense que ça venait de par là...

Elle me pointe du doigt en même temps, alors le professeur me lance :

— Si vous perturbez le rythme de la classe, je vais vous demander de sortir.

Il fait mine de réfléchir puis très rapidement il ajoute :

— Après réflexion, c'est la meilleure solution pour tout le monde. Je transmettrai à la vie scolaire que ce cours n'est pas adapté pour vous. Vous pourrez toujours demander les exercices à vos camarades, bien sûr.

Il plaisante, là ? Il me met à la porte !

Je n'en crois pas mes oreilles, j'arrive à peine à articuler quelques mots :

— Je suis désolée... d'être en retard, mais... je n'ai... rien lancé sur vous...

Le professeur continue comme s'il n'avait pas entendu ce que j'ai dit :

— Oui, c'est de ma faute, je n'ai pas vu votre nom sur la feuille d'appel ce matin, cela ne va pas être possible.

— Je n'ai pas le choix... je souffle en me levant avec mes affaires.

— Oui, bonne journée mademoiselle Charles, et ne traînez pas dans les couloirs, profitez-en pour aller manger.

Je rassemble rapidement mes affaires sans rien ajouter. Mes joues chauffent, car je sens que je suis de trop. Je repense aussi à la tête de Guillaume qui s'était rapprochée de la mienne. J'ai envie de crier que c'est injuste. Je suis en colère envers le professeur, mais encore plus envers moi-même car je me laisse faire, une fois de plus. Je ferme la porte derrière moi, sans regarder autour.

Je marche, sans aucune destination, car je n'ai aucune envie de manger après ça.

Je ne peux pas abandonner, pas maintenant. Mais s'il avait raison ? Et si j'étais vraiment trop nulle ? Et si j'étais un cas désespéré ?

Après m'être un peu calmée, je repense à ma promesse, à mes objectifs, et j'essaie de me persuader.

Non... je peux y arriver. C'est mieux comme ça, je vais lui montrer que je peux y arriver toute seule !

Puis, je reviens sur mes pas et murmure :

— Je peux y arriver toute seule.

Je me répète cette phrase en me dirigeant vers mon endroit préféré. Tu dois te douter que je parle de la bibliothèque du lycée. Sauf que cette fois, je ne vais pas emprunter des romans sentimentaux ou dramatiques, mais des livres de maths. J'entre et passe entre les rayons de livres rapidement. Même si cela ne fait que quelques jours, je connais déjà la bibliothèque comme ma poche. Je me sens déjà mieux, l'odeur des livres me réconforte, en être entourée me rassure.

Je me penche pour lire les titres et trouve en quelques secondes un livre de mathématiques de niveau seconde que j'ouvre rapidement, pleine d'espoir. Je tourne les pages, m'arrête plusieurs fois pour lire, mais ma vue commence à se troubler, mes yeux commencent à se remplir de larmes. Le livre m'échappe des mains et tombe. Je le ramasse vite, regarde autour de moi pour vérifier que personne ne m'a vue et le repose sur l'étagère. Je m'assois à une table cachée derrière des rayons pour réfléchir.

Annabel, le prof a raison, il faudrait un miracle. Tu ne comprends même pas les consignes de ce livre.

Réfléchis.

Annabel.

Réfléchis.

Mais je n'arrive à me concentrer que sur les paroles du professeur de mathématiques, qui tournent en boucle dans ma tête.

Il est trop tard pour rattraper les bases non acquises depuis l'école primaire...

Alors, comme pour trouver un moyen de contredire cette pensée, je prends mon journal. Je dois essayer de chasser ces pensées négatives. Dans mon sac, je trouve un stylo, puis commence à écrire :

Sois ce que tu veux être.

Fais ce que tu veux faire.

Je recopie ces deux phrases sur toute la page jusqu'à ce que mes pensées négatives s'effacent.

Bien sûr ! Les bases !

Monsieur Moineau a quitté ma tête et tout à coup, j'ai une idée. Je range vite mes affaires et marche jusqu'au fond de la bibliothèque. Après quelques minutes à lire attentivement les titres d'une petite étagère rassemblant une cinquantaine de livres, je trouve ce que je cherche. J'ai du mal à porter le gros volume et à le déposer sur le comptoir. La jeune bibliothécaire aux cheveux courts prend, elle aussi, difficilement le livre en main :

— Ouh là là, celui-là il sort pas souvent ! C'est bien !

En souriant elle scanne le livre et lit le titre :

— Tout le programme du collège en mathématiques avec leçons, exercices et corrigés ! Intéressant !

— Merci, j'ai besoin de me remettre à niveau, dis-je un peu gênée.

— Bravo, ça, c'est la bonne attitude !

— Merci !

— N'oubliez pas que vous avez *Orgueil et Préjugés* à ramener la semaine prochaine...

— Oui merci je sais, je le ramène demain...

La bibliothécaire madame Bénaud est ma personne préférée pour l'instant au lycée. Elle a toujours des choses positives à dire et communique sa joie de vivre à tous ceux qui franchissent le seuil de la bibliothèque.

Au même moment, Katia sort d'un espace de travail sur le côté. Elle est suivie d'une de ses acolytes, Émilie, une grande blonde à lunettes, avec les cheveux coupés au carré. Je prends vite mon livre pour le ranger dans mon sac et me cacher derrière le stand des magazines pour ne pas qu'elle me voie.

Pathétique.

Je suis pa-thé-tique.

Je saisis le dernier numéro de la gazette du lycée de l'année dernière.

Magnifique.

Tiens, la course du lycée de l'année dernière...

— Merci Marie-France ! Vous êtes la meilleure ! s'écrie Katia.

— Merci Katia, si tous les élèves étaient comme toi... tu as pu finir ton projet ? N'hésite pas à demander la salle quand tu veux ! Normalement elle est réservée aux premières et terminales mais je peux faire des exceptions...

— Merci pour votre aide ! On a presque fini grâce à vous !

C'est bon... fonce !

La voie est libre et je sors aussi vite que je peux. Katia, qui était déjà très populaire au collège, semble l'être devenue davantage au lycée en seulement quelques jours. De l'extérieur, Katia a l'air tellement sociable, souriante et surtout d'une grande beauté. Au collège, tous les professeurs l'adoraient et la couvraient de compliments : selon eux, c'était une élève qui faisait preuve de sérieux, qui souhaitait atteindre l'excellence tout en faisant preuve d'empathie. Elle est polie et aimable avec tout le monde... sauf moi. Lorsqu'elle daigne me regarder, tout ce que je vois dans son regard est un mélange d'indifférence, et de fausse pitié. Et ce qui me fait mal quand j'y repense, c'est notre amitié, car je ne comprends pas comment on a pu en arriver là. Maintenant, j'ai presque peur d'elle, même si je refuse de le croire. Je n'ai rien à me reprocher et pourtant je la fuis.

Impossible de prendre mon livre au self, car il est trop lourd. Un passage par mon casier est nécessaire. Lorsque je suis sur le point d'en fermer la porte, Émilie dit en passant à côté de moi :

— *Loser* un jour, *loser* toujours... Elle a pas trouvé *Les maths pour les nuls*, ça aurait été plus utile ! L'espoir fait vivre !

Lorsqu'elles sont un peu plus loin, Katia ajoute :

— Elle me fait de la peine... mais elle me fait aussi peur. Elle est vraiment en trop...

Elle dit ça comme si elle se sentait vraiment concernée par mon intégration au lycée. Un souvenir me revient alors en mémoire. Je suis devant mon casier, mais deux ans plus tôt, au collège. En prenant mes affaires, je parle à Jess et Ophélie qui se coiffent en tenant un miroir de poche. Je leur communique mes pensées, mais comme la plupart du temps, c'est plutôt une conversation avec moi-même :

— Les filles, vous vous êtes déjà demandé, si vous changiez un évènement dans votre vie, comment ça aurait pu transformer votre existence ? Vous avez déjà imaginé toutes les vies parallèles à celle-ci, si on changeait juste une petite chose ? Et si...

— Parfois, c'est mieux de se taire, c'est un conseil... me lance Katia en me poussant brusquement contre le casier.

Elle prétend que c'était un accident, puis de sa voix douce elle ajoute :

— Sinon, peu importe le monde parallèle où tu vis, tu seras toujours de trop.

Elle continue sa route, puis se retourne en concluant :

— Parce que c'est ce que tout le monde pense !

Pour le bouquet final, elle s'adresse à Jess et Ophélie :

— Vous devriez faire attention à vos fréquentations les filles...

La porte d'un casier qui claque me ramène au moment présent. Je lance un dernier regard à mon livre de maths. Je ferme le cadenas et m'en vais au self avec un nœud à l'estomac.

Peut-être qu'elles ont raison... Je serai toujours une nulle aux yeux de tous... Et si je perdais juste mon temps ?

Cette pensée s'immisce en moi de plus en plus, et comme je te l'ai dit, ce que l'on pense finit la plupart du temps par devenir une réalité, un fait, une évidence. Pour l'instant j'essaie juste de refouler celle-ci, et d'autres désirs viennent la remplacer.

Et si je leur montrais que je peux être autre chose, que je ne suis pas une nulle, solitaire et sans amis ?

Mais comment ?

11. LA SOLUTION

Quand je vais dans mon monde parallèle, tu ne peux pas me voir, je suis invisible.

Quand je vais dans mon monde parallèle, rien ne me brise, je suis invincible.

Annabel

Pour patienter dans la queue du self, je sors mon téléphone discrètement et je vérifie mes notifications. Je me force à ne pas trop y accorder de l'importance mais c'est assez excitant. Je m'accroche à quelque chose.

C'est la dernière fois !

Ensuite tu passes à autre chose.

Mes doigts tremblent.

Une réponse !

Il y a bien un nouveau message que je m'empresse d'ouvrir.

Moi/Toi
De : Eryx1
lundi 14 septembre, 12:32
À : Ann_c777
Je suis Moi.
Mais pas Toi.
Ne cherche pas à savoir qui je suis.
Je suis là pour discuter.

Encore une fois, c'est probablement insensé de ma part de répondre. Pourtant, je n'hésite pas une seconde.

Re : Moi/Toi
De : Ann_c777
lundi 14 septembre, 12:47
À : Eryx1
Tu veux discuter ?
De quoi ?
Peut-être que tu peux me dire pourquoi le sort s'acharne contre moi ?
Tu fais partie d'un groupe ? D'une bande ?
Si oui, tu ne peux pas vraiment me comprendre.
A.
P.S. Est-ce qu'on est dans la même classe ?

Je presse sur « envoyer » aussi vite que la première fois, et tout à coup la solution apparait dans mon esprit.

Oui ! Je vais faire partie d'un groupe !

Moi aussi, j'aurai une bande ! Mais pas d'attaches, pas de meilleurs amis.

Je garderai mes distances !

12. LE DESSERT

Voulez-vous me dire, s'il vous plaît, dans quelle direction je devrais aller à partir d'ici ?

Alice — *Alice aux pays des merveilles*, Lewis Carroll

Après avoir fait la queue, je me tiens debout avec mon plateau-repas, au milieu du self. Jusqu'à présent j'y ai mangé juste deux fois, toute seule, en vitesse, dans un coin au fond de la grande salle, entre deux lectures à la bibliothèque. Le lieu est maintenant rempli, entre ceux qui sont arrivés en premier et qui restent pour discuter, et ceux qui mangent au deuxième service. Un instant, l'odeur de ma salade de chou me retourne le cœur. Honnêtement, ça doit plutôt être la tension qui monte en moi. J'essaie de contrôler le tremblement de mes doigts pour ne pas faire tomber mon déjeuner devant tout le monde. Ils sont tous concentrés sur leur conversation, et le bourdonnement de toutes les discussions, les rires et les tintements de fourchettes ne les ennuient pas, eux. Je cherche avec qui je pourrais m'asseoir et je rassemble mes forces pour commencer à m'intégrer socialement. Cela serait plus facile de m'asseoir à une table toute seule, plutôt que faire l'effort de parler avec quelqu'un, faire l'effort de ne pas être trop différente.

Vas-y Annabel, tu vas faire partie d'un groupe, tu n'es pas une loser.

Je balaie rapidement du regard les différentes tables et reconnais Sébastien qui est dans ma classe, assis tout seul. Sébastien est toujours assis au premier rang en cours. Depuis le premier jour de classe, plusieurs élèves s'amusent à donner des coups de pied dans sa chaise. Quelques tables plus loin, Daniel mange avec un petit groupe qui semble accueillant, dont Lucas de la classe. Je m'avance :

— Bon appétit ! Je peux m'asseoir avec vous ? je demande timidement.

— Bien sûr, vas-y ! répond Daniel en souriant.

— Merci !

Je m'assois et Daniel commence à me présenter le reste de la tablée :

— Tu connais Lucas de notre classe, et ça, c'est sa sœur Lucie et sa copine Amina.

— Merci pour les présentations, moi, c'est...

— Annabel ! La rebelle de la classe ! interrompt une voix derrière moi.

Mon cœur s'arrête un court instant.

Il va tout gâcher... pas Lecomte !

Celui-ci s'assoit en face de moi, comme s'il avait oublié que ce serait sûrement considéré par sa bonne amie comme une grave erreur, puis il lance :

— Bon appétit les amis !

Guillaume, qui l'accompagne, se met à côté de moi sans rien dire. Il me regarde, mais je tourne légèrement la tête pour ne pas l'avoir dans mon champ de vision.

J'observe Daniel qui accueille Guillaume et Lecomte avec un sourire.

Garde ton objectif en tête ! Tu dois à tout prix avoir l'esprit clair...

Mais comment des personnes si différentes comme ces trois-là peuvent-elles être amies ?

Toujours sans contact visuel, je lui demande, surprise :

— Vous ne devez pas être au cours de soutien de maths ?

— Non, on en a profité quand il t'a renvoyée du cours pour lui dire qu'on s'était trompé... merci pour la diversion ! dit rapidement Lecomte.

Il prend quelques bouchées de son entrée et ajoute la bouche pleine :

— Guillaume voulait pas avoir Moineau tous les jours, en plus de ses cours avec lui ! On savait pas que ça allait être lui le prof, hein Guillaume... j'étais là juste pour te soutenir moralement.

— Oui, ma mère comprendra, répond-il pensif, je lui ai raconté ses méthodes à l'ancienne... c'est elle qui voulait que je m'inscrive.

Guillaume commence à manger et je ne peux m'empêcher cette fois de le regarder, en repensant à tous les espoirs que j'avais mis dans ce cours.

— Je n'ai pas eu le choix, moi... J'aurais essayé de faire avec, mais apparemment c'était pas possible pour lui, dis-je avec rancœur. Et vous y êtes pour quelque chose !

— T'inquiète pas, il t'a fait une faveur en t'épargnant, me dit Guillaume, toujours très songeur.

Je tourne la tête vers Lecomte lorsque celui-ci prend une frite dans mon assiette et ajoute avec un petit sourire :

— Où sont tes merveilleuses amies Alaoui et Léger ? On dirait qu'elles t'ont laissé tomber... ça devait arriver. Un jour ou l'autre elles allaient bien réaliser qui tu es vraiment.

— Quoi ?

Je fais une pause, choquée par son audace.

– Tu peux m'expliquer comment toi tu me connais ? je continue d'un ton sec, ma rancœur maintenant remplacée par de l'irritation. Depuis quand mettre mon sac dans tous les recoins de l'école et me faire des réflexions juste pour me blesser te permettent de me juger ?

– Depuis quand tu te mets à répondre ?

– Il a ses sources... ajoute Guillaume avec conviction.

– Peut-être qu'il devrait changer ses sources, monsieur je-sais-tout ! je rétorque en le toisant volontairement.

Nous nous regardons alors, droit dans les yeux, pendant quelques secondes, cherchant à comprendre l'autre.

Mon cœur commence à s'accélérer et à me trahir mais il ralentit lorsque j'entends des chuchotements à l'autre bout de la table. Lucie murmure quelque chose à Amina, et Lucas leur demande :

– Qu'est-ce que vous dites les filles ? Allez ! Sérieux ! Pas de secret à cette table, dites-le à voix haute !

– Non, c'est rien, on se demandait juste quelque chose... lui répond Lucie.

– Partagez, ça pourrait détendre l'atmosphère... supplie Daniel.

– On se demandait si... le regard d'Amina s'excuse par avance, et elle reprend après une courte pause. On se demandait juste si Annabel était Annabel C., des toilettes.

– Annabel des toilettes ? C'est quoi cette histoire ? demande Guillaume qui parait à la fois intéressé et amusé, ce qui lui arrive rarement.

– Oui, c'est moi... la carotte... c'est sûr. Je ne sais pas qui a écrit ça, c'est un mystère à résoudre et j'ai quelques indices, je leur annonce, confiante.

Amina et Lucie semblent attirées par ce mystère et se mettent alors à décrire aux garçons le mot écrit jeudi dernier dans les toilettes des filles du bâtiment B. Depuis ce jour, d'autres élèves ont ajouté des petits mots, tout aussi sympathiques, tels que « Recherche amis désespérément », ou « À éviter, Vampire, dangereuse ». Mon préféré est : « Je suis d'accord ». Rapidement, un pan entier du mur s'est couvert de graffitis. Je me demande d'ailleurs si ceux qui les ont écrits me connaissent vraiment.

— T'es sérieuse ? C'est abusé ! Je pensais que c'était fini ce genre de trucs, au lycée ! C'est quoi tes indices ? me demande Lucas.

— J'ai reconnu l'écriture.

Je fais une pause en réfléchissant à ce que je peux révéler puis je continue :

— C'est la même écriture assez particulière que sur un autre mot que j'ai déjà vu il y a quelques années.

— Quel mot ? me demande Guillaume en fronçant les sourcils alors que Lecomte se lève pour remplir une carafe d'eau.

— Un mot écrit en gros dans les toilettes au collège, c'était à propos de Katia.

— Donc, tu me dis que tu ne sais pas qui a écrit sur Katia dans les toilettes au collège ? insiste Guillaume avec un regard intrigué.

— Non, je ne sais pas, et toi ?

— Peut-être... comment es-tu si sûre que c'est la même personne ?

— Je me souviens des *f*, en forme de grands S. Et le reste des lettres était tracé de cette même façon assez unique, avec beaucoup de courbes. C'était il y a longtemps, mais je me rappelle très bien de cette période... j'explique, en essayant de ne pas laisser ma mémoire aller trop dans les détails.

— Trop cool, un mystère à résoudre !! On peut t'aider ! C'est pas comme si notre vie était palpitante... s'exclame Lucie.

— C'est clair, un peu d'action ! ajoute Amina.

Guillaume est maintenant étrangement silencieux, perdu dans ses pensées. Le reste de la table a changé de conversation et tout à coup mon attention est autre part. Je viens de remarquer de nouveau Sébastien, installé quelques tables plus loin. Derrière sa table, il y a un groupe ; parmi eux se trouve Alex Pêcheux, celui que je ne peux absolument pas me voir. Ils sont juste derrière notre table, et Alex se moque ouvertement de Sébastien :

– Quelle tâche ! Le mec, il s'habille avec les vêtements de son père, ou de son grand-père. C'est le prochain Moineau... grave ! C'est un *no-life* !

Il continue en faisant des bruits gutturaux ridicules pour se rendre intéressant. Alex porte tout l'attirail d'un skateur, de la casquette jusqu'aux chaussures. Toute son identité semble tourner autour du skate, alors que je ne l'ai pour l'instant pas encore vu en utiliser un. Il parle toujours très fort, avec sa voix qui vient sûrement juste de muer. Il y a quelques filles dans son groupe qui l'apprécient. Il a de l'allure, c'est sûr, et fait tout pour montrer sa virilité.

Il s'apprête à lancer une poignée de frites sur Sébastien. J'ai envie de dire quelque chose, et mon estomac se noue, comme s'il me disait qu'il faut que je réagisse. Je ne peux rien dire... mais ma main prend automatiquement la grosse bouteille de sauce vinaigrette et la serre aussi fort qu'elle peut. Soudain un jet de sauce est projeté sur la tête d'Alex. Je repose immédiatement la bouteille, le sang dans mes veines circule à cent à l'heure. Tout se passe très vite. Daniel et les autres ne remarquent rien et poursuivent leur conversation avec Lecomte qui vient de se rasseoir. Il n'y a que Guillaume qui pourrait m'avoir vue.

Alex pose ses frites dans son assiette, crie instinctivement plusieurs insultes et conclut en lançant :

– Personne se fout de ma gueule ! Je vais grave massacrer

sa face !

Il semble ne pas vouloir trop attirer l'attention sur la vinaigrette sur sa tête. Il hésite, mais il se retourne, aperçoit la bouteille de sauce et demande en s'essuyant avec une dizaine de serviettes en papier :

– C'est vous qui m'avez aspergé ?

Je m'apprête à bredouiller quelque chose, mais Guillaume me coupe dans mon élan :

– Non, ça doit être un accident, il y a de la sauce sur chaque table, sûrement quelqu'un qui y est allé un peu trop fort...

– T'as vu qui c'était, toi, Vampire ? m'interroge-t-il, sûrement car que je suis devenue toute rouge.

Je pensais que ce surnom était sur le point de disparaître, surtout avec le lycée, mais j'avais tort.

– Je ne voudrais pas accuser quelqu'un sans être sûre...

– Laisse tomber... termine-t-il comme s'il ne voulait pas perdre son temps avec moi.

C'est alors que Guillaume se lève, sans avoir fini son dessert. Il me jette un bref regard et s'adresse à Daniel et Lucas :

– Je dois y aller, on se voit en cours.

En récupérant son plateau, il plonge ses yeux dans les miens. C'est vraiment trop court pour conclure qu'il l'a fait de manière intentionnelle. Mais c'est assez pour démolir mon mur d'indifférence. Malgré moi, pendant ce bref instant, je le regarde avec ce regard spontané et naïf. Un regard qui trahit tout ce que j'ai enfoui et qui devait rester impénétrable.

C'est pas possible, Annabel !

Qu'est-ce que tu fais ?

Lecomte le suit sans rien dire. Les autres continuent de discuter et se demandent ce que Guillaume a de si important à faire. Lucas n'arrive pas à croire qu'il ne lui ait même pas proposé son dessert. Je ne me pose pas de question, mon cœur bat toujours la chamade. Pour me calmer, je jette un œil à

Alex. Il a arrêté de s'en prendre à Sébastien, et raconte ses exploits au skatepark du week-end dernier. Alors, je me ressaisis et me recentre sur mon nouvel objectif.

Le groupe.

Tu vas faire partie d'un groupe.

Je participe à la conversation de ma table et leur demande en forçant un sourire :

– Vous avez prévu d'aller à la fête foraine, ce week-end ?

13. LE RÊVE

@

À mon procès, je plaide coupable.
La sentence sera mon remède.
Délivrez-moi de cette fable,
Avant que la morale ne cède.

Annabel

Après ce lundi, je guette ma boite mail souvent. Je tente aussi de faire des pronostics sur l'identité d'Eryx1, mais il est trop tôt pour conclure avec détermination.

Finalement, je reçois une réponse mercredi à 18 h 08 et j'y réponds dans la foulée.

C'est Moi
De : Eryx1
mercredi 16 septembre, 18:08
À : Ann_c777
Oui, je fais partie d'un groupe.
Les personnes en qui j'ai confiance, je les compte sur les doigts

d'une main.

C'est pour ça que c'est mieux si tu ne sais pas qui je suis.

Tu ne me dois rien.

Je ne te dois rien.

Je ne sais pas si le sort s'acharne contre toi... mais ça peut aider d'avoir un rêve.

Mon rêve ça serait de monter mon groupe de musique.

C'est quoi le tien ?

Re : C'est Moi

De : Ann_c777

mercredi 16 septembre, 18:23

À : Eryx1

Oui... on ne se doit rien. Sauf que toi, tu sais qui je suis, non ?

Mais peu importe.

C'est mieux que je ne sache pas qui tu es.

Je me suis fait une promesse et je ne compte pas la briser.

Je ne peux plus m'attacher. Ça fait trop mal...

Alors, une personne inconnue, c'est parfait !

Pour mon rêve...

Je ne sais pas.

Je rêve tout le temps, de tout et n'importe quoi.

Mais, est-ce que c'est ça, MON rêve ? Non.

Pour ça, il faudrait que j'ai un peu moins peur. MAIS !

« Il n'est jamais trop tard pour réaliser ses rêves, jamais trop tard pour se fixer un nouveau but. Il n'est jamais trop tard pour devenir soi. »

Et ça, c'est pas moi qui le dit mais c'est une des citations sur le mur de la chambre de ma sœur, avec Christelle Duprey écrit en dessous.

Oui, parce que contrairement à moi, ma sœur est parfaite.

Alors, je me fixe des objectifs pour l'instant, pas de rêves.

Et toi, tu as des objectifs ?

Mon prochain, c'est d'aller à la fête foraine de ma ville...
Souhaite-moi bonne chance.
A.

14. LA VOITURE BLEUE

La pire erreur consiste à se faire remarquer.

Adèle – *La belle Adèle*, Marie Desplechin

J'ai attendu ce samedi soir avec un mélange d'impatience et d'angoisse.

Tous les jours, à la pause de midi, j'ai été accueillie avec bienveillance par Daniel, Lucas, Amina et Lucie. Bien sûr, je me suis assurée de garder une relation décontractée, sans attaches. J'ai appris des choses sur eux, sans trop en dévoiler sur moi. Ils m'ont interrogée quelquefois sur le collège, mais j'ai répondu brièvement ou parfois avec juste un sourire, en leur retournant la question. Guillaume et Lecomte sont restés dans leur coin avec la bande de Katia, lundi a été le seul jour où ils ont mangé à notre table. Je me répète que c'est mieux comme ça. Hors de question de leur accorder de l'importance !

À 19 h, j'attends devant le grand huit, au point de rendez-vous décidé avec le groupe la veille. Juste avant de partir, j'ai reçu un autre e-mail d'Eryx1 mais je dois réfléchir un peu avant de lui répondre. La fête foraine de Saint-Jean attire les jeunes de toutes les villes environnantes et un grand espace autour de la salle des fêtes est aménagé pour cet événement éphémère, organisé pendant les mois d'août et de septembre. Il y a probablement la moitié du lycée qui se retrouve là tout au long de ces deux mois, et ça m'inquiète un peu.

En les attendant, je repense au livre de maths que je n'ai toujours pas sorti de mon casier. Vendredi, avant de prendre le bus, j'ai ouvert le casier et je n'ai pas pu détacher mon regard du gros volume pendant près d'une minute. J'ai failli le mettre dans mon sac mais j'ai changé d'avis au dernier moment. J'ai d'autres choses en tête, je fais partie d'un groupe et il faut que j'y reste. Je dois d'abord reconstruire une image, devenir « quelqu'un » pour quelques personnes. Je pourrai ensuite réaliser le reste de mes objectifs. Ça, c'est le plan, la théorie...

Pendant tout l'après-midi, j'ai essayé d'imaginer dans ma tête plusieurs déroulements possibles de cette soirée. Je suis cependant en terre inconnue, car avec Jess et Ophélie nous allions toujours à la fête foraine l'après-midi. Chaque année, Ophélie nous persuadait que c'était mieux, car il n'y avait personne de l'école, et presque pas de queue pour accéder aux attractions.

Dans ma tête, au cours de la semaine, j'ai imaginé des scénarios dignes des meilleures comédies romantiques. Ma sœur me faisait un *relooking* complet. Elle me persuadait de porter une robe bleu ciel à larges bretelles, qui s'arrête au-dessus des genoux, avec une fine ceinture brodée de perles. C'était une robe de notre mère quand elle était jeune. Elle me suppliait de la laisser me maquiller, puis elle fouillait dans son placard et me prêtait une magnifique paire de chaussures à talons.

Ça, c'était dans ma tête... dans la réalité, tu te doutes que j'ai enfilé mon jean préféré, avec un haut bleu foncé à manches longues, légèrement trop grand pour moi, comme tous les vêtements de ma garde-robe. Pour la touche finale, ma paire de baskets blanches complète l'ensemble. Après l'incident de la teinture orange, je ne veux surtout pas attirer l'attention sur moi, je désire juste me fondre dans la masse.

Je repositionne mes cheveux autour de mon visage, comme j'en ai l'habitude, pour me rassurer. Soudain, je me retourne au son de la voix de Lucas :

— Allez, c'est sérieux, on va s'amuser ce soir ! Annabel est là ! Annabel ! T'es prête pour une soirée inoubliable ?

— Pas la peine de crier ! implore Lucie en lui donnant un coup de coude.

— C'est clair, on t'entend à des kilomètres ! ajoute Amina.

Daniel est là aussi. Il m'accueille avec un léger sourire et lance :

— Annabel ! On commence par les autotamponneuses !

Il me fait sourire, sa bonne humeur est toujours contagieuse. Je ne sais pas si tu peux imaginer Daniel comme il est vraiment. En tout cas, ce que tu dois retenir, c'est que tout le monde, populaires comme moins populaires, l'aime bien. Peut-être que c'est le fait qu'il a une copine. Il peut discuter avec tout le monde, personne ne fait d'insinuations à propos d'une potentielle drague. Il est juste quelqu'un qui est tout le temps de bonne humeur et qui discute avec qui bon lui semble. Daniel répète :

— Annabel, t'es prête ? Ces trois-là sont en train de devenir fous !

Je les suis et quelques minutes plus tard, nous faisons ensemble la queue pour utiliser nos tickets en même temps.

C'est bon, tu as un groupe, ne réfléchis pas trop... amuse-toi !

Lorsque notre tour arrive enfin, le jeune homme au guichet nous indique que nous devons nous installer à deux par voiture. Je commence à paniquer. Les paires sont déjà faites et à coup sûr je vais me retrouver toute seule, mais Daniel me dit gentiment :

— Je me mets avec toi pour ce tour si tu veux ?

— Non, ne t'inquiète pas, merci ! je lui réponds spontanément.

Je promène discrètement mon regard pour observer si quelqu'un d'autre est tout seul. Je regrette alors ma réponse.

Pourquoi tu n'as pas accepté ? Maintenant, tu n'as plus qu'à espérer qu'une âme charitable s'assoie avec toi !

Pourquoi ?

Pourquoi ?

POURQUOI ? C'était super facile d'accepter !

La voix de Katia résonne. Elle attend au guichet de l'autre côté avec Émilie, Roxanne, Lecomte et d'autres nouveaux de sa bande.

Pas de Guillaume en vue…

C'est mieux comme ça.

Elle fait assurément exprès de forcer sa voix pour que je l'entende :

— Elle va se retrouver toute seule, personne ne va se dévouer pour aller avec elle… Franchement, elle me fait de la peine parfois.

Bien sûr, Katia parle de moi. Dans le haut-parleur, le guichetier demande à ceux qui ont un ticket de s'installer. Daniel monte dans une petite voiture avec Lucas et Amina avec Lucie. Je m'installe dans une voiture libre en priant pour qu'une autre lycéenne seule se mette avec moi. Cependant, personne ne semble m'avoir remarquée. Je suis prête à abandonner et à laisser la voiture bleue à deux filles qui attendent à côté. Mais quelqu'un s'assoit à mes côtés.

Lui.

Guillaume.

Mais qu'est-ce qu'il fait ?

— Tu t'es trompé je pense, je vais attendre le prochain tour... Amina ou Lucie monteront sûrement avec moi !

Je me lève mais il démarre sans un mot :

— Tu vas pas bien ! Tu ne m'as pas entendue ? je crie.

— Excuse-moi, je pense que j'ai raté le moment où tu me remerciais de t'avoir évité de te payer la honte.

— Je peux me débrouiller sans ton aide ! Je ne suis pas à un moment désagréable près...

Tout va très vite. Guillaume continue de conduire en essayant d'éviter ceux qui nous foncent dessus. Une voiture rouge avec deux inconnus à son bord nous heurte. Je laisse échapper un rire contre ma volonté. Sur le moment, je décide alors de saisir l'instant.

C'est une opportunité ! Pour montrer aux autres que je peux m'amuser moi aussi !

— Si je dois rester, passe-moi le volant ! j'exige.

Je prends le volant et le fais tourner à 180 degrés pour heurter à nouveau la voiture rouge. Nos mains se frôlent pendant un instant, je sens comme un courant électrique me traverser.

Cette sensation... ça fait tout drôle.

Du coin de l'œil j'essaie d'observer sa réaction mais en même temps, nous nous faisons pousser par la voiture de Daniel et Lucas, qui crie :

— T'es sérieux, Guillaume ? T'as eu ton permis de conduire dans une pochette surprise ? Annabel, bon courage, j'espère que t'es prête à encaisser quelques chocs !

— C'est moi qui suis aux commandes ! je lui réponds en éclatant de rire.

Je n'ai pas ri comme ça depuis très longtemps. Je ris tellement que j'arrive à peine à reprendre ma respiration. Je lui repasse le volant quelques instants pour mettre la main devant ma bouche et étouffer mes éclats de rire. C'est là que je le vois sourire puis rire.

Je rêve.

Non... ne te fais pas avoir.

Pas maintenant.

Jamais !

J'aperçois Daniel me regarder étrangement mais je n'ai pas vraiment le temps d'y réfléchir. Après plusieurs tours, je me surprends à m'amuser. C'est comme si j'étais obligée de regarder quelqu'un d'autre qui prend du plaisir à ma place. Je suis là, et absente à la fois.

Tu t'amuses.

C'est mieux que rien.

Mais ne va pas plus loin...

De l'autre côté, il y a toujours Katia qui attend et elle nous regarde tous les deux d'un air dégoûté. Je l'ignore, l'adrénaline qui parcourt mes veines me permet de supporter temporairement un futur retour à la réalité, comme lorsque je lis un livre. Dans un moment d'égarement, je prends trop brutalement un virage et ses épaules se pressent contre les miennes. Je lâche les commandes par réflexe, mais il stoppe ma main droite et la pousse sur le volant avec la sienne pour éviter de justesse une collision.

Reprends-toi. Reprends-toi. Reprends-toi. Reprends-toi.

Après une seconde d'hésitation, je déplace ma main et il fait de même.

Quand le tour est terminé, je me lève promptement, prête à tourner la page, mais il se dresse aussi rapidement et me fait face. Mon cœur explose dans ma poitrine. Je me tourne aussi vers lui. Nous sommes à quelques centimètres l'un de l'autre. Je lui dis doucement, troublée par mes émotions :

— Je sais très bien ce que tu fais...

— Et qu'est-ce que je suis en train de faire ? me murmure-t-il en s'approchant légèrement de mon visage pour que j'entende avec la musique qui résonne.

– On sait très bien tous les deux que ton groupe se fiche de moi ! J'ai pas envie de savoir les détails ! conclus-je en haussant la voix.

Je ne peux plus le regarder ni lui parler, je veux juste partir et rejoindre le groupe.

Toi et moi, on sait très bien que tu n'as pas voulu soi-disant m'aider...

Sûrement une blague de Lecomte... ou Katia.

Lucie vient à ma rencontre et me dit avec plein d'entrain :

– C'était cool, non ? Vous venez à la buvette ? Les autres commencent déjà à avoir soif...

– Vous ? dis-je, surprise.

– Avec Guillaume !

– Avec plaisir, lance Guillaume.

Je me tourne et il reste là, le plus naturellement du monde, comme si j'étais quelqu'un d'autre pour lui.

Il reste le même.

Celui que tu dois éviter.

Tu ne dois pas te laisser atteindre...

– Tu fais quoi ? je lui demande. C'est un jeu ?

– Je ne vois pas de quoi tu parles. J'ai soif, comme les autres.

J'essaie de comprendre, de chercher la vérité dans ses yeux, mais je ne vois que son regard intense qui me perce, comme d'habitude. Lucie réitère :

– Vous venez ? Vous vous disputerez un autre jour !

Je la suis en direction de la buvette, avec Guillaume. Marcher à ses côtés me fait bizarre, j'en oublie presque Katia, qui j'en suis sûre ne voit pas tout ça d'un très bon œil. Je me concentre donc sur Lucie.

J'apprécie déjà beaucoup Lucie, même si cela ne fait que quelques jours que je la connais, parce qu'elle me parait être quelqu'un d'authentique. Elle soigne son apparence, et pense à des petits détails qui la font sortir de l'ordinaire. Comme ses boucles d'oreilles avec des petites lunes incrustées de pierres violettes, ou ses *leggings* aux motifs exotiques. Comme Amina, elle est en première. Elle ressemble beaucoup à son frère Lucas. Des cheveux bruns formant de belles boucles entourent son visage arrondi, qui semble toujours afficher un petit sourire. Je ne souhaite pas m'attacher, mais plus j'en apprends sur un membre du groupe, et plus je me lie à lui. Je me dis cependant que si eux n'en savent pas trop sur moi, cela serait moins dur si je ne devais plus, un jour, être leur amie.

Nous arrivons à la table de la buvette. Lucie s'assoit d'abord, et il ne reste plus que deux places côte à côte pour Guillaume et moi, mais Daniel se lève pour me laisser sa place. Il me faut un peu de temps pour respirer, alors je décline son offre et propose d'aller passer la commande des boissons directement au comptoir. Je redoutais que Guillaume se propose pour m'accompagner, et mes craintes se révèlent exactes. Je ne veux pas faire de scène, alors je ne dis rien.

Nous faisons la queue, en regardant tous les deux devant nous, sans nous faire face. Il enfouit et retire plusieurs fois de suite les mains dans ses poches, sans dire un mot. Je me concentre pour ne pas me repasser dans la tête son visage près du mien.

Pense à la commande... la commande... Coca... trois... jus d'orange...

Finalement, après un long soupir, il commence à me dire spontanément :

– Tu as trouvé qui avait écrit dans les toilettes sur toi ?

– En quoi ça t'intéresse ?

– J'ai mes raisons...

– Tes raisons ? Comme quoi, par exemple ?

– Pourquoi est-ce que tu n'as jamais rien dit lorsque les autres se moquaient de toi ?

Je ne supporte pas ses questions.

Pourquoi maintenant ?

Pourquoi lui ?

Je regarde toujours devant moi et ignore sa question.

— Pourquoi, répète-t-il, pourquoi est-ce que tu portes les mêmes hauts bleus et noirs, le même jean et les mêmes baskets blanches depuis trois ans ? Et pourquoi es-tu si taciturne ?

Taciturne.

Il me cherche ou quoi ?

Je mets du temps à répondre, parce que je suis brièvement surprise de sa question. Pendant quelques secondes, ma fierté en prend un coup, mais je me reprends vite et réplique l'air détaché :

— Taciturne ? Depuis quand tu utilises ce genre de mots ? Mes vêtements... ils sont confortables, j'en ai plusieurs exemplaires, ils sont fiables.

Je n'ai jamais accordé d'importance à ces détails, qui sont devenus une habitude.

— Pourquoi est-ce que tu étais si jalouse de Katia ? continue-t-il.

— Je ne sais pas de quoi tu parles, je rétorque rapidement.

Mon cœur commence à se serrer dans ma poitrine lorsqu'il mentionne Katia.

Là, il va trop loin !

Nous arrivons au comptoir. Je reconnais alors Sébastien de la classe et je suis étonnée de le voir travailler ici, mais Guillaume continue de me parler de Katia à voix basse :

— Tu sais de quoi je parle, me chuchote-t-il.

— Bonsoir Sébastien ! je m'exclame.

— Annabel, ça va ? Salut Guillaume ! Qu'est-ce que je vous sers ? me dit-il en souriant.

— Salut, dit simplement Guillaume.

— Tu te rappelles de ce que Lucas voulait ? je demande à Guillaume.

— Est-ce que c'était parce qu'elle avait plein d'amis, contrairement à toi ? poursuit-il, sans lâcher le sujet de Katia.

— Je pense que c'était 3 Cocas... et 3 jus d'orange, s'il te plaît, j'articule en m'efforçant d'ignorer Guillaume. Tu travailles ici tous les week-ends ?

— Oui, j'essaie de mettre de l'argent de côté pour m'acheter une voiture.

— T'as tout prévu, c'est bien ! Tu dois voir du monde passer...

Il va chercher les boissons et je me sens stupide de ne pas lui avoir parlé avant. Nous sommes dans la même classe, mais nous ne nous sommes jamais adressé la parole depuis la rentrée.

Tu PEUX le faire.

Regarde-le dans les yeux et dis-lui ses quatre vérités !

Je concentre toute ma fureur, et j'en profite pour dire à Guillaume en me tournant finalement face à lui :

— S'il te plaît, fais comme avant, comme si je n'existais pas, et retourne avec ta meilleure amie. Je n'ai pas été plus jalouse que les autres filles, et je ne suis pas sûre que l'on peut parler « d'amis » dans le cas de Katia...

Respire, maintenant.

Arrête de le regarder !

Ma respiration est saccadée et je prie pour que Sébastien revienne rapidement. Quand Sébastien revient, je dépose sur le comptoir l'argent que chacun m'a confié. Il me donne en retour les boissons en me disant :

— Merci, amuse-toi bien, on se voit au lycée !

Je dois m'écarter car des personnes attendent derrière moi, mais je lui dis aussi au revoir. Malheureusement, Guillaume n'a pas terminé son interrogatoire.

— Tu caches quelque chose... affirme-t-il.

— Tu n'as pas fini ? Pourquoi tu me poses toutes ces questions maintenant ? Qu'est-ce que ça change ?

— Ça change tout, j'ai besoin de savoir...

— Il n'y a rien à savoir, et s'il y a bien quelqu'un à qui je ne me confierai pas, c'est toi ! Les autres attendent, j'y vais.

J'ai besoin de respirer, je ne supporte pas toutes ses insinuations. La tension monte en moi et ce trop-plein d'émotions commence à déborder.

C'est quoi son problème ?

Je dois me concentrer sur le groupe.

Pas la peine de chercher à comprendre ..

Ça va lui passer.

15. LA ROUE

La vie serait beaucoup plus facile si les conversations étaient rembobinables et effaçables, comme les vidéos.
Becky — *Confessions d'une accro du shopping*, Sophie Kinsella

Après avoir bu, Amina nous propose, avec Lucie, de faire un tour et d'explorer les environs. La discussion avec Guillaume m'a épuisée, et j'ai besoin d'observer sans rien dire. Ses questions et commentaires continuent de m'étourdir.

Taciturne...

Tout est flou autour de moi. Je ne perçois que les lumières des stands devant lesquels nous passons, et qui clignotent. Je relève l'odeur de chacun d'eux.

Churros.

L'huile chaude.

Le plastique neuf.

La fumée.

Barbe à papa.

Pop corn... mon préféré.

Je suis très silencieuse, et je pense qu'Amina a remarqué un changement dans mon humeur, même si je m'efforce de ne pas le montrer.

Amina est un peu comme Lucie, et elle me parait honnête. Cependant, elle se soucie un peu plus du regard des autres. Dans leur duo, Lucie est la plus exubérante et impulsive, Amina la plus calme et réfléchie. Elle est aussi très attentive et délicate avec les autres. Dans une autre vie, nous aurions pu être meilleures amies. Elle adore les mathématiques et elle aurait pu m'aider, mais bien sûr, c'est contre la règle que je me suis fixée : pas de bonnes amies.

J'observe à la dérobée les cheveux noirs d'Amina qui sont naturellement frisés mais qu'elle lisse, et je repense à ce qu'un idiot lui a lancé il y a quelques jours. L'idiot, c'était Alex Pêcheux. Il lui a dit au self :

— Bouge-toi, la grosse !

Grosse ?

On doit pas avoir la même définition du mot.

Est-ce que JE suis grosse ?

Je me qualifierais plutôt de ronde... pourtant, on a à peu près la même silhouette.

Difficile de voir avec mes vêtements...

À ce moment, j'en conclus donc qu'en plus d'avoir un physique ingrat, je suis aussi « grosse », selon les codes du lycée.

Lucie et Amina parlent toutes les deux, mais je ne discerne plus que quelques mots qu'elles prononcent, comme « carrément », ou « trop bien ! » ou encore « c'est clair ! ». Je continue de marcher sans faire réellement attention à mon environnement.

— Annabel ? T'es pas d'accord ? m'interrompt Lucie.

— Hein ? Quoi ?

— Guillaume et toi, vous feriez un beau couple, non ?

Prise par surprise, je ne sais pas quoi dire. J'articule difficilement une réponse négative :

— Un beau couple ? Avec Guillaume ? Non, c'est plutôt... mon meilleur ennemi ! je tempête, en rougissant malgré moi.

— T'es sûre ? Il semble être attaché à toi, il y a des choses qui ne trompent pas... ajoute Amina.

— Non, sûre à 100 %, on n'a rien à faire ensemble.

Je lui réponds d'un ton certain pour la convaincre, mais elle insiste :

— C'est quoi cette histoire entre vous deux ?

Elle attend une réponse, mais je ne suis pas prête à raconter toute l'histoire et à parler de moi, alors je lui dis simplement :

— C'est une histoire banale. Certaines personnes ne peuvent pas s'entendre, c'est tout. Il a sa bande... elle ne me porte pas dans son estime et me le fait comprendre.

— Je pense que quelque chose a changé depuis... enchaîne doucement Amina.

— Oui ! Il est peut-être jaloux de Daniel ! Qu'est-ce que t'en penses de Daniel ? jubile Lucie.

— Il a une copine ! je m'exclame. C'est hors sujet !

— Oui, enfin... on ne l'a jamais vue ! se justifie Lucie.

— Je n'ai jamais pensé à lui comme ça, justement car il est pris... Et de toute façon, il ne me voit pas comme ça non plus !

— Hmm, je n'en serais pas si sûre... continue-t-elle.

— C'est vrai que j'ai surpris quelques sourires complices... renchérit Amina.

Elles rigolent toutes les deux et commencent vraiment à croire en l'histoire d'amour montée de toutes pièces entre Daniel et moi. Je dois faire diversion.

— Ça vous dit, la grande roue ? dis-je en pointant du doigt la plus grande attraction de la fête.

***

Stupide moi !

Ça va aller... tu peux le faire ! C'est toi qui t'es mise dans cette situation !

Je lève les yeux jusqu'à la plus haute nacelle et je suis prise de nausée. C'est pourtant l'attraction qui comporte le moins de sensations.

S'il y a en a une que tu peux faire, c'est bien celle-là, Annabel...

Après ce petit tour improvisé, on est toutes les trois devant la grande roue. Lucie jubile.

— C'est parfait ! Trop cool ! On peut se serrer toutes les trois !

Je décline son offre, en la persuadant que ça sera plus marrant de se faire coucou d'une nacelle à l'autre.

Je me rappelle cet après-midi avec Ophélie et Jess, lorsque j'ai régurgité toute ma pizza, après le « bateau pirate », et celle avec les raviolis après le « Spinner ». Je n'ai aucune envie d'évoquer ces expériences peu flatteuses. La vérité, c'est que les trucs qui se balancent d'avant en arrière ou qui vont dans tous les sens me retournent l'estomac. Pour ce qui est de la grande roue, je n'ai jamais essayé ; cependant, je n'ai jamais été aussi haut de ma vie et je me dis que je vais probablement garder les yeux fermés pendant toute la durée de l'attraction. Il faut donc que je sois assez éloignée de Lucie et Amina pour ne pas qu'elles me voient angoisser.

Je les laisse monter ensemble, et en grimpant dans ma nacelle je leur dis en rigolant :

— À bientôt, peut-être...

La barre de sécurité est prête à descendre et la musique de départ retentit. Je me concentre sur la musique et me prépare à fermer les yeux. À ma grande surprise, Guillaume réapparait de nouveau et se faufile sous la barre pour s'asseoir avec moi.

— Je dois te parler, me dit-il de façon pressante.

— Je n'ai aucune envie de t'écouter, ni de parler de ta copine Katia, surtout pas maintenant, je lui réponds sèchement, en surveillant le départ de la roue.

— Est-ce que... continue-t-il, mais je couvre sa bouche avec ma main instinctivement, avant qu'il puisse parler.

— Non, arrête ! Est-ce que tu peux ne rien dire jusqu'à ce que le tour soit fini ? je l'implore.

Il hoche la tête pour m'indiquer qu'il est d'accord, et à ce moment-là, je suis déstabilisée pendant une seconde par son regard. La seconde d'après, la roue bouge et je retire ma main, paniquée. Je ferme les yeux et Guillaume me demande, interloqué :

— Qu'est-ce que tu fais ?

— Je ferme les yeux. Ça se voit, non ? lui dis-je en tenant fermement la barre.

— T'as peur ? T'as le vertige ? devine-t-il en voyant mon visage se crisper.

— Pas du tout... je réponds en essayant de me détendre.

— Bien sûr, t'as le vertige ! Mais qu'est-ce que tu fais ici, dans ce cas ? demande-t-il toujours déconcerté.

— J'essaie de ne pas être une *loser* ! Je ne sais pas si c'est... enfin, j'ai aucune idée si j'ai le vertige... je balbutie, avec le stress qui monte.

— Peut-être que tu devrais essayer de respirer un bon coup ! Dommage, tu vas manquer le meilleur, tu rates une vue magnifique, les lumières de la ville, le lac, et oh ! Tiens ! Il y a quelque chose qui clignote là-bas !

Je prends plusieurs grandes inspirations et me prépare à ouvrir les yeux.

Tu peux toujours refermer les yeux ! Compte jusqu'à 10, à 10... à 10 tu ouvres les yeux !

J'ouvre alors les yeux en grand, et je réalise que nous sommes arrivés tout en haut. Tout me semble si petit... les maisons, le collège, le lycée, la ville entière. Les habitants sont presque invisibles. Je continue à respirer profondément pour pouvoir admirer la vue. Je sens le regard de Guillaume sur moi, mais je suis bien trop préoccupée par la roue qui prépare sa descente. Tout à coup, le vent fait secouer la nacelle, je suis alors prise d'un petit coup de panique et les mots sortent tout seuls de ma bouche à un rythme infernal :

— Ça bouge un peu beaucoup là, non ? J'ai ma théorie des mondes parallèles... Il y a un monde où je suis tranquillement chez moi en train de lire un livre. Il y a aussi un monde où je suis en train de regarder cette roue depuis la terre ferme. Et il y a ce monde-là... où je suis tout en haut de la roue qui se balance au-dessus du vide. Parce qu'un tout petit événement peut changer le cours d'une histoire et créer tellement de possibilités. J'imagine qu'il doit y avoir des moments rares pendant lesquels plusieurs mondes parallèles s'alignent pour une personne. J'essaie toujours d'imaginer toutes les possibilités. Parfois je me dis que la vie est trop courte pour ne pas faire ce que j'ai envie de faire et être celle que j'ai envie d'être. Ça devrait être simple, non ? Fais ce que tu veux faire et sois ce que tu veux être ! J'imagine toujours ce qui aurait pu être différent si...

Je ne finis pas ma phrase, car mon attention est captée par une sorte de chapiteau que je repère parmi les attractions. Guillaume brise alors le silence :

— Si quoi ?

— Si j'avais réagi tout de suite aux moqueries en cinquième... Puis, je me dis que c'est comme ça, que c'est mieux, j'ai pu voir le vrai visage de toutes ces personnes. Mais je me demande toujours ce qui aurait été différent. Des fois je me rassure, en me disant que ça n'aurait rien changé, ou que ça aurait pu aussi être pire.

Je l'épie furtivement, en essayant de voir sa réaction, et bien sûr je regrette déjà ma confession. Il est à nouveau pensif, cette expression sérieuse sur son visage est de retour.

— Annabel ?

Pourquoi j'aimerais qu'il répète mon prénom encore et encore ?

Il me regarde maintenant comme s'il était perdu et que j'étais la seule solution pour ne plus qu'il le soit. Comme si tous les autres n'avaient pas d'importance. Comme si je n'étais plus Vampire, et qu'il n'était plus Guillaume Duval. À cet instant, nous sommes juste deux ados, tournant autour d'un axe en métal.

— Ce que je voulais te dire... continue-t-il.

Il ne peut pas finir car tout d'un coup, le « clic » de la nacelle indique que l'on est revenu au point de départ.

Je sors sans dire un mot et rejoins Lucie et Amina. Lucie lance :

— Trop cool la vue ! Ça fait rêver... On pouvait pas vraiment te faire coucou par contre... dommage !

En voyant Guillaume sortir de la même nacelle, elle ajoute :

— Vous étiez ensemble ? Petite cachotière ! Je comprends mieux maintenant...

— Non, je m'écrie, ça n'a rien à avoir avec moi, il est monté au dernier moment...

Dans tout mon corps, il y a encore cette sensation d'urgence, liée au stress de la hauteur. J'enchaîne alors :

— Ça vous dit d'aller dans ce grand chapiteau ? Je l'ai vu quand on était en haut. Vous savez ce que c'est ?

— Oui, répond Amina, il y a une piste de danse, c'est « La Dune » !

— On y va ! J'ai besoin de me défouler un peu, on a des mini-contrôles de maths chaque semaine cette année, exige Lucie.

Contrôle de maths...

Contrôle

de

MATHS !

Je dois effacer cet écho dans ma tête.

Je prends immédiatement Lucie et Amina par le bras et conclus :

— On y va alors, parfait !

Je me retourne après quelques secondes, Guillaume a disparu. Je suis déçue. Tu dois vraiment te dire que je ne sais pas ce que je veux...

Qu'est-ce qui se passe ? Je dois me ressaisir !

Pourquoi j'espérais qu'il soit...

encore là ?

16. LA DUNE

♫

Il est vain de dire que les êtres humains devraient se satisfaire de la tranquillité ; il leur faut de l'action et s'ils ne peuvent la trouver, ils la créeront.

Jane — *Jane Eyre*, Charlotte Brontë.

Alors que nous nous dirigeons vers le chapiteau, nous sommes toutes les trois très excitées. Enfin... tout est relatif. Disons plutôt que l'enthousiasme d'Amina et Lucie est communicatif. Une sensation différente parcourt tout mon corps, un mélange d'ivresse et de crainte. Alors que nous nous aventurons vers la musique et les lumières qui dansent dans la nuit, quelques images du moment passé avec Guillaume réapparaissent dans ma tête.

Concentre-toi sur le moment présent !

Je vais m'amuser ! C'est le seul moyen de le sortir de ma tête !

— Vous pensez qu'on va pouvoir entrer ? je demande, pour calmer mon anxiété.

— Oui, il est encore tôt... je pense que le monde commence à arriver vers minuit ! répond Amina.

— Vous croyez qu'on devrait prévenir les gars ? nous interroge Lucie.

— Non ! répondons-nous en chœur, Amina et moi.

— Oui... vous avez raison. S'ils veulent, ils peuvent m'appeler !

Arrivées à destination, nous sommes stoppées à une cinquantaine de mètres par une longue file d'attente. Je distingue quand même l'enseigne lumineuse devant l'immense tente qui indique « La Dune » en lettres roses clignotantes.

Dans

QUOI

je me suis fourrée ?

J'estime le nombre de personnes qu'il pourrait y avoir à l'intérieur en comptant celles qui font la queue.

Ne panique surtout pas.

Peut-être qu'ils ne te laisseront même pas entrer.

C'est une possibilité...

Lucie et Amina commencent à échanger et fredonner leurs dernières découvertes musicales. J'en profite pour observer autour de moi celles et ceux qui attendent. Nous sommes presque les seules qui n'ont pas leur téléphone à la main. La majorité prend déjà des selfies ou tapote sur son écran. J'adore mon téléphone, j'étais d'ailleurs une des premières à en avoir eu un au collège, grâce à mon père qui ne vit que pour les nouvelles technologies. Cependant, je ne me suis inscrite à aucun réseau social, par choix, mais aussi probablement par peur d'y être rejetée. J'utilise le mien principalement pour écouter de la musique et depuis quelques jours pour consulter mes e-mails.

Je repense au dernier message du mystérieux Eryx1. Même si je lui ai écrit que je préfère ne pas savoir son identité, je suis quand même curieuse.

Il fait nuit noire désormais et toutes les lumières des écrans clignotent dans l'obscurité. J'en suis presque hypnotisée. C'est alors que Lucie reconnait une chanson qui vient du chapiteau et commence à chanter en espagnol. Elle continue jusqu'à ce que l'on arrive à hauteur du monsieur à l'entrée.

Le videur me dissèque du regard. Il pointe son menton dans ma direction pour me dire :

— *Miss*... vous avez de la chance que le *dresscode* ne soit pas strict. Allez. Avancez...

Après avoir acheté le ticket d'entrée, nous restons béates devant les lumières multicolores qui éclairent la scène. J'envie toutes ces personnes qui dansent et chantent à gorge déployée. C'est ma première fois dans un endroit de ce genre, et je demande alors à mes nouvelles copines avec une pointe de stress :

— Vous êtes déjà venues ici ?

— Non, répond Amina, en haussant la voix, car le niveau sonore a augmenté d'un coup, mais je suis déjà allée en boîte avec mes cousines.

— Ça compte pas trop, réplique Lucie, tu m'as dit que tout le monde avait plus de trente ans...

— Et toi, Lucie ? je lui demande.

— Euh... non, mais on a failli y entrer l'année dernière, tu te souviens ? dit-elle en regardant Amina.

— Oui, on a failli y aller, à deux, mais c'est plus marrant à trois ! On va danser ou quoi ? finit Lucie en nous tirant sur la piste.

C'est plus marrant à trois fait écho dans mon esprit et je repense à ce que m'a dit Ophélie quelques jours plus tôt.

Les groupes de trois, ça fonctionne jamais au lycée.

Quelque part ça me rassure que ça soit aussi leur première fois.

Je me sens plutôt bien, d'un seul coup.

Je n'ai jamais dansé, à part toute seule dans ma chambre, si on peut appeler ça de la danse. Sur la piste, je calque presque mes mouvements sur ceux de Lucie et Amina. Je n'ai même pas encore eu le courage d'observer vraiment l'endroit où je me trouve. Je suis le rythme de la musique et reproduis quelques mouvements repérés.

Difficile d'entendre mes pensées ici...

Ça me fera peut-être du bien.

Une pause de tout ce vacarme dans ma tête.

Après m'être un peu détendue, je peux enfin prêter davantage attention à ce qu'il y a autour de moi. Une espèce de projecteur lance une épaisse fumée colorée, rose et verte fluo. Je repère d'où proviennent les lumières qui bougent comme des lasers au rythme de la musique, et qui me donnent l'impression d'accélérer mon rythme cardiaque. La moyenne d'âge de ceux qui dansent sur la piste doit être d'environ 17 ans et je reconnais quelques visages familiers, vus au lycée. Au fond de la piste, il y a une estrade surélevée et entourée de plexiglas où se trouve le DJ, un homme d'une vingtaine d'années qui est entouré de deux autres jeunes hommes. Le décor me fait penser aux contes des mille et une nuits. Au début, une odeur désagréable de fumée de cigarette et de sueur me retourne un peu le cœur. Mais plus je danse et plus cette odeur se dissipe.

J'inspecte ensuite les vêtements portés par les autres jeunes. Je suis la seule à porter des vêtements décontractés et je repense à la remarque de Guillaume. Tous les autres, même Lucie et Amina, ont des vêtements choisis manifestement pour l'occasion, pour « sortir ». Lucie porte un pantalon que je l'ai déjà vue porter, bleu nuit avec des motifs tropicaux, mais elle a un haut turquoise à manches bouffantes que je n'ai jamais remarqué auparavant. Amina a une tunique qui ressemble à de la soie de couleur bordeaux, avec un jean moulant bleu foncé. Elles ont toutes les deux, comme la plupart des filles autour de moi, des chaussures compensées ou à talons, et des coiffures étudiées. J'ai toujours voulu passer inaperçue donc cela ne me dérange pas trop. Cependant, avec la danse, les cheveux devant mon visage collent sur mes joues et je commence à avoir trop chaud avec mon haut à manches longues. Mes mouvements ne sont plus aussi naturels. Je me contorsionne pour ne pas que ma sueur me chatouille et je décolle les mèches de cheveux qui adhèrent à mon front.

Amina remarque mon inconfort et veut me venir en aide. Elle me prend par les épaules, me supplie de rester immobile et ajoute en examinant mes cheveux :

— Je peux ?

— Tu parles de mes cheveux ? Euh...

Elle ne me laisse pas terminer. Elle enlève l'élastique attaché à son poignet, rassemble tous mes cheveux, les démêle un peu et les attache ensemble en chignon au-dessus de ma tête. Elle me fait face, dégage deux fines mèches sur les côtés et affiche un sourire satisfait.

— Merci, lui dis-je simplement.

— De rien ! On peut voir tes yeux verts maintenant... Par contre, je sais pas ce qu'on peut faire pour ton haut ! Tu dois avoir chaud, non ?

— T'inquiète pas, ça va...

— Je sais, venez les filles ! crie Lucie.

Elle nous tire sur le côté de la piste de danse. La piste est entourée de banquettes, certaines ont des petites tables rondes pour poser des verres. Lucie s'assoit, nous demande de faire de même, et nous montre alors son sac à main en bandoulière.

— Vous avez besoin d'un truc ? Il n'y a qu'à demander ! Lucie est là ! J'ai tout ce qu'il vous faut là-dedans ! clame-t-elle.

Sous nos yeux ébahis, elle en sort alors tout un bric-à-brac : ce qui a l'air d'être une palette de maquillage, une brosse à cheveux, un mini-spray déodorant, un paquet de gâteaux, des clés, son porte-monnaie, et quelque chose qui ressemble à du fil de pêche noir en disant :

– Je le cherchais partout ! Mon collier ras-de-cou !

Elle enfile le collier et sort finalement du fond un sac plastique qu'elle brandit fièrement :

– Voilà ! Mon haut de secours !

Elle me tend le sac que je prends par politesse. Je l'ouvre et découvre un débardeur noir à larges bretelles. Je lui rends en ajoutant :

– Merci les filles, mais je n'ai pas si chaud que ça !

– Fais-moi confiance ! dit Lucie, tu te sentiras mieux, allez ! J'ai vu des toilettes là-bas ! Il t'ira parfaitement, ça changera de tes t-shirts super larges !

Je cède aux supplications de Lucie et quelques secondes plus tard, je me retrouve dans les uniques toilettes de « La Dune ». Elles sont exiguës. J'y enlève mon haut, enfile celui de Lucie, puis attache le mien autour de ma taille. Je m'examine quelques instants dans la glace. C'est la première fois que j'apprécie presque mon reflet, je me dis que les lumières tamisées doivent y être pour beaucoup. Je vérifie la longueur du débardeur.

On peut voir mes épaules.

Mes formes.

Ma taille.

C'est comme un déguisement.

Juste pour ce soir...

Ce soir, ne te prends pas trop la tête.

Tu as un groupe.

Tu vas continuer de t'amuser, maintenant !

Lorsque je ressors des toilettes, les filles m'attendent. Elles s'exclament en chœur :

– Waouh ! trop belle !

– Tu vas faire tourner les cœurs, comme dit mon grand-père ! ajoute Amina.

– Merci les filles, c'est l'éclairage... je bafouille.

– Eh ! Guillaume ! tu vas nous servir de cobaye ! appelle Lucie.

Guillaume est là, il attend, un peu plus loin. Il s'avance vers nous. Mon cœur s'arrête puis repart de plus belle.

– Cobaye ? répète Guillaume, confus.

– Dis-nous comment tu trouves Annabel ! continue Amina.

– Comment je la trouve ?

– Oui, sans son t-shirt XXL et sa touffe devant les yeux.

– Arrêtez les filles ! je m'indigne, gênée.

– Très belle... souffle-t-il, Annabel est très belle avec ou sans tout ça. Lucas et Daniel arrivent... ils vous cherchaient.

Il me regarde.

Avec ces yeux.

Ces yeux qui me font oublier tout.

Il plaisante.

Oui, c'est ça, il plaisante.

Mais est-ce qu'il pourrait être sérieux ?

J'aperçois tout de suite Lucas et Daniel près du bar. En nous voyant, Lucas râle :

– On vous cherchait partout ! Sérieux ! C'est Guillaume qui nous a dit que vous étiez là !

– Calme-toi, frérot ! Tu pouvais m'envoyer un texto ! rigole Lucie.

Une nouvelle chanson débute et Amina lance :

– J'adore cette chanson ! Vous venez, on retourne danser !

De retour sur la piste, je me laisse aller au rythme de la musique et des projecteurs. Nous nous rapprochons tous les six pour danser et mon bras frôle celui de Guillaume. Mon pouls s'accélère. Je souris.

Tu souris beaucoup trop ce soir...

Ne le regarde pas.

Arrête de te faire des films, il est juste là à cause de Katia... C'est pour ça qu'il te posait toutes ces questions !

Sur la piste, je me sens pour la première fois à peu près à ma place. Je ne veux pas gâcher ce moment et perdre cette sensation.

L'impression d'être exactement là où je suis supposée être.

C'est comme flotter, presque comme un rêve éveillé.

Est-ce que je vais me réveiller ?

Après plusieurs danses déchaînées où je me lâche avec les filles, la musique commence à ralentir. C'est « à la demande générale le quart d'heure slow » comme l'annonce le DJ en prenant une voix suave. Apparemment, on est chanceux, car il ne le fait jamais normalement. Plusieurs jeunes se mettent en couple et se rapprochent pour danser ensemble. Tout de suite, je suis mal à l'aise. Je m'apprête à m'asseoir sur une banquette libre sans regarder autour de moi, lorsque Daniel m'appelle.

— Annabel...

— Oui ? dis-je en me retournant.

— Tu veux danser ?

— Avec toi ?

J'en profite pour regarder tous les couples et vois Lucas danser avec Amina pendant que Lucie discute avec Guillaume.

— Oui, je ne vois personne d'autre.

— Merci, peut-être une prochaine fois... j'ai besoin de m'asseoir un peu, mais Lucie sera contente, je pense, si tu l'invites.

Il a l'air déçu, ce que je ne comprends pas trop, mais il se reprend, me remercie et va inviter Lucie qui accepte avec un grand sourire. Je m'installe confortablement sur une des banquettes pour finalement être seule avec mes pensées. Je surveille du coin de l'œil Guillaume, qui est retourné près du bar. Puis, je contemple tous ces couples qui dansent.

Est-ce qu'un jour, moi aussi, j'aurai quelqu'un pour danser ?

Au fond de moi je veux avoir le même destin que les héroïnes des livres que je lis. C'est pour ça que je ne lis que des livres qui finissent bien, ou alors ce sont ceux-là que je relis plusieurs fois.

Guillaume s'avance vers ma table et s'assoit en face de moi. Je sors tout de suite de mes rêveries, et il me dit en me tendant une bouteille d'eau :

— Tu as soif ?

— Ça va, merci.

— Je ne l'ai pas empoisonnée, elle n'est pas encore ouverte... dit-il en rigolant. Je dois vraiment te parler... ajoute-t-il l'air stressé.

— Merci, ça peut servir... mais je t'ai déjà dit que je n'avais pas envie de parler de ton amie.

Ma tête me dit de partir, de rentrer chez moi.

C'est une mauvaise idée... Et si sa bande nous voyait...

Je surveille tous les côtés pour être sûre qu'ils ne sont pas là, lorsqu'il me dit :

— Tu sais, ta théorie des mondes parallèles ?

— Oui ? Tu veux la faire publier ?

— Est-ce que c'est toi qui as écrit sur Katia dans les toilettes en cinquième ? me coupe-t-il, c'est ça ton évènement qui a...

— J'ai quoi ? je m'écrie en me levant, sans le laisser finir. Tout revient à Katia !

Je me lève et avance quelques pas mais il me suit et se positionne juste devant moi.

— Je ne suis pas sûr que ça soit uniquement à propos de Katia... dit-il.

Je garde mes distances. Un instant, je retiens mon souffle.

Qu'est-ce que je fais ?

Pourquoi il me dit ça ?

Pourquoi je le regarde avec des yeux perdus comme ça ?

Il me fixe comme s'il avait peur de quelque chose, mais il

rougit et il se rapproche en faisant un pas vers moi.

Sans m'en rendre compte, je fais aussi un pas vers lui.

Nous avançons en miroir. J'ai déjà oublié ce qu'il vient de me dire. Il n'y a personne autour. Juste lui, moi et la musique. Hypnotisés l'un par l'autre.

Il baisse son regard vers mes lèvres. Je fais de même vers les siennes.

Nos deux visages sont maintenant très proches. J'ai envie de pousser cette mèche de cheveux qui tombe devant ses yeux lorsqu'il tourne la tête. Je laisse échapper un soupir. C'est là qu'elle apparait : Katia, accompagnée de ses deux amies, Roxanne et Émilie.

Mon sang se glace dans mes veines. Je recule précipitamment. Il se masse derrière la nuque, puis le front. Ses jambes ont l'air d'être engourdies.

Katia me regarde à peine, puis s'adresse à Guillaume en posant une main sur son torse :

— Qu'est-ce que tu fais, Guillaume ? On ne t'a pas vu de la soirée et je reçois un message comme quoi t'es ici en train de danser avec *elle* ! Tout le monde va croire qu'elle fait partie de tes fréquentations... t'as oublié qu'elle faisait partie de la liste ?

Guillaume se masse plus vigoureusement le cou d'une main, puis deux, comme s'il avait mal.

— La liste ? je répète, désorientée.

— La liste des exclus, comme toi, explique Émilie.

Roxanne a l'air mal à l'aise. Elle porte toute son attention sur la piste de danse.

— Je vois... je pense que j'en ai assez entendu, merci, dis-je en me forçant à sourire.

Je souris pour ne pas pleurer. Je contourne Katia et sors en vitesse du chapiteau.

Retour à la réalité.

17. LE LABYRINTHE

Je lui aurais volontiers pardonné son orgueil s'il n'avait pas blessé le mien.

Elizabeth – *Orgueil et Préjugés*, Jane Austen

Je slalome entre celles et ceux qui dansent, ont un verre à la main ou discutent au bord de la piste de danse. À plusieurs reprises, j'évite une collision. Mais je ne me retourne pas. Je suis en apnée. De nouveau dehors, je respire en exagérant chaque inspiration, pour me calmer. Je vais tellement vite que mon haut attaché à ma taille se détache. Je ralentis subitement et me penche pour le ramasser. Mes mains tremblent. Encore une fois, je dois me reprendre. Mes doigts s'emmêlent lorsque je rattache le vêtement, en clignant des yeux pour ne pas laisser les larmes venir. Je bats des paupières, encore et encore. J'essaie de réprimer un sanglot coincé dans ma gorge et qui ne demande qu'à sortir.

Est-ce que je suis trop dramatique ?

Est-ce que j'en fais trop... pour une stupide liste ?

Guillaume m'appelle. Sa voix me donne des frissons. Je bloque ses mots avec le brouhaha dans ma tête.

Qu'est-ce qu'il veut ?

M'humilier, encore une fois ?

Marche. Marche. Marche. Marche. Marche. Marche. Marche...

Je continue ma déambulation. J'accélère le pas et enfouis mes mains dans mes poches, nerveuse. J'y trouve un ticket. Le dernier ticket pour les attractions qu'il me reste. Je voulais le garder en souvenir. Oui, c'est *stupide*. Je souhaitais avoir une trace de cette soirée. Je l'aurais collé dans mon journal. Peut-être aurait-il fini dans ma vieille boîte en fer...

Je sors le ticket de ma poche et l'observe une dernière fois au creux de ma paume. Je le serre fort et m'arrête une seconde. J'ai semé Guillaume. De manière instinctive, je pénètre dans l'attraction la plus proche pour m'y cacher. Après y être entrée, je regrette déjà, mais c'est trop tard.

Je viens d'entrer dans le labyrinthe des miroirs.

La vieille dame au guichet me crie, avec un accent bien de la région :

— Vas-y ma grande ! Prends le chemin qu'tu veux ! Toutes les routes mènent à Rome, ma chérie !

Mais je suis bloquée, tous ces miroirs me font peur. Ils m'angoissent. Mes mains tremblent de plus en plus vite. Je serre et desserre les poings pour stopper la panique qui m'envahit.

— Besoin d'aide ma grande ? Tu attends quoi ? s'impatiente la mamie.

Bonne question...

J'attends que mon cœur arrête de s'emballer à cause de Guillaume.

J'attends que le sang dans mes veines cesse de circuler à cent à l'heure à cause d'une simple phrase. Une stupide phrase.

La liste des exclus, comme toi.

Et tous ces miroirs...

— Annabel !

C'est encore Guillaume. J'avance, poussée par une force invisible, me frayant un chemin parmi toutes ces versions de moi, qui me défient. Je cherche une chose à laquelle me raccrocher. N'importe quoi. Sans le vouloir, des souvenirs me reviennent à la mémoire, des bribes de conversations avec Katia, lorsque l'on était encore amies...

— C'est quoi ta plus grande peur ? me demande Katia.

— Ma plus grande peur ? Je sais pas... je fais toujours ce cauchemar où je suis au volant d'une voiture. La voiture arrive dans un tunnel sans fin, elle ne s'arrête pas, soudain je vois un mur mais les freins sont cassés et...

Je viens d'entrer dans une partie plus sombre du labyrinthe. Au fur et à mesure que j'avance, des petites lumières éclairent le chemin. En fixant un des miroirs, je me rappelle ce rêve, dans cette voiture, qui n'est rien à côté de celui que je fais régulièrement depuis 3 ans.

— Et pour de vrai ? Quelque chose de possible ? reprend Katia.

— Possible ? Il y a aussi le fait que j'ai peur de jouer du piano devant quelqu'un qui n'est pas mon prof de piano, dès que j'y pense j'ai des frissons. Et toi ?

Je ne pouvais pas lui dire que j'avais peur que ma mère me quitte. Lui dire ce que représentait pour moi la voiture, qui était en train de foncer droit dans le mur, sans freins.

— C'est ça ta plus grande peur ? Moi, ça serait d'être rien, que tout le monde pense que je suis nulle, qu'à la fin de ma vie, je n'ai rien fait et que personne ne se souvienne de moi.

Mais ça n'arrivera jamais, tout le monde saura qui est Katia Lemaître !

Elle avait fini en rigolant, mais maintenant dans mon esprit, tout cela prenait un autre sens.

Je renverse ma tête en arrière, et lève les yeux car je suis désormais dans une autre salle, où des miroirs ont été aussi installés au plafond, comme des petites étoiles scintillantes. Je pense à Katia, avant qu'elle s'éloigne de moi progressivement, puis qu'elle me regarde de haut. Avant ça, c'était *ma* Katia. La Katia qui m'attendait dans mon allée, le matin, pour qu'on aille à l'école ensemble à pied. C'était aussi avec cette Katia que je m'amusais le mercredi après-midi. Chez elle, on jouait à appeler des gens au hasard et à faire des blagues téléphoniques. On inventait et écrivait des histoires. On avait même créé notre propre journal pour les publier. Mais surtout, avec elle, je pouvais oublier les sorties à l'hôpital avec ma mère.

En repensant à ces bons moments, j'ai un pincement au cœur. Je suis seule et les différents couloirs du labyrinthe sont étonnamment silencieux comparés au brouhaha de la fête. Je m'arrête devant un miroir déformant qui semble me découper en plusieurs morceaux. À cet instant, comme dans ce reflet, j'ai l'impression d'avoir plusieurs identités, sans savoir qui je suis. C'est alors que son reflet apparait, dans un des fragments de miroir.

Guillaume...

Je me retourne et il déballe sa tirade d'une seule traite :

— J'ai fait beaucoup d'efforts pour ignorer ce que je ressens.... Même si tu es parfois bizarre et non populaire. Malgré cette histoire avec Katia. Je ne peux pas m'empêcher d'avoir des sentiments, et de t'avoir dans la tête, même si ma réputation est en jeu.

Bizarre, non populaire... bien sûr... c'est tout moi !

Va te faire voir !

Il me parait nerveux, il reprend sa respiration et continue :

— La liste... c'était rien, juste un truc idiot commencé par le groupe pendant les vacances. Mais ça n'a rien à voir avec moi...

Après ça, il attend une réaction de ma part alors que je reprends mes esprits. Un mélange de colère, de confusion et de frustration chauffe à l'intérieur de mes veines. Je ne dis rien pendant plusieurs secondes. Je rougis malgré moi. Peut-être qu'il prend cela comme une réciprocité de ses sentiments. Sa nervosité semble disparaître. Il se rapproche mais je recule tout de suite.

Tout ce que je retiens de ses paroles, c'est *ça n'a rien à voir avec moi*, et ça me rend furieuse. Je lui dis donc, froidement, en pesant chacun de mes mots :

— Tu comprends *rien* c'est ça ? Ça n'a rien à voir avec toi ? Tu plaisantes ? Ce sont *tes* amis ! Encore une fois, je pense qu'avec ta bande vous vous moquez de moi !

Je rajoute juste après, pour être sûre que la discussion soit close :

— Un petit conseil pour tes futures déclarations : tu pensais vraiment que j'allais être sur un petit nuage après m'avoir dit que je suis bizarre, et que tu as fait beaucoup d'efforts pour ne pas avoir de sentiments pour moi ? Même si tout ça était vrai, je sais que je ne pourrais jamais être avec quelqu'un comme toi !

Dans ma tête, ses paroles résonnent encore. Pourtant... je ne peux pas détacher mes yeux des siens. Et lui, il me regarde aussi, avec son regard blessé.

Va-t'en !

Pourquoi je ne peux pas bouger ? Pourquoi il me regarde comme ça ?

Pourquoi j'ai envie de l'embrasser mais aussi de le claquer ?

Finalement, il brise la tension entre nous deux :

— C'est tout ? Même si je l'ai peut-être dit de façon maladroite, j'étais sincère. Je l'aurais peut-être dit plus joliment si j'avais moins de sentiments. Mais ne t'inquiète pas, je ne les répéterai pas.

— Tu n'as *vraiment* rien compris...

Je le laisse là et ressors aussi vite que je peux. Il ne me suit pas cette fois.

Oublie ce qu'il vient de te dire, dans tous les cas, il t'a insultée.

Il m'a blessée dans ma fierté. Mais plus que tout, je ne veux pas croire à sa déclaration, pour ne pas être déçue plus tard.

Je marche rapidement la tête baissée afin de retrouver Lucie, Amina et le reste du groupe, lorsque quelqu'un me pousse violemment. C'est Katia, accompagnée de ses deux copines, suivies plus loin par d'autres :

— Pardon, je t'avais pas vue. Tu fais quoi, là ? Tu penses retrouver tes amis ? Quand ils te connaîtront vraiment, ils iront voir ailleurs. N'est-ce pas les filles ?

Elles se sourient toutes les trois.

— Excuse-moi, il y a des personnes qui me cherchent sûrement.

— Des personnes ? Mais, t'es personne ! T'es rien. J'ai vu ton petit jeu avec Guillaume. Guillaume est trop bien pour toi ! Et changer tes vêtements ou ta coiffure n'y changera rien...

— On te surveille depuis la rentrée, ajoute Émilie, on veut être sûres que tu restes à ta place.

Katia se tourne vers Roxanne et la fixe avec insistance jusqu'à ce qu'elle prenne la parole :

— Oui... on protège Guillaume. On surveille les arrières de nos amis. Et on est pas les seules. D'ailleurs, où est Guillaume ?

— Guillaume, c'est pas mon problème ! Qu'est-ce que je vous ai fait ? Pourquoi vous me détestez ? j'articule difficilement.

Elles essaient clairement de m'intimider. Leur posture m'indique qu'à tout moment elles peuvent me pousser ou me donner une gifle. En tout cas, mon instinct m'y prépare.

— Tu sais très bien ! crache Katia.

Non... je sais quoi ?

Elle me fait douter. Et si j'avais vraiment fait quelque chose de mal... et si j'avais fait une erreur ? Ça m'est déjà arrivé après tout.

Après une pause, elle regarde ses copines en roulant des yeux, passe sa main dans ses longs cheveux et reprend de sa voix douce habituelle :

— Si tu laisses Guillaume tranquille et que tu restes dans ton coin, tout ira bien.

Elle n'attend pas de réponse de ma part et continue son chemin sans se retourner.

Elle peut le garder, son Guillaume !

Je m'assois sur un banc quelques instants pour réfléchir.

Pourquoi elle me déteste ?

Je ne trouve pas dans ma mémoire un seul souvenir dans lequel je l'ai trahie ou blessée.

T'es personne, t'es rien...

Ses mots ne peuvent pas me toucher, je ne suis pas rien !

Mais pourquoi je me sens vide tout d'un coup ?

Annabel...

tu

es

forte...

Je me concentre et mon regard se perd à nouveau dans mes pensées. Un autre souvenir avec Katia s'y glisse.

Nous sommes toutes les deux dans la cour de récréation, la classe vient de finir de lire le livre *La Belle et la Bête* et je demande à Katia :

— Toi, tu préférerais être la Belle ou la Bête ?

— Ni l'un ni l'autre, me répond Katia rapidement.

— Pourquoi ? Tu préférerais être un autre personnage ?

— Oui, c'est sûr, la Belle et la Bête sont juste des marionnettes, tu n'es pas d'accord ?

— Mais la Belle et la Bête brisent le sortilège toutes les deux justement, elles ne sont pas des marionnettes !

— La Belle a juste pitié de la Bête, comme Valentin a eu pitié de toi hier en te choisissant dans son équipe. La Bête n'est personne, Belle ne connaît rien à la vie et on profite de sa gentillesse. Je ne serai jamais quelqu'un qui fait pitié ou quelqu'un de stupide... non, ça jamais ! Plutôt mourir !

Quelqu'un qui fait pitié.

Quelqu'un de stupide.

— Annabel ! Sérieux ! On t'a cherché partout !

Lucas me fait basculer au moment présent. Je me lève et rejoins le groupe, encore un peu sonnée :

— Désolée, j'avais quelques petites choses à régler...

— Qu'est-ce que tu as fait à ce pauvre Guillaume ? m'interroge Amina, il avait l'air traumatisé quand on l'a croisé ! Il sortait tout seul du labyrinthe des miroirs et nous a dit qu'il rentrait déjà chez lui !

— Je n'ai rien à voir avec ça.

Ce n'est pas tout à fait un mensonge et il sera bientôt remis... après tout, je suis bizarre et j'ai mauvaise réputation.

18. LE VRAI MOI

Mon ciel est en carton doré.
S'il n'y a plus d'étoiles.
Si je vis sans voile.
Il va s'écrouler.

Annabel

Après un dernier tour dans la fête foraine, nous décidons de rentrer à pied ensemble. La première chose que je fais en rentrant chez moi est de répondre à Eryx1. Enfin seule, je laisse les mots couler sur l'écran.

Comme une bouteille jetée à la mer...

Objectifs ?
De : Eryx1
samedi 19 septembre, 18:33
À : Ann_c777
Mes objectifs...
C'est presque plus intime que les rêves. Les rêves restent un

peu flous, impersonnels.

Honnêtement, jusqu'à présent mes objectifs étaient de passer de bons moments avec mon groupe et d'avoir des résultats corrects.

Mais j'ai l'impression de ne pas être vraiment en accord avec moi-même.

J'ai d'autres envies. Comme aimer quelqu'un et que ce soit réciproque. Tomber amoureux...

J'espère que tu passeras une bonne soirée à la fête !

Re : Objectifs ?

De : Ann_c777

samedi 19 septembre, 23:54

À : Eryx1

Aimer quelqu'un ? Tomber amoureux ou amoureuse ?

Bon courage !

Quand tu tombes, c'est difficile de te relever.

Si tu veux savoir, je ne tomberai JAMAIS amoureuse.

L'Amour à 15 ans c'est ridicule. C'est stupide.

Aussi, qu'est-ce que tu veux dire par « j'ai l'impression de ne pas être vraiment en accord avec moi-même » ? J'ai cette sensation aussi... c'est comme si mon vrai moi (s'il existe !) essayait de sortir, de se libérer à l'intérieur de mon corps, de s'échapper car je ne l'écoute pas et je ne fais que l'ignorer encore et encore.

Et pourquoi ?

Au collège, un mot avait été écrit dans les toilettes sur une de mes anciennes amies. Un mot d'insulte. À l'époque, ce que je redoutais le plus, c'était moi aussi, de m'y retrouver sur ce mur. Et finalement j'y suis... malgré tous les efforts faits pour essayer de passer inaperçue, essayer de ne pas dire n'importe quoi ou de ne pas faire un faux pas. Être normale, quoi. NORMALE. J'y suis.

Et d'après mes observations, que ce soit au collège ou au lycée, c'est la même chose...

J'ai l'impression qu'on peut être intelligent, mais pas trop.

Mince, mais pas trop.

Bien habillé, mais pas trop.

Bien maquillé, mais pas trop.

Tout ce que tu veux... mais pas trop.

Alors c'est quoi être MOI ?

En ce moment, j'ai juste besoin de savoir qu'il y a des personnes comme TOI. Des personnes qui ne pensent pas que je suis « Vampire », la fille étrange, qui fait peur. Et je ne suis pas non plus celle qui passait tous ses week-ends à l'hôpital. Pour TOI, je peux être celle que j'ai choisi d'être à partir de maintenant.

Maintenant c'est TOUT.

A.

19. LE PNEU

Nous avons tous la clef de nos futurs châteaux en Espagne (...) ; reste à savoir si nous saurons ouvrir la porte ou non.

Jo — *Les quatre filles du docteur March*, Louisa May Alcott

J'ai peur...

De mémoire, ce sont les derniers mots prononcés par ma mère. Elle venait de nous dire, à ma sœur et moi, qu'elle ne serait probablement plus là le week-end d'après. Sur le moment, je n'ai plus écouté ce qu'elle me disait, c'était trop pour moi. Pourtant, dans mes rêves, souvent juste avant le réveil, je crois entendre ce qu'elle avait dit ensuite. Je me concentre pour déceler ces fragments de mémoire. Mais chaque jour, je me réveille et ses paroles restent imperceptibles.

Le lendemain de la fête foraine ne fait pas exception, même si les évènements de la veille ont rendu mon sommeil plutôt agité. Je fais partie de la liste des élèves à fuir. Katia et sa bande m'ont mise sur cette liste et je vais devoir en subir les conséquences pendant toute l'année, voire après.

En plus, pendant la nuit les paroles de Guillaume ont tourné en boucle dans ma tête ; j'ai eu du mal à m'endormir. Ce matin, sa confession est toujours dans mon esprit, mais je la chasse avec vigueur.

Je ne peux pas lui pardonner.

S'il pense qu'il peut m'avouer quoi que ce soit en m'insultant...

C'est une blague, il se fiche de moi !

À cet instant, je n'ai envie de rien, à part rester en pyjama toute la journée et lire dans mon lit, jusqu'à ce que la nuit tombe et qu'il soit encore l'heure de se coucher. Je me dis que je pourrais éviter cette sensation de vide en lisant. Mon journal *Le meilleur Moi* trône sur mon bureau. Je ne le supporte pas, il me rappelle tous ces objectifs que je n'ai pas encore atteints et qui semblent insurmontables maintenant. Je le range machinalement dans un de mes tiroirs.

Il faut que je trouve quelque chose à faire pour me changer les idées.

Quelque chose de constructif !

Je laisse mon esprit vagabonder. En général, dès que je me retrouve dans une impasse, je réfléchis à ce que mes demi-sœurs littéraires auraient fait à ma place.

Qu'aurait fait Jane ? Et Jo ?

Sur le moment, rien ne me vient à l'esprit. Par contre, je me rappelle ma rencontre avec Sébastien à la buvette de la fête foraine.

Sébastien.

Il existe vraiment.

Sébastien est bon en maths.

Il a l'air sympa.

Sébastien continue sa route malgré ce qu'on peut clairement appeler du harcèlement.

Il travaille et gagne de l'argent.

Tout à coup, c'est clair, je sais ce qu'il me faut pour me remettre sur le droit chemin ! Je me précipite pour trouver mon téléphone, mais je ne l'aperçois nulle part. Je fouille mes vêtements de la veille roulés en boule près du panier à linge sale. Le « haut de secours » de Lucie me fait sourire quelques secondes, car je me souviens des bribes de ce petit moment passé entre filles. Dans une des poches de mon jean, je récupère enfin mon téléphone.

Moi aussi, je vais trouver un petit boulot !

J'ouvre le moteur de recherche et tape frénétiquement :

Comment gagner de l'argent à 15 ans ?

Les premiers résultats donnés sont :

1. faire du baby-sitting

2. faire des travaux de jardin

3. faire des ménages

La première solution semble la plus réaliste, j'y réfléchis quelques secondes et suis convaincue : aujourd'hui, je vais postuler comme baby-sitter. C'est ma mission du jour, celle qui va me faire oublier Guillaume, Katia et le contrôle de maths.

Je crée un profil sur une application de baby-sitting et pour mettre toutes les chances de mon côté, je décide aussi d'imprimer un *flyer* pour l'afficher sur le panneau des petites annonces de la mairie.

Je fonce, sans me préoccuper de mon petit-déjeuner, et je vais directement dans le bureau. Le « bureau » était, avant l'arrivée de Vanessa, là où mon père entassait des piles de magazines sur les nouveautés électroniques et informatiques et des centaines d'articles de recherche scientifique. Vanessa a forcé mon père à ranger tout ça dans un grand placard à portes coulissantes. Elle lui a fait débarrasser tout ce qui traînait et l'ordinateur familial a pris place sur un petit bureau dans un coin, le reste étant réservé aux créations de Vanessa. Une planche sur deux tréteaux lui sert à planifier ses crochets, points de croix et autres travaux d'aiguille. Je referme la porte derrière moi et m'installe sur la grande chaise à roulettes.

J'ouvre un nouveau fichier de traitement de texte et tape :

Jeune fille sérieuse, 15 ans, propose ses services pour garder vos enfants après l'école ou le week-end.

Je rajoute mon adresse e-mail ainsi que mon numéro de téléphone et j'imprime le tout.

Il est tôt, je peux toujours prendre mon petit-déjeuner en rentrant, donc j'enfile un pantalon de sport et un t-shirt, je mets mes chaussures et fonce vers le garage. Je dois d'abord passer devant la cuisine. Vanessa et mon père s'y trouvent. Leurs voix sont des murmures. Je m'arrête derrière le meuble de l'entrée pour les écouter.

— Tu as entendu Annabel rentrer hier soir ? demande Vanessa.

— Non... dit mon père.

— Je crois qu'elle pleurait.

— Pleurer ? Non. Annabel ne pleure jamais. Elle n'a même pas versé une larme quand sa mère est morte.

— Tu ne trouves pas qu'elle est un peu trop solitaire ?

— Elle a toujours été comme ça... elle a toujours eu très peu d'amis. Elle me ressemble sur ce point.

Je fais demi-tour et décide de passer par la baie vitrée du salon pour être tranquille. Je longe la maison pour rejoindre l'entrée du garage. La porte est fermée à clé, mais il suffit de la pousser un peu pour faire tourner le verrou.

Je ne sais pas pourquoi j'ai décidé de me rendre à la mairie en vélo. Surtout que celui-ci n'a pas vu la lumière du soleil depuis au moins 3 ans. Je le sors tout de même, palpe les pneus. Le pneu arrière est dégonflé, mais cela ne m'arrête pas. Je m'y assois et pédale énergiquement pendant dix minutes. Quelques passants remarquent probablement que mon vélo est trop petit pour moi. Un monsieur promenant son chien m'indique que ma roue arrière est vraiment à plat et que je risque de crever le pneu. Malgré tout ça, j'arrive saine et sauve à la mairie. En sueur, je trouve le grand panneau pour afficher mon annonce. Je peux enfin respirer. Maintenant, il n'y a plus qu'à attendre. Mais tout à coup, le vide m'envahit de nouveau.

Le chemin du retour est moins énergique, je ne suis pas pressée de rentrer et d'être face à moi-même. J'arrive en haut, devant la descente me ramenant à mon quartier, lorsque je décide de faire demi-tour et de prendre un autre chemin.

Je dois savoir.

La route est étroite alors je pédale difficilement sur le trottoir bosselé jusqu'à l'entrée du petit chemin de graviers rose piétonnier qui mène chez Jess. Je fais une pause, car je me rappelle les conversations que l'on y avait toutes les deux presque tous les week-ends. On l'appelait notre « QG ». C'est là qu'elle m'a avoué qu'elle aimerait être chanteuse, avocate ou journaliste reporter. C'est là aussi qu'elle m'a confié un jour qu'elle trouvait Ophélie un peu trop prétentieuse. Je n'ai rien dit sur le coup, car je pensais que l'on ne parlait pas derrière le dos de ses copines. Je réalise à cet instant qu'elles parlaient probablement derrière mon dos pendant tout le temps de notre amitié et je dois en avoir le cœur net. J'ai besoin d'entendre dans la bouche de Jess les raisons exactes de leur décision, celles qui les ont poussées à me laisser tomber.

Est-ce qu'elles étaient au courant de la liste ?

Je traverse les haies épaisses qui cachent le petit chemin rose destiné aux piétons et vélos qui longe plusieurs maisons. J'arrive directement dans l'impasse où habite mon ancienne amie. Je pose mon vélo devant l'entrée et appuie sur la sonnette. J'arrive à peine à respirer, mais je m'efforce de paraître calme. La mère de Jess ouvre la porte :

— Bonjour Annabel ! Ça fait longtemps qu'on ne t'a pas vue

par ici ! Viens ! Jess est dans le jardin derrière !

— Bonjour, merci ! J'y vais !

Je pousse le portillon et fais le tour de la maison pour rejoindre le jardin de l'autre côté. La tension commence à monter, j'essaie de me calmer en prenant de profondes respirations.

Tu dois savoir, elle te doit bien la vérité...

Jess est assise sur une chaise longue, un magazine à la main. Je m'avance en essayant de paraître détendue :

— Bonjour Jess, est-ce que je peux te parler ?

— Euh... installe-toi, me dit-elle après un court silence, en me présentant une autre chaise et en posant sa revue sur l'herbe.

Son malaise est apparent. Elle s'assoit sur le bord de la chaise, croise et décroise ses jambes plusieurs fois.

— Merci. Je voulais savoir, dis-je en reprenant une bonne dose d'air, je voulais savoir... la vérité.

— La vérité ?

Elle se met à tirer sur ses sourcils, ce qu'elle a l'habitude de faire quand elle est anxieuse.

— Pourquoi vous avez décidé de me retirer du groupe ?

Elle commence à entortiller ses cheveux et après plusieurs soupirs, elle me répond enfin :

— Tu dois le répéter à personne... tu dois me promettre, exige-t-elle sérieusement.

Je suis intriguée, pourquoi tous ces secrets ? Il faut que je sache, alors je le jure.

— Oui, je te promets ! Je dois savoir !

Il y a une certaine hésitation dans son regard. Elle prend une grande inspiration et commence :

— Pendant les vacances, Katia a raconté à sa mère toutes sortes de choses sur toi, que tu étais une mauvaise fréquentation et qu'elle se faisait du souci pour ceux qui traînaient avec toi et...

— Quel rapport avec vous ? Ce n'est pas votre mère, non ? je l'interromps.

— La mère d'Ophélie est amie avec celle de Katia, et ça, Katia le savait. Avant la rentrée, la mère d'Ophélie lui a demandé d'arrêter de te fréquenter. Ophélie a commencé à croire tout ce que Katia racontait et elle m'a demandé de choisir entre elle et toi.

— Mais qu'est-ce que Katia racontait ?

— Je ne sais pas exactement... il y avait aussi cette liste de personnes à éviter...

— Je suis au courant pour la liste... mais toi alors ? Tu n'as rien fait pour me défendre ?

— Tout le monde adore Katia, c'était difficile, je suis désolée. J'ai beaucoup réfléchi, c'était très dur pour moi... de devoir choisir entre vous deux. Mais je voulais pas être au milieu de vos histoires, avec toi et Katia.

— Je vois... je murmure, car les mots restent coincés dans ma gorge. Je ne vais pas t'embêter plus... tu m'as dit ce que je voulais savoir.

J'enfourche mon vélo pour prendre le chemin du retour. Ma motivation a complètement disparu. Malheureusement, je m'aperçois que désormais les deux roues sont à plat.

À plat... super ! Comme ton moral...

Je décide de pousser le vélo jusqu'à chez moi et d'éclaircir mes pensées par la même occasion. Je comprends maintenant que Katia est vraiment derrière tout ça. Pour quelque raison que ce soit, elle a décidé de faire de ma vie un enfer et c'est difficile de ne pas ressasser tout ça dans ma tête.

Elle a réussi à faire croire à mes meilleures amies que je suis coupable de quelque chose.

Est-ce que je suis vraiment coupable ?

Est-ce que je me suis mise dans cette situation ?

POURQUOI MOI ?

Notre amitié avec Jess avait débuté en sixième, pendant la période où Katia avait commencé à s'éloigner et à traîner avec Roxane et Émilie. Honnêtement, nous n'avions pas grand-chose en commun, à part notre passion pour la musique et les *boybands* à la mode... Je pensais qu'elle était forte, qu'elle faisait ce qu'elle voulait. Apparemment, elle aussi a peur de Katia. Nous ne sommes pas si différentes que ça.

L'erreur...

Pourquoi j'ai pris CE chemin ?

CETTE haie...

J'étais tellement plongée dans mes pensées que je n'ai pas fait attention à mon itinéraire. Je me trouve devant la magnifique villa de Katia. Sa maison est entourée d'une immense haie, mais on peut voir le deuxième étage dépasser. Les maisons à étages sont rares. La famille a dû demander une dérogation à la mairie. Je distingue soudain des voix.

— Vas-y, montre ! C'est les photos de la soirée ?

Je reconnais la voix de Roxanne. Elle doit être assise au bord de la piscine, de l'autre côté.

— Oui, je poste une photo sur mes réseaux... mais je sais pas laquelle encore, répond Katia.

Continue ton chemin !

— Tiens ! Regarde cette photo Guillaume ! ajoute-t-elle. Je comprends pas ce que tu faisais avec elle. Elle t'a fait son numéro de la fille persécutée ? Tu sais bien que c'est une mytho... quel mensonge elle t'a raconté ?

Elle parle de moi...

— Tu nous as pris en photo ? dit Guillaume.

— Montre ! Grave ! C'est un sourire que j'vois mon gars ? Un sourire ! lance Lecomte.

Je voudrais tenir ce téléphone dans mes mains et voir cette photo. Je me rappelle son sourire.

Son sourire.

Rien que de penser à son sourire, je souris.

Alors que je devrais le détester.

Je ne réalise pas que je suis distraite.

Mon vélo s'enfonce dans la haie.

Stupide vélo !

Stupide.

Stupide.

Stupide !

— Vous avez pas entendu un bruit chelou ? demande Lecomte.

Je récupère aussitôt mon vélo et le pousse sans m'arrêter. Sans regarder derrière moi. Arrivée devant la porte de mon garage, j'y donne un grand coup de pied et balance mon vélo à l'intérieur.

C'est assez pour aujourd'hui !

Pour le reste de la journée, je trouve réconfort dans mes livres. Je suis aussi déçue de ne pas avoir de nouvelles d'Eryx1. Je rafraichis plusieurs fois ma boîte mail, mais toujours rien Après un petit-déjeuner tardif et vite avalé, je retourne dans ma chambre, sors la pile de livres que je n'ai pas encore lus et les étale sur le sol. Je sais que je vais en choisir un et que je vais le lire jusqu'à la dernière page, sans m'arrêter. Un vieux livre récupéré dans une librairie d'occasions attire mon attention. La couverture est recouverte de lierre de différentes nuances de vert. Au milieu de la première de couverture, il y a une porte. Une jeune fille, de dos, s'apprête à entrer dans ce qui doit être un jardin, d'après le titre : *Le jardin secret*. Je le saisis et m'allonge sur mon lit pour me plonger dans cet autre univers. J'adore la sensation du vieux papier et tant que je lis, je peux oublier le contrôle de maths que je vais devoir faire le lendemain matin.

Après avoir lu les quelque 400 pages d'une traite, avec pour seules pauses le repas du midi et du soir, je reviens finalement à la réalité. Le livre m'a inspirée, il m'a donné envie de trouver mon propre « jardin secret », mais dans le monde réel, pas seulement dans ma tête. Je repense aux choses que j'ai envie de faire et pour lesquelles j'ai trop peur du regard des autres. Tout de suite, la musique m'apparait comme une évidence, avec ce que j'ai écrit dans mon journal parmi mes autres objectifs :

4. Reprendre le piano et jouer le premier mouvement de La Sonate au Clair de lune de Beethoven

Je me penche afin d'attraper les partitions de piano qui sont cachées sous mon lit. Je les feuillette et tombe finalement sur La Sonate au Clair de lune que je mets directement dans mon sac. Je me couche presque sereine.

Je vais trouver mon jardin secret !

Demain, je recommence le piano. J'oublie toutes ces histoires avec Katia et je me concentre sur la musique !

20. LA LETTRE

Il n'y a rien de plus fort que la colère, si ce n'est l'impassibilité qui vous la fait dominer et vous en rend maître. Il faut savoir ne pas répondre à ses ennemis.

Sarah – *La petite princesse*, Frances Hodgson Burnett

– T'as révisé pour le contrôle de maths ? Je ne comprends pas pourquoi il fait déjà une éval... me demande Aurore le lendemain, pendant le cours de français.

– Quoi ? Non, pas vraiment... *Traduction, pas du tout*... Et toi ?

– Juste assez pour avoir la moyenne, je pense. Elle fait une pause, comme si elle hésitait à continuer. Qu'est-ce qui s'est passé avec Guillaume ?

– De quoi tu parles ?

– D'habitude, il passe son temps à t'observer quand tu es en train de regarder autre part...

Il m'observe ?

– Peu importe... il vient juste de me faire une mauvaise blague avec sa copine Katia.

– Katia... répète-t-elle tristement. Quel genre de blague ?

Elle attend une réponse mais je ne supporte pas ce que je prends pour de la pitié. Je dois changer de conversation ; en plus, j'ai une mission aujourd'hui. Alors je lui demande :

– Tu sais s'il y a un piano qu'on peut utiliser dans ce lycée ?

– Un piano ? Pourquoi ?

– Je veux pratiquer pour me changer les idées, mais c'est pas trop possible chez moi...

– Il doit y avoir un piano quelque part, je pense que tu peux demander à la vie scolaire. Pourquoi tu peux pas jouer chez toi ?

– Mon piano, c'était celui de ma mère et... c'est une longue histoire mais...

Je m'arrête, car la professeure de français regarde dans notre direction, mais aussi parce que je ne peux pas lui dire que depuis que ma mère est morte, c'est impossible pour moi de jouer sur son piano. Ma mère jouait dès qu'elle en avait l'occasion. Lorsqu'elle pratiquait un morceau, elle nous installait sur une table à côté pour qu'on dessine, quand nous étions petites. Mais je ne dessinais jamais. J'observais chacun de ses mouvements, fascinée. Vers 6 ans, je me rappelle que j'essayais de reproduire quelques-unes de ses mélodies à l'oreille. Après ça, elle m'avait inscrite au conservatoire. Mais maintenant, le piano sert juste à entreposer les tableaux de broderie de Vanessa et quelques plantes en pots.

Après le cours, je fonce dans le couloir. Je ralentis un peu en arrivant à hauteur de la salle des profs. Les professeurs... Une « espèce » tout aussi intéressante que celle des collégiens et lycéens. Ils ont, eux aussi, leurs propres codes et leurs cliques. Je lance un regard blasé vers la professeure d'anglais, madame Sanchez. Elle est descendue d'un coup dans mon estime après ce que j'appelle « l'affaire Jane Eyre ». Tu sais que *Jane Eyre* est un de mes livres préférés, dont j'ai lu de multiples versions et surtout la version originale... Il y a quelques jours, madame Sanchez nous a donné une traduction à faire. Un passage de Jane Eyre. J'ai écrit de mémoire la version originale, celle de Charlotte Brontë, et elle a écrit sur ma copie : « *Des lourdeurs, ce style n'est plus utilisé.* »

Comment ose-t-elle critiquer l'œuvre originale !

Je finis de ressasser cet incident et je continue de marcher jusqu'à la prochaine porte, celle de la vie scolaire. J'y entre et demande à la jeune fille à l'accueil :

— Bonjour, est-ce qu'il y a un piano au lycée que l'on peut utiliser... quotidiennement ?

— Un piano ? Je vais me renseigner, je suis nouvelle !

Elle part quelques minutes, puis revient avec une clé :

— Apparemment, la salle 303 du bâtiment B a un piano. Il faut la réserver, mais d'après le registre, personne ne l'a réservée ou n'y a mis les pieds, depuis 3 ans...

— Est-ce que je peux la réserver tous les jours entre 12 h et 14 h ? Pendant toute l'année ? dis-je en retenant mon excitation.

— Oui, si tu veux... mais il faut venir chercher et ramener la clé chaque jour.

Je signe mon nom sur le registre, et je prends la clé. Ce n'est pas une clé ordinaire pour moi, c'est la clé de mon jardin secret !

Il faut que j'attende 12 h, c'est-à-dire après le cours d'Histoire-Géographie, mais cela en vaut la peine.

***

Les cours de la matinée sont terminés, l'excitation monte en moi. Je vérifie si la clé est toujours dans mon sac et m'apprête à me diriger vers la salle 303, lorsque Daniel me coupe dans mon élan :

— Tu manges avec nous ? Merci pour l'idée de la fête foraine, on s'est bien amusés !

Oui... jusqu'à ce que certaines personnes viennent gâcher la fête...

— Bien sûr, mais je dois faire quelque chose avant, donc je vous rejoins. Vous restez jusqu'à quelle heure au self ?

— On sera là jusqu'à 13 h 30 je pense, mais tu...

— Hey ! Patterson ! nous interrompt Alex Pêcheux. Hey ! Yeah ! Mec, c'est comme ça qu'vous parlez au Canada non ? Apparemment ta meuf là-bas est une bombe, mais pourquoi tu traînes avec ça ? Bon après... tu fais comme tu veux, mec... c'est pour pas rendre ta copine jalouse ?

Il me regarde, avec son air ahuri. J'ai qu'une envie, c'est de lui donner un coup de pied bien placé. Daniel ne réagit pas, il reste juste là, tout sourire. Je lève les yeux au ciel et soupire, puis leur lance :

— Bon courage Alex, pour ton anglais, t'es sur la bonne voix ! Daniel, je vous rejoins vers 13 h !

Vous m'excuserez, mais j'ai d'autres choses à faire que de rester là, à me faire insulter !

Enfin, je me précipite vers la salle 303, prends la clé qui est dans la petite poche de mon sac à dos, regarde à droite et à gauche si quelqu'un arrive dans le couloir, et insère la clé dans la serrure, mes mains tremblant d'excitation. Je fais tout ça sans respirer. J'entre, referme à clé derrière moi, et prends une grande inspiration. L'odeur du vieux bois poussiéreux embaume la salle. Il y a quelques tables et chaises qui n'ont pas été nettoyées depuis quelques années, au vu de l'épaisse couche de poussière, qui me fait éternuer au passage.

Là, dans un coin près des fenêtres, le piano trône fièrement, et je ne pense plus au reste. Je ne vois plus le désordre. Je pose mes affaires par terre et ouvre le couvercle protégeant les touches. C'est un vrai piano, pas un synthétiseur comme il y avait dans mon collège. Il est plutôt vieillot, marron clair avec les lettres « *Claveau* » écrites en doré. Deux sortes de petits chandeliers sont accrochés de chaque côté du pupitre. Je doute de son fonctionnement, mais lorsque je frappe les touches une à une, il semble être accordé et le son est agréable.

Je m'assois sur le vieux tabouret en bois après l'avoir ajusté à ma taille et commence par jouer un morceau que je connais par cœur : *Le prélude* de Bach. Mon cœur semble battre au rythme des touches. Dans ma tête, il n'y a que la mélodie qui parcourt mon esprit. Après avoir fini, je m'aperçois que mes yeux pleurent, sans que je puisse les arrêter. Je les essuie sans trop y prêter attention et sors la partition de mon sac, puis la place sur le cadre devant moi. J'essaie de jouer lentement les premières mesures du morceau de Beethoven. Je m'arrête plusieurs fois et reprends pour jouer les bonnes notes avec les bons doigts.

Je suis satisfaite de mon avancée, et je regarde ma montre. Une heure est déjà passée. Je rassemble mes affaires, comme vidée de toute énergie négative, comme si je flottais sur un nuage cotonneux et qu'un manteau doux et ouaté m'enveloppait. Un sourire est apparu sur mes lèvres.

Au self, je retrouve Daniel et tout le reste de la bande. Amina m'interroge tout de suite :

— Alors, t'étais où ?

— J'étais occupée... sur un projet...

— Tu révisais pour le contrôle de maths ? me demande Lucas. Le prof abuse de nous faire déjà un test ! Sérieux ! C'est juste pour nous mettre la pression !

— Oui, c'est ça...

Encore un mensonge.

— T'as l'air super heureuse pour quelqu'un qui révisait pour un test... me fait remarquer Amina en rigolant.

C'est vrai que la musique m'a offert cette sensation de plénitude que j'éprouve aussi en lisant. Je m'attends cependant à ce qu'elle disparaisse d'un moment à l'autre. Lucie ajoute en gloussant :

— Vous savez que j'ai encore des courbatures après nos exploits sur le *dancefloor* ? J'ai eu du mal à faire mes devoirs dimanche ! Impossible de m'asseoir sur une chaise... Et au fait, Guillaume te cherchait... tu l'as peut-être vu, n'est-ce pas ? Il a dit qu'il allait voir à la bibliothèque.

— Il me cherchait ? Pourquoi ?

— Il nous a pas dit, petits cachotiers, vous avez vos petits secrets ! me taquine-t-elle encore.

— Non, ça doit être encore une de ses bêtises.

Daniel reste étrangement silencieux, puis il demande :

— Il y a quelque chose entre Guillaume et toi ?

— Non, et ça ne risque pas ! Je pense d'ailleurs qu'on peut parler d'autre chose !

Il paraît soulagé, mais tout ce que j'ai en tête, c'est Guillaume.

Qu'est-ce qu'il voulait me dire ?

C'est sûrement n'importe quoi...

Le cours de maths arrive, je m'assois sans le regarder, mais Guillaume me dit, l'air concerné :

— T'étais où ?

— Je pense que ça ne regarde que moi, je lui réponds en tournant brièvement la tête vers lui, sans le regarder dans les yeux.

— Je voulais te parler, je t'ai pas trouvée à la bibliothèque, dans la cour ou dans les couloirs. Alors j'ai écrit tout ce que je voulais te dire... t'inquiète pas, je ne répète pas ce que je t'ai dit samedi soir.

Je prends le papier qu'il pose devant moi, sans rien dire je le mets dans ma poche, et sors mes affaires de maths. À l'extérieur, je parais calme et froide, mais à l'intérieur je bous. J'ai envie de déchirer son papier et de lui balancer à la figure mais j'ai aussi besoin d'en lire chaque mot. Le professeur commence à distribuer les consignes du contrôle de maths, mais Camille (celle qui s'habille à la mode grunge, d'après mes recherches récentes) le coupe dans son élan :

— Quel est l'objectif exact de ce test, Monsieur ? Je ne vois pas l'intérêt... ou alors c'est juste pour nous coller encore une étiquette après quelques jours !

— Mademoiselle... je vous prie d'arrêter de vous faire remarquer. Comme votre style vestimentaire, vos propos sont tout à fait déplacés et ne font que montrer votre impertinence et votre irrespect.

En prononçant son dernier mot, il place le test sur ma table, puis continue :

— Prenez exemple sur vos camarades qui savent où est leur place, et ne faites pas comme d'autres qui se ridiculisent quand ils ne tiennent pas leur langue.

Je ne me sens pas du tout visée, quel...

Je ne m'abaisserai pas à son niveau !

***

Après le cours, je suis torturée. Je ne sais pas si je dois juste jeter à la poubelle le papier de Guillaume ou le lire. Je suis déçue de moi-même après avoir rendu le contrôle de mathématiques. Je n'ai même pas essayé, j'ai juste foncé droit dans le mur. Et maintenant, Moineau doit bien rire dans mon dos et se satisfaire du premier jugement qu'il a eu à propos de moi. Je l'imagine en train de rigoler de mes réponses. Avec son stylo rouge, il doit entourer toutes mes erreurs et griffonner de gros points d'interrogation à côté. Malgré mon échec au contrôle, pendant toutes les heures qui ont suivi et jusqu'à mon retour à la maison, je ne songe qu'à cette lettre. Je dois cependant me sentir en sécurité pour la lire.

Enfin chez moi, je sors le mot de Guillaume, et le pose sur mon bureau. Je m'assois et déplie le papier. Son contenu m'angoisse. Mon pouls s'accélère alors que je me prépare à le lire.

Je ne suis pas obligée de croire tout ce qu'il a écrit...

Finalement, je commence à lire.

Peut-être que j'ai laissé les autres influencer mes décisions, mais je pense que c'est ce que tout le monde fait. On écoute toujours les conseils de nos amis.

En arrivant ici pendant le collège, la famille de Katia nous a aidés à nous installer. Avec Katia, on est devenus de bons amis rapidement.

Un jour, tu as été absente en cinquième. J'ai demandé à Ophélie ton adresse pour te rendre visite, mais elle m'a avoué que tu étais renvoyée pour une semaine, car tu avais écrit des insultes dans les toilettes de l'école sur Katia. Cette rumeur a été confirmée plusieurs fois. Elle m'a aussi dit que tu pensais que j'étais un "collégien sans cervelle", "immature" et que tu ne comprenais pas pourquoi les filles m'aimaient bien.

J'étais blessé, et j'ai regardé sans rien dire ceux qui se vengeaient pour Katia.

Je ne t'embêterai plus, mais je devais te dire tout ça.

Guillaume

Je ne sais pas quoi penser de cette lettre. Pourquoi Ophélie avait-elle dit ça sur moi ? Est-ce Ophélie qui a écrit dans les toilettes, il y a trois ans, et cette année ? Je dois en avoir le cœur net. Je sors alors une grosse boîte en plastique de mon placard et en ouvre le couvercle. J'y trouve un tas de papiers de toutes sortes. La plupart de ces mots ont été écrits pendant les cours au collège. J'en déplie quelques-uns, mais je réalise que j'ai peu de mots avec l'écriture d'Ophélie. Les seuls que j'ai conservés sont beaucoup trop courts pour pouvoir donner une conclusion certaine.

Arrête de te torturer pour rien, de toute façon Jess et Ophélie, c'est terminé. Tout ça, c'est du passé !

Je m'apprête à tout ranger lorsqu'un petit mot attire mon attention :

Pourquoi t'étais absente ?

C'est de Jess, derrière j'ai écrit :

C'est compliqué, mais je peux pas en parler.

En tout petit, elle a ajouté :

Dis-moi ! Je le répèterai pas.

J'ai menti ensuite :

J'étais malade.

Elle a fini avec :

Ok. Je te crois.

Tout à coup, je comprends que les moqueries ont commencé à cause de ce mot dans les toilettes. Toutes les insinuations de Guillaume sont claires, maintenant. Tout le monde devait penser que c'était moi qui avais écrit ces insultes et ma mystérieuse absence avait dû confirmer leurs soupçons. N'importe qui aurait pu m'accuser, peut-être les nouvelles amies de Katia, Émilie ou Roxanne ? Est-ce que je dois chercher qui c'était, ou juste laisser tomber ? Après tout, c'était une histoire du collège, et maintenant je fais partie d'un nouveau groupe.

Je dois tourner la page, une bonne fois pour toutes !

Je prends le paquet de feuilles, me dirige dans la cuisine et jette le tout dans la poubelle de recyclage en déclamant :

– Le passé c'est le passé !

J'écrase le tout avec mon pied pour tasser les papiers bien au fond du bac.

Vanessa entre à ce moment dans la cuisine et me lance,

surprise :

– Tu fais du rangement ? C'est bien ! Il était temps !

– Oui, finalement je fais un peu de tri... je vais me concentrer sur ce qui est important.

– Super ! Tu pourras t'occuper du bazar sous ton lit aussi...

Ne poussons pas le bouchon trop loin...

– On va voir, c'est possible...

– Tiens, tu as reçu quelque chose... de la documentation pour les échanges scolaires, c'est pour quoi ?

Elle me tend une brochure expliquant les étapes à suivre pour réaliser une scolarité dans un lycée à l'étranger. Je me souviens alors de la copine de Daniel :

– Oui, c'est pour un ami, sa copine est au Canada et elle veut venir étudier dans notre lycée, je suis en train de l'aider.

– Un ami ? Tu pourrais l'inviter un de ces jours ! Puisque t'es là, tu peux mettre la table, on va pas trop tarder à manger. Et j'oubliais... quelqu'un a laissé un message pour toi sur le répondeur, pour du baby-sitting, c'est pour le week-end prochain, madame Mercier, il faut la rappeler.

Je me souviens de ma petite annonce. J'ai complètement oublié que j'ai indiqué le numéro de téléphone fixe ! Elle me tend le numéro de téléphone de la dame, et mon cœur se met à battre plus fort. C'est décidé, je vais mettre le passé derrière moi et me tourner vers le futur.

21. UNE BOUTEILLE À LA MER

Si on se croise, est-ce que tu me verras ?
Si je te parle, est-ce que tu sauras ?
Que c'est Moi
et que c'est Toi.

Annabel.

Pour me donner du courage, je range la lettre de Guillaume dans le tiroir avec mon journal, puis sur un coup de tête j'écris à Eryx1, même s'il n'a pas répondu à mon dernier message.

Bouteille à la mer
De : Ann_c777
lundi 21 septembre, 18:56
À : Eryx1
Est-ce que tu as déjà lancé une bouteille à la mer ?
Je parle de celle où tu mets un message à l'intérieur.
Tous les ans j'en lance une l'été lorsque je vais chez mes grands-parents à Marseille. Ma sœur me répète que je pollue

la planète... c'est vrai. Et pourtant, je ne peux pas m'en empêcher. C'est comme si j'écrivais à l'univers. Je fais un vœu. Puis j'espère. J'espère être normale. J'espère que les moqueries vont s'arrêter. J'espère que je vais être heureuse.

Tu as dit que tu voulais monter ton groupe de musique. Est-ce que tu joues d'un instrument ?

Je ne crois pas que je pourrais survivre sans la musique...

Quand mes pensées deviennent trop pesantes, je les remplace par de la musique.

Je sais jouer du piano mais j'avais abandonné. Aujourd'hui, j'ai repris. J'ai trouvé l'endroit parfait pour jouer.

J'ai décidé de mettre le collège derrière moi et je pense que le piano va m'aider.

Oui, le piano et mon nouveau job !

A.

Je reçois une réponse quelques minutes après le repas du soir. C'est comme un cadeau tombé du ciel.

Re : Bouteille à la mer

De : Eryx1

lundi 21 septembre, 20:37

À : Ann_c777

Non, je n'ai jamais lancé de bouteille à la mer. Par contre, dans une de mes anciennes écoles, tout le monde écrivait un message, on les accrochait à des ballons remplis d'hélium. Le jour de la kermesse, on faisait un lâcher de ballons. Je sais pas ce qui pollue le plus, du coup...

Mais c'est assez proche de ce que tu fais, car la maîtresse nous demandait d'écrire un vœu ou un message d'espoir. C'était beau de voir tous ces messages d'espoir s'envoler.

À chaque fois, je faisais un vœu pour ma mère. Je ne savais pas quoi demander pour moi.

Je joue de la guitare. Mais quand j'étais petit, à l'âge de 5 ans, mon père m'a obligé à jouer du violon. À chaque fois que la famille se réunissait, j'étais l'attraction. Le petit prodige. J'ai joué de cet instrument pendant 6 ans. Quand il nous a laissé tomber, j'ai mis le violon dans mon placard et je ne l'ai pas ressorti depuis.

J'ai commencé la guitare au collège. Je prends des cours depuis quatre ans. La musique m'aide aussi.

Pour répondre à ton message de samedi : je ne sais pas.

Je ne sais pas pourquoi je ressens ça. Je sais qu'il y a un décalage, que je ne suis pas en accord avec moi-même. Pourtant, je ne sais pas quoi faire. Ce que tu m'as écrit m'a fait réfléchir à pas mal de choses. J'ai essayé de prendre du recul, c'est pour ça que je ne t'ai pas répondu tout de suite. J'espère que tu pourras être aussi ce TOI, pour MOI.

C'est quoi cet endroit dont tu parles ? Et ce nouveau job ?

22. LES PIÈCES JOINTES

Je dois certainement être amoureuse, [...] cette sensation de fatigue, d'ennui, ce dégoût de m'asseoir et de m'appliquer à une tâche quelconque, ce sont là tous les symptômes de l'amour.

Emma — *Emma*, Jane Austen

J'ai trouvé encore mieux qu'un groupe. J'ai trouvé un confident. Je n'enfreins aucune de mes règles, car cette relation est purement virtuelle.

Pas d'attaches, pas de déceptions.

La semaine est passée tellement vite avec Eryx1.

Pour que tu puisses avoir toutes les informations nécessaires, j'ai compilé les e-mails que nous avons échangés tous les deux pendant cette semaine. Avant aujourd'hui. Ce vendredi où j'ai l'impression que ma tête va exploser.

Promesse
De : Ann_c777
lundi 21 septembre, 21:02
À : Eryx1
Désolée pour ton père...
Si on doit continuer à s'écrire, il faut que tu me promettes quelque chose :
Ne jamais me dire qui tu es. Sinon, je devrais arrêter de t'écrire. Et faire comme si tu n'existais pas.
Tu ne me dois rien. Je ne te dois rien. Tu te souviens ?
J'attends ta réponse.
A.

Re : Promesse
De : Eryx1
lundi 21 septembre, 21:05
À : Ann_c777
Je te promets.

Merci
De : Ann_c777
lundi 21 septembre, 21:22
À : Eryx1
Je ne l'ai jamais dit à quelqu'un mais ma mère est morte. C'était il y a 3 ans, mais c'est comme s'il y avait toujours une ombre qui planait.
Est-ce que ton père vient te voir ?
Tu as raison pour les lâchers de ballons, c'est tellement beau, mais c'est vrai que ma sœur dirait que c'est probablement catastrophique pour la faune.
Qu'est-ce que tu demandais pour ta mère ?
C'est dommage pour le violon... j'adore cet instrument.
Cet endroit dont je parle est au lycée mais je ne peux pas t'en

dire plus. C'est mon jardin secret.

Mon nouveau job : baby-sitter !

Re : Merci

De : Eryx1

lundi 21 septembre, 22:36

À : Ann_c777

🗎 *1 pièce jointe*

Mon père ne vient jamais, il a une autre famille. Il nous invite mais je n'irai jamais le voir. Dès que j'écrivais un vœu, je demandais que ma mère arrête de penser à mon père et commence à vivre. Je voulais qu'elle arrête de prendre ses pilules pour dormir. Elle dormait tout le temps... maintenant ça va mieux.

Je comprends que ça soit difficile pour ta mère.

C'est la première fois que je parle de mon père aussi...

La musique, comme toi, ça m'aide à penser à autre chose.

J'aurais bien aimé t'entendre jouer du piano.

Je me suis enregistré à la guitare, si tu veux écouter (tu es la première à avoir ce privilège). C'est un de mes morceaux préférés (The first day of my life de Bright Eyes).

Bon courage pour le baby-sitting !

Wow

De : Ann_c777

lundi 21 septembre, 22:58

À : Eryx1

Merci, c'est vraiment magnifique. Tu joues très bien. J'ai aussi écouté la chanson avec les paroles et j'aime beaucoup. Je vais m'endormir en écoutant ton enregistrement. J'ai l'impression que le temps s'arrête. Pendant ces 3 minutes et 19 secondes, tout est en suspens. Ça déclenche tout un tas d'émotions en moi.

Je pourrais m'enregistrer aussi, mais ça sera demain. Je suis loin d'avoir fini de pratiquer le morceau sur lequel je travaille alors je jouerai quelque chose que je connais d'avant.

Bonne nuit.

A.

Re : Wow

De : Eryx1

mardi 22 septembre, 07:12

À : Ann_c777

Merci, j'attendrai ton enregistrement. Je dois me préparer pour aller prendre le bus...

Beaucoup de choses dans ma tête ce matin...

Je pourrais écrire un livre sur toutes les choses auxquelles je pense... et je devrais le faire.

J'ai réalisé ça hier soir, parce que j'ai commencé à me dire que j'ai du mal à laisser aller mon esprit, que j'imagine que j'aime avoir le contrôle.

Si ça a du sens...

J'aime sentir que j'ai le contrôle de ma situation et de ma vie.

Mais la vérité est que je dois essayer de lâcher ça, au vu du comportement des autres.

Je dois réaliser que je ne contrôle pas tout et je dois l'accepter.

C'est comme le bus tous les matins, ou il y a quelques jours, la rentrée des classes. Je commence à penser au nombre de personnes qu'il y a dans ce petit espace et c'est comme si mon esprit était incontrôlable. Je deviens un peu claustrophobe.

C'était mon discours du matin.

Bonne journée !

L'histoire sans fin

De : Ann_c777

mardi 22 septembre, 12:57

À : Eryx1

1 pièce jointe

Nos esprits nous jouent des tours à tous les deux...

J'ai commencé à lire pour y échapper. L'addiction à la lecture est plutôt bien acceptée. Après tout, quelqu'un qui lit tout le temps doit super bien développer son vocabulaire et ses connaissances.

Je lis un peu moins ces derniers temps, parce que je me concentre sur ces objectifs que je me suis fixés. Pour être honnête, je ne sais pas comment je vais faire pour les maths. Le prof m'a virée du cours de soutien, je ne comprends rien à ses cours et je n'arrive pas à sortir de mon casier ce livre que j'ai pris à la bibliothèque pour me remettre à niveau. Dans mes pensées, je vois le gros livre devenir de plus en plus gros, me pourchasser et finalement m'écraser. Je crois que je me sens dépassée par tous ces chapitres.

Sinon, je me suis enregistrée au piano. C'est un morceau que j'avais appris avec ma mère, c'est une musique du film L'histoire sans fin. On avait regardé ce film avec toute la famille et j'avais adoré. Je me rappelle que je voulais tout de suite apprendre à jouer un des morceaux. J'ai souvent cette mélodie dans la tête, ça s'appelle The Neverending Story par Limahl.

Si ma vie avait une bande-son, j'aimerais que cette musique en fasse partie.

Dis-moi si tu aimes.

A.

Re : L'histoire sans fin

De : Eryx1

mardi 22 septembre, 18:46

À : Ann_c777

Tu m'as scotché !! Je m'attendais pas à ça !! Je suis encore sous le choc. C'est vraiment magnifique. Et je n'ai jamais vu ce film même si j'en ai entendu parler, mais je vais voir si je peux le trouver.

Pour les maths... ça va venir, tu as déjà commencé à faire un pas en avant.

Les cours se suivent et se ressemblent tous pour moi. L'histoire m'intéresse un peu plus mais les cours sont plutôt soporifiques. Le français est pas trop mal grâce à la prof... même si on est super en retard sur l'exposé à présenter.

Exposé
De : Ann_c777
mardi 22 septembre, 21:16
À : Eryx1
Merci, je suis contente que tu aimes :)
Tu me diras ce que tu penses du film, si tu arrives à le trouver. Il commence à dater...
J'ai aussi un exposé à faire en français, sur la tragédie antique grecque. D'ailleurs, ma partenaire vient de m'écrire. La tragédie, je maîtrise plutôt bien... et elle aussi, elle a fait des recherches de malade. Je m'inquiète pas trop, sauf pour la partie orale... je vais demander à ma prof si on est obligées de parler toutes les deux. J'ai été assez humiliée dernièrement. On a encore du temps, c'est pendant les tests de fin de trimestre.
En parlant de ça, je sais que ton nom d'adresse e-mail commence par Eryx, qui est le fils d'Aphrodite dans la mythologie grecque. Pourquoi lui ?
Merci pour tes encouragements.
Bonne nuit.
A.

Re : Exposé
De : Eryx1
mercredi 23 septembre, 07:23

À : Ann_c777

J'ai ta chanson en boucle dans la tête depuis hier soir.

J'espère travailler sur un autre morceau de guitare aujourd'hui.

Pour l'oral, je ne suis pas impatient non plus... je ne veux pas me laisser dépasser par mon stress et ma nervosité, alors je me transforme en robot sans émotion et les profs me reprochent toujours d'être non investi et pas motivé...

J'ai trouvé le film ! Enfin, ma mère l'a trouvé pour moi. Apparemment elle est contente, pour elle c'est un grand classique. Je le regarde ce soir !

Mon adresse e-mail... je pensais garder ça secret. Eryx est bien un héros de la mythologie grecque. Je l'ai choisi parce qu'il n'avait pas peur de défier tous ceux qui venaient se présenter chez lui. Il osait même se mesurer aux plus forts. Il a quand même perdu son combat contre le puissant Héraclès et en est mort...

J'ai choisi Eryx pour me rappeler que je peux affronter tous les défis que je me lance, mais qu'il faudra sûrement que je fasse des erreurs, et que j'y aille par étapes (pour ne pas finir comme lui !).

Ça me fait penser à l'Everest... je regardais une vidéo y a pas longtemps, à propos du nombre élevé de morts parmi ceux qui ont essayé d'aller au sommet.

J'ai lu que si on nous déposait directement en haut de la montagne, on mourrait. Parce que le corps doit s'habituer aux changements d'oxygène. Lorsque l'on monte la montagne à pied, on procède par étapes, l'organisme effectue des recalibrages. Comme dans la vie, quoi !

Voilà, c'était mon histoire du jour... pour mon adresse e-mail, c'était ça ou Doofy15.

Je dois y aller !

Bonne journée !

Quand même !
De : Ann_c777
mercredi 23 septembre, 12:54
À : Eryx1
T'as été loin pour une adresse e-mail... j'ai honte de la mienne maintenant.
J'aurais dû mettre nymphe_echo, ça aurait été plus recherché et mystérieux.
Moi aussi, ta chanson me suit partout ! J'espère que tu aimeras le film.
A.

LE film
De : Eryx1
mercredi 23 septembre, 22:06
À : Ann_c777
Je viens de finir le film, L'histoire sans fin ! C'était un bon moment ! Je pensais à toi. C'est un beau film et l'histoire est très bien montée. Les effets spéciaux sont un peu datés, c'est vrai... mais je comprends que ça soit devenu un film culte. J'ai beaucoup rigolé lors de plusieurs scènes kitsch.
nymphe_echo aurait été trop tragique... (j'étais l'expert en mythologie au primaire). La simplicité c'est souvent mieux.
Bonne nuit.

Re : LE film
De : Ann_c777
jeudi 24 septembre, 06:52
À : Eryx1
Ça me fait plaisir que tu aies aimé le film.
Juste un message pour te dire bonne journée !
3 jours que je n'ai pas fait de plongée dans un livre (c'est-à-dire commencer un livre et ne pas m'arrêter jusqu'à ce qu'il soit

fini).
Je pense que c'est mon record... mais du coup je suis sous pression.
J'ai à la fois hâte et peur que cette semaine soit finie.
A.

Courage !
De : Eryx1
jeudi 24 septembre, 07:27
À : Ann_c777
Tu peux finir cette semaine !
Répète-toi que tu peux !!
Un peu sous pression aussi... pour plusieurs raisons.
T'écrire m'aide.
À chaque fois, j'attends tes messages avec impatience.

Re : Courage
De : Ann_c777
jeudi 24 septembre, 12:24
À : Eryx1
Je tiens le coup...
Est-ce que tu as pu travailler sur un autre morceau de guitare ? J'aimerais beaucoup l'écouter.
Je continue de travailler sur le mien.
A.

Nouveau morceau
De : Eryx1
jeudi 24 septembre, 22:14
À : Ann_c777
🖹 *1 pièce jointe*
J'ai travaillé dessus toute la soirée... et je me suis enregistré.
J'espère que ça te plaira.

C'est Lean On Me de Bill Withers. Je l'ai choisi pour toi.
Bonne nuit.

Re : Nouveau morceau
De : Ann_c777
vendredi 25 septembre, 07:18
À : Eryx1
Ton morceau m'a fait pleurer ce matin. Je l'écoute depuis que je suis debout. C'est magnifique. Merci. Je pleure encore.
Bonne journée.
A.

Re : Re : Nouveau morceau
De : Eryx1
vendredi 25 septembre, 07:27
À : Ann_c777
Le but était pas de te faire pleurer !
Bientôt la fin de la semaine !
Bonne journée.

23. LE CONTRÔLE

Pourquoi tu devrais avoir peur de l'obscurité de la nuit ?
La lumière est sa sœur, elle s'éteint quand tu fuis.
Pourquoi tu devrais avoir peur d'être toi et pas lui ?

Annabel

Jusqu'à vendredi, je garde le même rituel, qui consiste en ce plan parfaitement échafaudé (sur une page volante, pliée en quatre dans mon agenda) :

7 h 35 : bus scolaire
8 h : vie scolaire (clé salle 303)
8 h 05 : salle 303
8 h 30 : cours
10 h 05 : salle 303
10 h 25 : cours
12 h 05 : salle 303
13 h : self
13 h 30 : cours

15 h 05 : salle 303
15 h 25 : cours
17 h : vie scolaire (rendre clé)
17 h 05 : bus scolaire

À quelques exceptions d'emploi du temps près, j'ai suivi cette routine. Leslie de la vie scolaire m'a laissé la clé toute la journée. J'avais juste à la déposer avant de partir dans la boîte à l'entrée.

Dès que j'en ai eu l'occasion, je me suis rendue dans la salle de répétition et m'y suis enfermée à clé. J'étais contente car j'avais trouvé mon refuge. J'en ai profité pour écrire à Eryx1 et jouer du piano.

À 13 h, je rejoignais Daniel, Lucas, Amina et Lucie au self. J'ai bien sûr évité Guillaume et toute autre personne de son groupe et n'ai pas évoqué la lettre qu'il m'a écrite. Cette petite routine m'a remplie de satisfaction et j'ai fait des progrès au piano.

J'appartiens à un groupe, tout en gardant mes distances. Mon plan se passe comme prévu. En apparence, je suis satisfaite. Au fond de moi, cependant, un tourbillon d'interrogations se déchaîne. Mais je le contiens. Je garde tout ça en moi. Ce vendredi, toutefois, avec la fatigue accumulée pendant la semaine, je n'ai plus la force et toutes ces questions ont fait surface pendant les cours :

Est-ce que Guillaume est différent ?

Est-ce que je peux lui faire confiance ?

Et Eryx1 ?

Je me demande si Jess et Ophélie étaient vraiment mes meilleures amies...

Est-ce qu'on est restées ensemble par habitude ? Est-ce que j'avais peur d'être seule ?

Le seul vrai contact de la semaine a été avec Daniel, lorsque je lui ai donné la brochure sur les échanges scolaires afin qu'il puisse en parler avec sa copine.

— Fallait pas, m'a-t-il dit en évitant mon regard, l'air gêné. Enfin... merci...

— C'est rien ! Si je peux aider !

Il a vite changé de conversation. Je pense qu'il a dû peut-être trouver que je me mêlais un peu trop de ses affaires.

***

Finalement, le dernier cours de la semaine arrive et monsieur Moineau semble particulièrement content ce vendredi après-midi. J'en devine la raison rapidement et tout mon corps se raidit. Avec un grand sourire, il ouvre un dossier qui contient les copies du contrôle de maths de lundi dernier et nous annonce :

— Bonjour les secondes ! J'ai les résultats du premier contrôle ! Je vous avoue que pour certains et certaines cela ne commence pas très bien... et ça n'annonce rien de bon pour les examens de fin de trimestre.

Une à une, il pose les feuilles sur nos tables, en ajoutant un mot personnalisé, et en s'arrêtant à chaque fois avant de passer à la copie suivante :

« Alex, pas mal mais peut mieux faire ! De même pour Ophélie ! Vous n'êtes plus au collège, il va falloir se réveiller un peu ! »

« Aurore, passable. Et passable ça passe ! »

« Guillaume, bien. »

« Daniel, satisfaisant ! »

« Jess, pas mal ! »

« Sébastien, formidable ! »

Il semble vraiment y prendre un plaisir fou.

Bravo Sébastien ! Est-ce que c'est sa seule source de bonheur de la journée ? Qu'est-ce qu'il fait quand il rentre chez lui le soir ? Est-ce qu'il pense à nous ? Est-ce qu'il a répété ses commentaires sous la douche ce matin ?

Lorsque je pense au professeur sous la douche, je ne peux m'empêcher de sourire et bien sûr juste à ce moment, mon nom résonne et me fait l'effet d'une claque :

– Annabel ! Irrécupérable ! Je pense qu'il n'y a plus rien à faire pour vous. Vous pouvez continuer à venir en touriste Mademoiselle, ça ne changera rien du tout. Je peux même vous dispenser, vous avez sûrement des choses plus importantes à faire. Rappelez-moi ce que vous vouliez me prouver ?

Mon sourire disparait vite, mais il attend une réponse, alors je lui réponds simplement :

– Ça prendra peut-être plus de temps que prévu...

– Allo la Terre ? Vous voulez probablement dire « jamais », il n'y a pas de « peut-être », soit vous réussissez, soit vous échouez ! Dans votre cas, les paris sont faits !

Je fixe ma mauvaise note avec la boule au ventre. Je ne m'attendais pas à avoir une bonne note, mais là, c'est catastrophique. J'ai deux mois avant les examens de fin de trimestre. Deux mois pour prouver au professeur que je peux m'améliorer, mais ça me parait irréalisable maintenant. Et *je* me suis mise dans cette situation. Je vais droit dans le mur et il n'y a pas d'issue de secours. Alex confie à un autre élève :

– Il parait qu'elle a un problème au cerveau... Tu sais, c'était quoi son surnom au collège ?

Je ne veux pas entendre la suite, alors je répète mon morceau de piano dans ma tête, et je bouge les doigts de ma main droite sur ma cuisse, comme s'il y avait un piano invisible.

À la fin du cours, je ramasse très vite mes affaires, je sais ce dont j'ai besoin pour oublier cette mauvaise nouvelle : un bon livre. Tout de suite, *maintenant*. Avant de sortir, je fouille dans mon sac afin de satisfaire mon envie. Je vide chaque compartiment pour m'assurer qu'il n'y a pas un livre caché. Après avoir sorti tout mon bazar, finalement, je trouve ce que je cherche. C'est comme le « haut de secours » de Lucie. Mon livre de secours, *Le labyrinthe* de James Dashner. Je l'ouvre et commence à le lire en marchant. Je m'imprègne rapidement de l'ambiance. Je suis déjà entourée de métal et de poussière, dans l'ombre, comme Thomas dans l'histoire. Je n'avance plus dans les couloirs du lycée, mais dans une immense cour verte, entourée de hauts murs où s'entrelacent des lierres et autres plantes grimpantes. L'odeur de soufre imprègne mes narines et le soleil m'aveugle. Les yeux mi-clos, j'imagine les murmures de ceux qui m'accueillent dans ce nouvel endroit.

— À ton tour Paulo !

Les murs ont disparu, Thomas n'est plus là, avec moi. Je suis seule. Cette voix, c'est celle d'Alex. J'essaie de retourner avec lui, mais l'agitation dans le couloir m'en empêche. Les mots sur le papier n'ont plus de sens, ils ne sont plus que des lettres posées dans un ordre aléatoire. Je relis plusieurs fois le même passage mais c'est peine perdue. Je relève la tête, plusieurs garçons se trouvent autour d'un autre. Je m'approche et reconnais Sébastien. Il essaie de prendre des affaires dans son casier, mais les autres garçons s'amusent à le pousser chacun à leur tour.

Cette scène fait partie du décor, comme si c'était normal.

Personne ne voit rien ou alors tout le monde s'en fout. Ils ont d'autres problèmes, d'autres excuses... comme moi.

Est-ce que pour eux c'est un jeu sans conséquence, de petites bousculades, rien de plus ? Les mots que je veux crier restent coincés dans ma gorge. Je me tiens là, effarée, sans pouvoir parler. Peut-être que le fait de ne pas pouvoir lire mon livre a déclenché la fureur en moi, ou bien c'est mon impuissance devant ce qui se déroule devant mes yeux. Je continue d'avancer et de toutes mes forces donne un coup de coude sur la porte entrouverte d'un casier. Je suis tellement surprise du bruit qui fait écho dans le couloir que ma douleur au bras passe au second plan. Un surveillant sort en trombe d'une classe et nous demande de nous disperser alors qu'Alex et ses amis ont mis leur jeu sur pause. Peu à peu le couloir se vide, et les élèves se pressent finalement pour prendre le bus. Dans les couloirs, il n'y a plus que Sébastien et moi ; il reste silencieux devant son casier. Je m'avance et lui demande doucement :

– Ça va ?

– Oui t'inquiète pas, dit-il sans arrêter de fixer son casier. C'est triste, mais j'ai l'habitude... Ils devaient avoir besoin de se défouler après le cours de maths...

– Pourquoi tu te laisses faire ? je lui demande, sans réfléchir.

– Je me dis que tout ça, après le lycée, n'aura plus d'importance.

Il souffle puis se tourne finalement vers moi, semblant avoir récupéré de ce qui vient de se passer. Ses yeux légèrement rougis, il articule :

– Le plus important, c'est ce que je veux être, c'est *ma* décision, je ne les laisserai pas me prendre ça.

– Mais tu ne mérites pas ce qu'ils te font !

– Même si je leur dis d'arrêter, ils ne le feront pas, c'était pareil dans mon ancienne école. Si je le dis aux profs, c'est pire, personne n'aime les balances...

Je suis toujours choquée, mais à ce moment, j'observe son visage rond encore enfantin, et ses yeux marron qui brillent. Il est un peu plus petit que moi et a de beaux cheveux châtain clair, peignés en arrière.

Pourquoi, pourquoi lui ? Est-ce que lui aussi, il se sent coupable ?

– Je ne sais pas comment tu fais... je continue.

– Comment je fais quoi ?

– Comment tu fais pour donner le meilleur de toi... j'ai l'impression que je ne peux pas devenir celle que je veux être si les autres pensent que je suis nulle...

Il prend quelques livres dans son casier, les met dans son sac, réfléchit une poignée de secondes puis me répond :

— Je pense qu'il n'est jamais trop tard pour être celle que tu veux être. Le plus important, c'est ce que *toi* tu penses... si tu penses que tu es nulle, les autres le penseront aussi.

J'ai l'impression d'entendre ma voix intérieure, mais là, elle prend tout son sens avec les mots de Sébastien. Pour moi, il est devenu un héros, solitaire et sage, qui partage son savoir et sa philosophie, avec les personnages secondaires comme moi. Il ferme son casier et continue d'un ton sérieux :

— J'imagine toujours la meilleure version de moi-même qui m'attend dans le futur. Un jour, on va se retrouver et j'espère que l'on sera identique. Je n'ai pas envie qu'elle me dise : « Regarde ce que tu aurais pu être ! »

— Merci, tu dois penser que je suis ridicule, c'est toi qui te fais embêter et moi je t'ennuie avec...

Je dois m'arrêter lorsque le surveillant venu plus tôt nous demande de faire moins de bruit, car une réunion a lieu dans une salle à côté. Quand celui-ci tourne le dos, Sébastien me dit en chuchotant :

— Ne t'excuse pas, ça fait du bien de parler avec quelqu'un.

Je l'accompagne à la vie scolaire car il a quelque chose à récupérer. Leslie au comptoir se retire dans un bureau connexe et revient avec une guitare protégée par un étui dans une main et une housse accrochée à un cintre dans l'autre. Curieuse, je lui demande tout de suite :

— Tu joues de la guitare ?

Et si c'était Eryx1 ? N'y pense pas... tu n'as pas envie de savoir !

— Oui, même si ma grand-mère aurait préféré que je joue du piano... je fais partie de la rythmique d'un orchestre. On a une répétition générale, je vais directement à l'école de musique.

Nous commençons à nous diriger tous les deux vers la zone

des bus lorsque j'ai un éclair de lucidité :

– Je dois récupérer quelque chose dans mon casier ! On se voit lundi ! Merci beaucoup Sébastien !

Je cours aussi vite que possible jusqu'à mon casier, l'ouvre et tire difficilement du fond l'énorme livre de maths emprunté il y a quelques semaines, pour le mettre dans mon sac. Je me dépêche ensuite d'aller prendre le bus.

Merci Sébastien... de m'avoir rappelé ce que je voulais vraiment. Le meilleur moi, j'arrive !

24. LA COPINE

♥?

Je vois ton incompréhension. C'est juste ma façon d'être.
Je suis donc je dis non. Ni calcul ni cordon.
Ne fronce pas les sourcils. Je ne serai pas docile.
Cours, si tu veux être mon je t'aime
Aime, si tu veux être mon problème.

Annabel

Pendant tout le trajet, je me passe en mémoire les paroles de Sébastien.

Le plus important, c'est ce que toi tu penses.

Je n'ai plus qu'une seule chose en tête : je vais commencer à travailler !

Si je peux réussir les examens de maths, c'est un espoir pour moi ! L'espoir de pouvoir faire tout ce que j'ai décidé d'entreprendre !

Arrivée chez moi, je me hâte dans ma chambre, m'assois à mon bureau, tire mon tiroir et, pendant quelques secondes, je fixe mon journal.

C'est parti ! Courage, Force, Persévérance !
Objectif : réussir mon examen de maths !
Je sors ensuite mon téléphone de mon sac et envoie rapidement un message à Eryx1 :

Les choses sérieuses commencent !
De : Ann_c777
vendredi 25 septembre, 17:36
À : Eryx1
C'est parti ! Je commence à travailler mes maths !
Je m'y mets à fond !
Bon week-end !
A.

Je range mon téléphone. Dans mon tiroir, la lettre de Guillaume est toujours là, je la pousse au fond avant de saisir mon journal. J'écris en gros sur la première page :

CFP : je n'abandonnerai pas !

Je prends mon sac, y dégage l'épais livre de maths, le dépose sur mon bureau, et l'ouvre à la première page, intitulée : « *Tout le programme de la sixième* ».

Et tu vas penser que je me moque de toi, mais juste à ce moment-là, la sonnette retentit à la porte d'entrée. Quelques secondes plus tard, on tape à ma porte et Vanessa me dit :

– C'est pour toi ! Un garçon ! Dépêche-toi ! Il t'attend dans le jardin.

Un garçon ? Guillaume ? Non, ça peut pas être lui...

Je laisse mon livre, en me promettant de continuer juste après.

Je sors par la véranda du salon et fais le tour du jardin. Je respire profondément afin d'évacuer toute tension. Il est assis sur la murette. Quand il m'aperçoit, il se lève. C'est Daniel.

Peut-être qu'il y a quelque chose ce soir, il veut me mettre au courant...

J'entame la conversation :

– Daniel ? Qu'est-ce que tu fais là ?

– Je dois te dire quelque chose... articule-t-il, le regard fuyant.

– Quelque chose ? Ça va ?

– Oui, ça va, c'est difficile à dire mais...

Il se rapproche de moi et je me sens mal à l'aise. Je tourne la tête quelques secondes pour vérifier si Vanessa m'observe par une fenêtre. Il profite que je détourne le regard pour s'exprimer rapidement :

– Est-ce que tu veux sortir avec moi ?

Sortir ?

Avec toi ?

Je le scrute minutieusement afin d'assimiler sa question. Lui, il me regarde maintenant dans les yeux, comme s'il essayait de deviner mes pensées. Je suis choquée, mais surtout je ne comprends pas :

– C'est une blague ? Et ta copine ?

– Je n'ai pas de copine... tout ça, c'était pour pas qu'on me pose de questions...

– Tu as menti ? Depuis le début ? Tout ce que tu m'as dit était faux ?

– Oui, mais c'était pour te parler... me rapprocher de toi, apprendre à te connaître. Est-ce que tu peux faire comme si je n'avais jamais parlé d'elle ?

Il fait un pas de plus vers moi, je retiens mon souffle pour essayer de rester neutre. Je me concentre pour réfléchir à mes sentiments à son encontre.

Et si c'était Eryx1 ?

Dans tous les cas...

non.

Je ne peux pas !

Mes pensées et mes paroles se confondent et je répète d'une voix claire :

— Je ne peux pas... je ne peux pas sortir avec toi... même si je t'aime bien. Je t'apprécie en tant qu'ami, mais pas petit ami. De toute façon, je ne suis pas prête pour ça.

Il avance vers le muret, en fixant ses chaussures, l'air triste et sérieux à la fois. Nos dos se font face et mon malaise grandit. D'une voix sûre, il me lance toujours de dos :

— C'est Guillaume, c'est ça ?

Je me tourne vers lui, énervée mais contenant ma colère, et il s'assoit sur le muret tranquillement. Je m'exclame, excédée :

— Guillaume ?

— Oui, Guillaume !

Il fait une pause, descend du mur et se rapproche à nouveau :

— Je ne comprends pas ce qui se passe entre vous deux mais je ne pense pas qu'il soit fiable...

— Fiable ! Tu peux parler ! Il ne s'est pas fabriqué une copine ! Je pensais qu'on était amis !

— On peut être plus...

— Être avec toi me rendrait malade !

J'y suis allée un peu fort peut-être... trop tard.

— Malade ?

Il prend un air blessé mais se ressaisit :

— Malade... t'es vraiment dramatique. Comme tu dis, tu lis peut-être trop de livres... Je sais que je ne suis pas lui. Je vois bien comment tu le regardes. Comment tout le monde le regarde...

Il s'apprête à partir mais ajoute :

— C'est marrant, parce que c'est lui qui m'a dit de ne pas écouter les rumeurs et de me faire ma propre idée sur toi... C'est comme s'il m'avait jeté dans tes bras.

— Sauf que tu n'étais pas prêt à être honnête avec moi...

Je m'en fiche de sa déclaration, ce qui m'embête, c'est son mensonge, alors je lui demande :

— Tu ne vas pas avouer la vérité aux autres ?

— Je ne sais pas... est-ce que tu peux ne rien dire ? Je leur parlerai, mais je ne sais pas encore quand. J'espère que ça ne t'empêchera pas de venir avec le groupe... Amina, Lucie et Lucas t'aiment beaucoup.

L'expression sur son visage a complètement changé. Son sourire habituel est de retour. À ce moment, je me demande si ce sourire n'est pas juste une façade qu'il se donne.

— Je veux me concentrer sur mes objectifs, lui dis-je. Je t'en ai parlé... J'allais justement commencer sérieusement... Alors, c'est possible que vous me voyiez moins.

— Oui... désolé, je vais te laisser. On se voit lundi ?

J'ai de la peine pour lui et lance juste :

— Oui, à lundi !

Je lui souhaite un bon week-end et il me regarde une dernière fois avec son sourire feint. Il me faut quelques minutes pour me remettre de cette discussion. Mais je suis encore plus décidée à me mettre au travail.

Je n'ai pas besoin de tout ça ! Ça suffit, les mensonges et les faux-semblants !

Je claque la porte d'entrée et fonce dans ma chambre pour m'installer de nouveau à mon bureau. À haute voix, je me dis :

— Plus que 500 pages ! C'est parti !

Je prends mon cahier de brouillon, et avec la plus grande attention, commence à faire chacun des exercices jusqu'à ce que Vanessa m'appelle pour mettre la table du dîner.

***

Re : Les choses sérieuses commencent !

De : Eryx1

vendredi 25 septembre, 19:22

À : Ann_c777

N'aie pas peur de réussir ! Je crois en toi !!

Tu m'inspires beaucoup... et me donnes envie de me perfectionner dans plein de choses. Je vais jouer un peu de guitare ce soir et demain je fais à fond mes devoirs.

Bon week-end !

La musique de Eryx1 sur repeat, je continue à bosser sur mes maths. Des sentiments que je fuis m'assaillent.

Je crois que je suis amoureuse de Eryx1...

Qu'est-ce que je vais faire ?

25. LA CABANE

L'art, les émotions et la vie sont ce qui arrive quand les prévisions, les programmes et les prédictions échouent.
Patricia, mère de Mireille — *Les petites reines*, Clémentine Beauvais

En me réveillant le lendemain, j'ai encore la tête pleine de nombres décimaux. Sur mon bureau, le livre de mathématiques est ouvert et des petites fiches sont éparpillées tout autour. J'y ai recopié des exemples, des petites leçons et quelques commentaires.

C'est comme un nouveau langage. Il faut juste que j'apprenne ses signes et ses règles avec méthode... contrairement à ce qu'a dit Moineau, il est jamais trop tard pour ça !

Il est seulement 5 h du matin et je pense aux décimaux, pour ne pas me rappeler ma conversation avec Daniel hier. Je suis soulagée que l'on soit samedi. Cela me laisse le temps de digérer ce qu'il m'a avoué. J'ouvre ma fenêtre et les volets. L'enveloppe dans laquelle j'ai reçu la brochure sur les échanges scolaires dépasse de ma poubelle.

Il avait tellement honte de me parler qu'il a inventé une copine... est-ce que je dois être flattée qu'il s'intéresse à moi ou écœurée de ses mensonges ? J'avais raison... je ne peux pas relâcher ma garde. Je dois rester à l'écart de tout ça.

C'est pareil pour Eryx1, il faut que j'ignore mes sentiments.

Ça va passer...

Je prends mon journal sur mon bureau, trouve un stylo qui traîne et m'installe sur le rebord de la fenêtre. Je relis tous mes objectifs à voix basse et rajoute à la suite :

5. Faire du baby-sitting !

Aujourd'hui, je vais, pour la première fois de ma vie, gagner de l'argent. Toutefois, ce n'est pas l'aspect monétaire qui m'intéresse, mais l'expérience. Je sors de ma zone de confort. Je passe à l'action pour de vrai ! Pendant la semaine, j'ai rappelé madame Mercier pour avoir les détails nécessaires. Elle habite une maison à 15 minutes à pied. Je vais garder une petite fille de 6 ans, Charlotte. Madame Mercier a l'air très gentille au téléphone. J'aime déjà son accent du Sud, très prononcé. Elle m'a avertie que le premier essai serait assez court, juste deux heures, car elle a des courses à faire dans l'après-midi.

Le rendez-vous est à 16 h. Pour me préparer, je parcours, allongée sur mon lit, quelques articles au sujet de la garde d'enfants sur internet. Après ça, je vais chercher un bol de céréales, et le ramène dans ma chambre. Mon père prête à peine attention à moi. En déjeunant, je continue ainsi quelques exercices de maths.

À 15 h, avant de partir pour la maison des Mercier, j'ai bouclé le chapitre sur les nombres décimaux, mais je m'aperçois que j'ai sauté le repas du midi. Le week-end, Vanessa prépare seulement le repas du soir que l'on mange en silence ensemble. Pour le midi, chacun fait ce qu'il veut, et la plupart du temps mon père, Vanessa et ma sœur mangent un sandwich devant la télévision. Je sors de mon pyjama en vitesse puis je vais me préparer à manger. Je mélange ce que je trouve pour faire une salade composée. Mes talents de cuisinière consistent à ouvrir des boîtes de haricots verts, de maïs et de pois chiche, découper en tranches une tomate et un oignon, et à mélanger le tout. Je mange ce goûter improvisé en réfléchissant à ce que je vais pouvoir faire avec Charlotte.

Le stress commence à monter lorsque je quitte la maison. Je place tout de suite mes écouteurs dans mes oreilles et mets en route la musique pour me calmer. Je sors le petit papier sur lequel j'ai noté l'adresse et tracé un plan pour m'y rendre. Comme mon sens de l'orientation n'est pas vraiment fiable, j'ai aussi recopié chacune des instructions de l'itinéraire pour m'approprier le chemin. Pendant un moment, ma sœur s'infiltre dans ma tête.

Si Aude me voyait elle me dirait sûrement : « Tu sais qu'il y a des applis pour ça ? Ça t'éviterait de gâcher du papier et de tuer des arbres... utilise juste le GPS de ton téléphone ! »

Oui... sauf que j'aime la texture du papier... et j'ai horreur de me balader avec mon téléphone dans la main !

Sur la route, je laisse mes pensées vagabonder et imagine que comme dans Jane Eyre, je vais découvrir une famille avec de troubles secrets. Je me représente une vieille maison cachée derrière un jardin à l'abandon. Dans ma rêverie, le petit portillon à l'entrée grince, je lève la tête et aperçois une petite fille triste à la fenêtre. Sa mère qui m'accueille m'interdit de visiter une partie secrète de la maison. Le vent souffle sur une branche et nous fait sursauter, lorsque celle-ci tape sur le carreau.

Il n'y a pas de branche et il n'y a pas de petite fille triste. Pourtant, mes pensées semblent si réelles qu'arrivée à destination, je suis presque déçue en découvrant une petite maison modeste, entourée d'un jardin bien entretenu.

Numéro 11, c'est bien là...

Je sonne et une jeune femme blonde au sourire immaculé vient m'ouvrir :

– Bonjour, Annabel !

– Bonjour, madame Mercier !

– Hélène ! Viens, entre !

Je la suis dans l'entrée donnant tout de suite sur la cuisine et le salon qui constituent une seule pièce. Un escalier semble mener vers d'autres pièces à l'étage. L'odeur des produits ménagers me saisit, un mélange d'eucalyptus et de javel. Elle a sûrement fait le ménage avant mon arrivée. La pièce est étrangement vide, ou alors a été vidée pour l'occasion. Elle ne comporte aucun objet décoratif, et les murs et meubles ont tous des nuances de gris métallique. Il y a juste une table, un coin cuisine où aucun ustensile ne traîne, un canapé et une télévision. Le contraste est troublant entre l'extérieur et l'intérieur. Je fais un effort pour me concentrer et lui réponds en essayant de paraître sûre de moi :

– Bonjour Hélène ! Merci de m'avoir appelée !

– Je vois que tu es surprise par le peu de choses qu'il y a ici, dit-elle en riant. Il y a deux semaines, j'ai fini un tri complet, je me suis débarrassée de tout le superflu. Grâce à ça, j'ai décidé de prendre un peu de temps pour moi, et de faire appel à une baby-sitter.

Tout le contraire de papa… il se débarrasse de rien et entasse tout dans le garage. Maintenant, le garage est rempli, il lui a même fallu mettre une cabane dans le jardin.

Mon père, qui ne communique rien de ses sentiments, garde tout pour lui et collecte une quantité astronomique d'objets. En prenant un peu de recul, je marche aussi sur ses traces. J'ai gardé tous les petits mots, mes journaux intimes et tous les livres depuis que j'ai appris à lire. Je lui souris et ajoute :

– Non, c'est agréable, j'aime beaucoup !

– Charlotte est en haut, elle fait un peu la moue, car elle

voulait venir avec moi faire les courses...

— Je peux aller la voir ?

— Oui bien sûr, j'ai quelques bricoles à finir et ensuite j'y vais !

Je monte à l'étage et trouve une fillette blonde comme sa maman, allongée sur son lit. Je me présente :

— Bonjour Charlotte, moi, c'est Annabel !

Elle ne me répond pas et reste sans bouger, la tête contre son oreiller. Sa chambre est tout le contraire du rez-de-chaussée. Les murs sont peints de trois couleurs différentes, vert pâle, rose et bleu pastel. Des jouets sont éparpillés sur le sol. Je visite la chambre et parle toute seule à haute voix :

— Tant pis, je pensais que j'aurais quelqu'un pour jouer avec moi, en plus je vois plein de jeux ici... Il y a même de la musique, j'adore chanter ! Et il y a une petite maison dans le jardin. On aurait pu s'amuser là-dedans, dommage...

Je rajoute, en voyant qu'elle n'a aucune réaction :

— Je vois... ça doit être l'heure de la sieste, bon alors moi aussi je vais faire un petit dodo...

Je fais semblant de bâiller et de m'étirer, m'allonge sur le tapis au pied du lit et dis :

— Bonne sieste !

Je fais semblant de ronfler, c'est alors qu'un rire étouffé parvient jusqu'à moi, puis une petite voix :

— Tu veux voir mes jouets ? On peut chanter aussi ! J'ai une machine à karaoké !

Charlotte me fait un tour complet de sa chambre et me présente un par un tous ses jouets. Entre-temps sa mère vient nous dire qu'elle part et qu'elle sera de retour dans environ deux heures. Elle m'indique aussi :

— Comme c'est la première fois pour vous et pour moi, mon fils, le grand frère de Charlotte, est dans sa chambre si vous avez un souci. Vous avez aussi mon numéro de téléphone portable. Il ne sortira pas de là, sauf pour m'aider à sortir les courses quand je rentrerai... il fait ses devoirs.

Je suis payée pour retourner en enfance, je suis aussi enchantée que ma compagne de jeu. Cela semble presque criminel d'attendre de l'argent en retour. Après avoir déballé et remballé tous ses jouets, elle veut jouer à « la coiffeuse ». Elle m'installe sur son tapis et vide le contenu d'une grosse boîte rose en plastique. Élastiques, chouchous, brosse, strass, barrettes étoiles et crayons colorés pour cheveux, tombent à mes pieds. Elle prend un air sérieux et m'indique :

— Je vais te transformer en princesse !

Quinze minutes après, elle me tend son miroir en forme de licorne et applaudit en sautillant. J'éclate de rire. J'ai presque la même coiffure que ma mère avait l'habitude de me faire en maternelle. Une demi-queue en palmier, comme elle l'appelait. Sauf que Charlotte y a rajouté des mèches violettes, des barrettes de toutes les couleurs et un gros chouchou bleu turquoise qui trône au sommet de ma tête.

Heureusement que personne ne va me voir comme ça...

— Merci... je suis une vraie princesse maintenant ! dis-je en reprenant mon sérieux après ce fou rire.

Sans rien dire, elle sort ensuite sa machine de karaoké. C'est une petite enceinte avec un écran et deux micros rattachés. Elle la met en route, me tend un micro et me demande de chanter avec elle.

Nous massacrons la chanson « *I Will Survive* » de Gloria Gaynor à plusieurs reprises, car c'est sa chanson préférée. Au bout de la quatrième version, nous sautons partout, en secouant nos cheveux, en exagérant nos mouvements.

Charlotte chante une sorte de charabia anglais, j'essaie de lire sur le petit écran tant bien que mal et à chaque fois que nous arrivons au refrain on se lâche complètement et chantons à gorge déployée : « *I will survive !!! HEY ! HEY !* »

J'ai de la peine pour son frère qui fait ses devoirs dans la pièce d'à côté, alors je lui propose finalement de nous rendre à l'extérieur. Elle est très emballée par la perspective d'aménager un restaurant 4 étoiles dans la petite cabane en plastique installée au fond du jardin.

Balayer les toiles d'araignées, nettoyer les sièges, organiser tous les ingrédients, tout ça nous prend une bonne heure. Nous sommes occupées à préparer le menu, composé entre autres de salade d'herbes fraîches et de gâteaux à la terre, lorsque la voiture de madame Mercier se gare dans l'allée.

Quelques minutes plus tard, celle-ci vient nous voir et frappe à la porte de la maisonnette :

— Toc, toc ! Annabel va devoir partir, Charlotte. Vous vous êtes bien amusées ?

— Oui maman ! Mais personne est venu dans notre restaurant ! On n'a pas fini !

— Appelle ton frère si tu veux, mais quand les courses seront rangées, Annabel va devoir rentrer chez elle, ça va bientôt être l'heure du diner, tu sais.

— Oui ! Je vais le chercher !

Charlotte pousse brusquement la petite porte et se faufile en me disant :

— Je vais chercher mon frère ! Je reviens ! Tu peux finir de mettre la table !

Je reste seule quelques minutes, en priant pour que le frère de Charlotte ne puisse pas venir.

J'espère que son frère aime jouer à la dinette, sinon ça va être bizarre... je me demande s'il est beaucoup plus âgé. Pitié qu'il trouve une excuse pour ne pas venir !

Pour me détendre, je m'occupe des derniers préparatifs, lorsqu'ils arrivent. Charlotte s'installe de nouveau à l'intérieur, mais son frère reste debout à l'entrée, alors elle le presse :

— Allez Guillaume, on va se serrer !

Guillaume ? De tous les prénoms, il faut que ce soit GUILLAUME ?

— Tu es sûre qu'il y a de la place pour moi ? demande-t-il.

OK, là je divague, maintenant j'entends sa voix... calme-toi Annabel, ça peut pas être lui ! Non, c'est pas possible... c'est juste parce qu'il est dans ta tête la plupart du temps...

Instinctivement, je me mets à me recoiffer, à vérifier que je n'ai pas de la terre sur la figure et à respirer plus rapidement.

Il entre finalement en se cognant la tête au plafond et s'exclame tout de suite, en me fixant, choqué :

— C'est toi, la baby-sitter ?

Oui, c'est bien Guillaume, *mon Guillaume*, enfin pas le mien, mais tu me comprends.

J'essaie de ne pas le montrer, mais je bouillonne à l'intérieur. Même dans mes rêves les plus fous, jamais je n'aurais imaginé une scène avec Guillaume Duval et moi, dans une petite maison en plastique pour enfants.

Il s'assoit en face de moi et Charlotte sur la petite banquette, en continuant de m'étudier et sa sœur lui demande :

— Salade ou gâteau ? Annabel peut pas rester trop longtemps maman a dit, alors dépêche-toi.

— Gâteau bien sûr ! répond-il en souriant à sa sœur.

Ce sourire... une arme redoutable, ne tombe pas dans le piège, Annabel !

L'espace est très exigu, je peux sentir son odeur. Une combinaison nerveuse, tonique mais aussi florale, qui me fait tourner la tête. Je reconnais la bergamote et la sauge, un parfum frais et fruité. Et surtout, je ne peux m'empêcher de le dévisager. La proximité rend impossible mon indifférence. Je remarque comment ses yeux bleus ressortent sur sa peau, en contraste avec ses cheveux presque noirs.

— Le monde est petit... commence-t-il en se touchant le cou nerveusement.

— Oui... vraiment très petit.

J'étire mes jambes avec l'émotion mais les ramène aussitôt

vers moi lorsqu'elles frôlent les siennes. Il gigote un peu sur son siège.

Reprends-toi, Annabel !

— J'ai vraiment apprécié le show musical... « *I will survive* ».

— Ça... tu as entendu ?

— Oui, c'était vraiment... divertissant, comme ton nouveau look...

Il me sourit, je pince les lèvres pour ne pas sourire malgré moi et me souviens du gros chouchou bleu sur ma tête.

— Annabel, tu peux donner un gâteau à Guillaume, je vais faire le reste, me commande Charlotte.

— Oui, bien sûr, dis-je en tendant une petite assiette remplie de terre et de cailloux à Guillaume.

Lorsqu'il prend l'assiette, nos doigts se touchent. Ce simple effleurement me fait frissonner. Il lâche la petite assiette et son contenu tombe sur ses jambes. Il a l'air gêné, je lance alors :

— Tu allais te régaler, quel dommage !

— Hmm ça avait l'air délicieux... exagère-t-il.

Il étouffe un rire et cherche mon regard. Des papillons dansent dans mon ventre. Je ne veux pas que ça s'arrête. Je verrouille mon regard sur le sien.

— Je dois chercher plus d'ingrédients, maintenant ! fait Charlotte en sortant, comme si nous avions fait une énorme bêtise.

Il faut que je lui parle... de sa lettre. C'est la moindre des choses.

— Merci pour ta lettre... même si l'élément principal est totalement faux. C'était bon à savoir. Maintenant je comprends mieux certaines choses et je peux tourner la page.

— Quel élément ? demande-t-il en faisant mine de nettoyer son pantalon de toute la terre tombée.

— Je n'ai jamais écrit sur Katia dans les toilettes et je n'ai jamais parlé de toi à personne... et surtout pas pour dire ce genre de chose, même si je l'ai peut-être pensé par la suite.

Il arrête de nettoyer son pantalon qui était propre depuis déjà quelques secondes et lève la tête.

– Est-ce que tu sais qui a écrit ?

– Je n'ai pas envie de parler de ça... J'ai laissé tomber mes recherches, ça pourrait être n'importe qui. Probablement quelqu'un qui ne m'aime pas... et c'est plutôt courant, surtout grâce à votre « liste », n'est-ce pas ?

– Tu as sûrement raison... de laisser ça derrière toi.

Il fait une pause puis reprend, l'air préoccupé.

– Si tu te demandais, mes parents sont divorcés, Mercier c'est le nom de ma mère...

– Oui... je...

Je ne sais pas quoi dire. Mon souffle se coupe quelques instants. Heureusement Charlotte nous interrompt :

– Voilà ! C'est prêt ! Bon appétit ! dit-elle en lui tendant par la fenêtre une autre assiette de terre et de cailloux.

Guillaume fait semblant de manger et je ne peux m'empêcher de rire aux éclats. Je le vois sous un tout autre jour et j'oublie ma promesse de l'éviter à tout prix. Charlotte entre de nouveau dans la maisonnette et le prie de changer de place car elle doit nous servir le thé. Elle le pousse à côté de moi, alors que je suis déjà très à l'étroit. Nous sommes maintenant côte à côte, nos épaules se touchent. Des frissons parcourent mon corps. Mon cœur s'accélère d'un coup. Nous sommes beaucoup trop proches, mais je n'ai aucune envie de bouger. Nous faisons des commentaires sur la « nourriture » et adressons nos compliments au chef. C'est alors que Charlotte dit à son frère, comme ça, sorti de nulle part :

– Tu sais qu'il s'appelle comme toi, son amoureux à Annabel !

– C'est vrai ?

Il me regarde, ébahi. Je suis trop gênée pour dire quoi que ce soit sur l'instant.

— Oui ! C'est vrai, mais elle en a deux, le premier, il s'appelle Guillaume et le deuxième Éric ou quelque chose comme ça ! continue Charlotte.

— Ce n'est pas exactement ce que j'ai dit Charlotte... j'affirme, sentant mes joues chauffer.

— J'ai dit qui était mon amoureux et je t'ai demandé et toi tu as dit que c'était Guillaume et Éric, mais qu'il fallait pas le répéter... précise Charlotte.

— J'ai dit n'importe quoi... c'était juste des noms au hasard.

— Non, t'étais sérieuse, mais c'est pas toi Guillaume, il est dans la classe d'Annabel !

— Oui, je sais que je serais la dernière personne qu'Annabel aimerait connaître, dit-il d'un ton sérieux.

Il tourne sa tête vers moi et nos visages sont maintenant à quelques centimètres l'un de l'autre. Son souffle glisse sur mon cou, je retiens le mien.

Comment pouvais-je savoir que c'était la sœur de Guillaume ? C'est sorti tout seul sur le moment. Car oui, dans mes rêves, Guillaume est mon amoureux, et lui et Eryx1 sont la même personne, mais jamais je ne l'aurais avoué à quelqu'un de plus de 6 ans ! Cela fait partie de ces films que je joue dans ma tête. Tout ça ne sort en général pas de mon esprit. Mais maintenant il connaît mon secret, je suis encore plus vulnérable, et je ne le supporte pas. Je fuis son regard et regarde ma montre, il est presque 19 h.

Dans mes rêves, je préfèrerais rester là, à côté de lui... mais ce n'est pas un rêve, réveille-toi Annabel !

— Charlotte, on va devoir fermer le restaurant, je dois rentrer chez moi, je lance sans paraître totalement convaincue.

— Oui, je commence à avoir faim pour de vrai ! Tu vas venir encore chez moi ?

— Si ta maman a besoin de moi, oui, bien sûr.

— Je vais lui dire de t'appeler !

– Super Charlotte ! On s'est bien amusées, merci !

Charlotte fonce demander à sa mère si je peux revenir le week-end prochain.

Guillaume se lève et sort. Il attend à l'entrée de la cabane. Comme je me contorsionne pour passer la petite porte, il me dit :

– Pourquoi est-ce qu'on ne reprend pas tout à zéro ? On peut être amis...

– Amis ? Non, je ne crois pas.

– Je peux expliquer au groupe et à Katia, leur dire que c'est un malentendu, que tu n'es pas du genre à faire ce que les rumeurs disent. Les rumeurs peuvent s'arrêter. On peut tourner la page. Tu le dis toi-même.

– Comment tu sais que ce n'est pas mon genre ? je rétorque, surprise.

– Tu te souviens de Lecomte, en cinquième ?

– Pas vraiment non... qu'est-ce qu'il avait ?

– Le premier jour de cinquième... dans le rang au self. Un troisième l'a bousculé en l'appelant « minus », et tu as pris sa défense. Tu as regardé le troisième droit dans les yeux et tu lui as dit « qu'il devait cacher un gros complexe d'infériorité et que tu avais de la peine pour lui... ».

– C'est vrai que Lecomte a beaucoup changé... il a compensé avec la muscu... Mais moi aussi j'ai changé depuis, et puis je fais rarement ce genre de choses.

– J'ai appris un peu à te connaître, me dit-il doucement. Je sais que tu n'hésites pas à utiliser un tube de vinaigrette ou un casier pour sauver un lycéen en détresse...

– Ça... je ne savais pas ce que je faisais. Peu importe, tu peux leur dire ce que tu veux, ça ne changera rien, tu peux me croire. Mais s'il te plait, ne dis pas à Katia que je suis la baby-sitter de ta sœur.

Je repense à ce que m'a dit Jess et je souhaite garder mon

job. Je suis sûre que Katia ferait appel à sa mère pour me retirer ce plaisir.

— OK, me promet-il. Je sais que tu caches quelque chose... qui va plus loin que Katia. Quand tu seras prête à en parler, je serai prêt à t'écouter.

Une vague d'émotions monte en moi, alors je coupe court à nos échanges. Je dis une dernière fois au revoir à Charlotte, puis à Hélène qui me remercie et me donne mon premier « salaire ».

En rentrant chez moi, je prends à deux reprises le mauvais chemin, car mon cerveau est comme un GPS sans réception. Impossible de le déloger de mon esprit.

Guillaume...

Est-ce que c'est lui qui est dans mon cœur... ou un personnage que je me suis créé de toutes pièces ?

Pour me rassurer.

Pour me sentir vivante.

Ce qui est sûr, c'est que l'on n'est pas faits pour être ensemble.

Tu sais ce que tu dois faire, tu dois l'éviter maintenant...

Encore plus qu'avant.

26. LA LAISSE

J'ai fait dans ma vie des rêves dont le souvenir ne m'a plus jamais quittée et qui ont changé mes idées : ils se sont infiltrés en moi, comme le vin dans l'eau, et ont altéré la couleur de mon esprit.

Catherine – *Les Hauts de Hurlevent*, Emily Brontë

– Bonne rentrée ! me lance ma grand-mère, en essayant de paraître enjouée.

Je sens la douleur dans sa voix, même dans mon rêve. Je revis cette journée de rentrée, en cinquième.

J'arrive au collège. Je suis en avance et il n'y a presque personne. Je décide de passer le temps à regarder les listes de classes affichées sur chaque côté de grands panneaux transparents. Je lis un à un tous ces noms. J'essaie de repérer ceux qui me sont familiers. Pour ceux que je ne connais pas, je fais des hypothèses. Est-ce qu'on va être amis ? Est-ce que son nom m'inspire confiance ?

Je suis sur le point de passer à une autre liste, lorsque je vois une paire d'yeux, d'un bleu transparent, me fixer à travers le plexiglas. Je dévie mon regard et continue ma lecture, pour ne pas montrer que je suis troublée. Mais ces yeux me suivent. Je le fixe aussi. C'est un garçon, que je trouve sublime. Je poursuis ma marche le long du panneau. Il me sourit et continue à marcher en miroir. Nous allons bientôt arriver au bout de la vitre. Mon cœur n'a jamais battu comme ça. C'est la première fois. Le temps s'est arrêté. Il n'y a que lui, moi, et nos yeux qui se dévisagent. Chacun de ses mouvements me fait vibrer de l'intérieur...

— Annabel ! T'as flashé, ou quoi ! me dit Katia en rigolant et en me tirant par le bras, en sens inverse.

Elle regarde brièvement le garçon et me dit à voix basse :

— Laisse tomber... il est hors de ta ligue... je le connais.

Avant de la suivre, je repère un autre garçon arriver et dire à mon inconnu :

— C'est vrai que ses yeux sont magnifiques...

Mon inconnu était Guillaume et l'autre, ce bon vieux Lecomte. Je ne pouvais pas rivaliser avec Katia et sa beauté. Pour moi, il n'y a pas de doute, il parlait bien d'elle.

***

Je me réveille. Il est 4 h du matin et cela fait déjà plusieurs heures que je somnole. Je vérifie ma montre toutes les heures. Dès que je ferme les yeux, Guillaume est là, la sensation est à chaque fois agréable au début. Puis, une impression de tomber dans le vide me saisit. Le visage de Katia apparait et toutes ces voix. Ces voix qui me répètent que je ne suis *rien*.

Rien

Un simple mot peut faire si mal.

Un simple mot peut vous arracher le cœur, et vous faire sentir misérable.

Je ne peux plus rester immobile sur mon lit. En temps normal, j'aurais attrapé un livre et je me serais oubliée à travers ses pages. Je sais que je vais attaquer le prochain chapitre de mathématiques. Mais avant, je prends mon journal et l'ouvre une fois encore à la page de mes objectifs. Les yeux dans le vide, je retrace tout ce que j'ai fait depuis le début, depuis ce 9 septembre.

J'ai avancé, c'est sûr. J'ai pris un peu de recul. La meilleure version de moi, qu'est-ce qu'elle ferait à ma place ? Elle n'aurait pas peur ? Ce qui est sûr, c'est qu'elle serait concentrée sur ses objectifs ! À 4 h du matin, elle ne serait pas en train de s'apitoyer sur son sort, mais en train de travailler...

Je relis mes objectifs, plusieurs fois, un à un.

Deux objectifs en cours... et un déjà accompli ! Et si je passais à ce troisième... ? Ça pourrait me faire du bien.

Tu te rappelles mon troisième objectif, la course du lycée ?

Plus précisément, arriver dans les dix premières à la course du Lycée. Elle a lieu en juin et tout le lycée court, classe par classe, sur 1500 mètres. Je voulais savoir ce que ça faisait de courir vite, ou plutôt de courir tout court pour commencer.

Ce dimanche, je n'ai pas vraiment ça en tête. Pour moi c'est juste un autre objectif à atteindre, et par-dessus tout, quelque chose pour oublier Guillaume, mais aussi Eryx1. Je n'ai pas répondu à son dernier message car j'ai déjà rompu ma promesse. Il faut que je prenne du recul. Je me suis trop attachée et ça me fait peur. Ses chansons sont constamment dans ma tête.

J'ai mal au cœur...

Je dois arrêter cette douleur, c'est ridicule.

Je vais commencer à courir ! Oui ! Je vais bouger un peu. Ama sana in corpo sano, comme diraient les latinistes... enfin quelque chose comme ça ! Un esprit sain dans un corps sain !

Je prends mon téléphone et tape sur le moteur de recherche :

« *Comment courir 1500 m* »

Je réfléchis et rajoute :

« *en moins de 7 minutes* »

En quelques secondes, je trouve un plan d'entraînement sur un site qui semble fiable. L'objectif de l'étape 1 consiste en :

« *pouvoir courir régulièrement 45 minutes sans difficulté...* »

Par réflexe, j'éteins mon téléphone et le cache sous mes couvertures. Je suis prête à faire de même.

45 minutes...

Tu ne pouvais même pas courir 5 minutes sans t'arrêter...

La première étape me submerge déjà. Je m'allonge, ferme les yeux quelques secondes pour respirer et me recentrer sur mon objectif. Je me vois pendant la course de l'année dernière. Je suis sur la ligne de départ, je croise les bras pour ne pas montrer que mes mains tremblent. Je sens mon sang battre dans mes poignets et je ne contrôle plus tout à fait mes jambes. Le sifflet retentit, je me mets à courir et plusieurs cortèges d'élèves me dépassent les uns après les autres. Après ce qui me semble une éternité, c'est le dernier tour. Les participants de la course sont presque tous dans les gradins. Plusieurs crient :

« Vampire ! Cours ! Vampire ! »

À quelques mètres de la fin, nous ne sommes plus que deux. L'autre élève doit ralentir et s'arrêter à cause d'un point de côté. Les autres l'encouragent, et lorsque je franchis la ligne d'arrivée, ils me huent. Ensuite, ils applaudissent l'élève qui arrive en marchant.

Je rouvre les yeux, et me relève précipitamment pour me mettre debout à côté de mon lit. Ma tête se met à tourner et pendant les quelques instants où je referme les yeux, je vois le tableau à l'entrée du collège. Comme si l'humiliation n'était pas assez grande, il fallait la subir trois semaines de plus. Le classement de la course est affiché à l'entrée de l'école et je peux le voir chaque matin pour me souvenir de ce jour.

Mes mains tremblent encore, mais je prends une grande inspiration et récupère mon téléphone sous mes couvertures.

Cette année, c'est fini !

Je relis le plan d'entraînement trouvé et recopie sur mon journal les instructions pour arriver à compléter l'étape 1.

J'enfile mes affaires de sport, vais chercher mon petit déjeuner et m'installe pour commencer le deuxième chapitre du programme de la sixième : « *la comparaison des nombres* ».

À 10 h j'ai fini le chapitre. La météo est clémente, c'est le moment parfait pour aller me dégourdir les jambes. La première séance consiste à courir 6 fois deux minutes, en marchant une minute entre chaque course. Dans le salon, Vanessa et mon père regardent la rediffusion d'un match de rugby, qu'ils ont déjà vu la veille. Mais avec Vanessa, on ne plaisante pas avec le Stade Toulousain, équipe à laquelle elle voue un culte qui me laisse perplexe. D'ailleurs, elle confectionne en même temps un tableau de points de croix aux couleurs de l'équipe. Mon père fait semblant de s'y intéresser en sirotant son café. À coup sûr, il programme dans sa tête ce qu'il va faire sur son ordinateur juste après.

Je passe devant eux en essayant d'être discrète, et je murmure :

— Je vais marcher, à tout à l'heure...

Je m'apprête à ouvrir la porte, et ils sont toujours hypnotisés par l'écran.

Mission réussie ! Yes !

Ça, c'est ce que je crois. Tu te rappelles de Caramel ? La petite boule de poils de Vanessa ? Bref, la seconde d'après, Caramel me saute dessus, en aboyant et remuant la queue.

Mission compromise... je sais ce qu'elle va me demander maintenant...

— Annabel ? Tu peux sortir Caramel si tu vas dehors ? Rappelle-toi, tiens-le bien, même s'il tire sur sa laisse.

Bien sûr, j'ai que ça à faire... c'est pas comme si je m'entraînais pour le 1500 m.

— Oui, je le prends, j'y vais !

J'attrape la laisse et marche vers le parcours de santé à quelques pas du quartier. Je relève la capuche de mon sweat sur mes cheveux attachés en queue de cheval en priant pour ne croiser personne du lycée. C'est la première fois que je mets les pieds au parcours de santé. C'est simplement une boucle autour d'un lac, qui passe dans un petit bois. Le lieu est cependant charmant et les couleurs de l'automne commencent à y être parsemées par petites touches.

Je lance le *timer* sur mon téléphone pour courir les deux premières minutes, avec Caramel qui me tire en même temps. Pour l'instant, je suis rassurée, je ne croise que des personnes âgées. Je continue en suivant le plan prévu. Je dois parfois m'arrêter lorsque Caramel veut renifler un tronc d'arbre et y laisser sa trace. À un moment, je passe sur un sentier aménagé qui donne l'impression de passer au-dessus de l'eau. C'est comme un grand pont de pierre blanche qui monte puis descend. Cela me fait penser au « lac aux Miroirs » dans *Anne... la maison aux pignons verts*, un livre qui fait partie de mes classiques. Au plus haut point du pont, je surplombe le lac et j'imagine à sa place « le lac aux eaux étincelantes ». Le soleil se reflète sur chaque petite vaguelette et crée un chatoiement de lumière. Le spectacle est éblouissant et pourtant je ne peux détourner mon regard. Je suis plongée dans le miroitement de l'onde, lorsqu'un cri m'en détourne :

— Mademoiselle ! Votre chien !

La seconde qui suit, je réalise que ma main est vide, j'ai lâché la laisse. Je me retourne, le vieux couple qui m'a apostrophée pointe leur bras vers le bas. Caramel patauge sur la berge. Je hurle :

— Caramel ! Viens ici !

Il m'entend et remonte vers moi, en traînant sa laisse. Je prie pour qu'elle ne s'accroche pas quelque part. C'est alors qu'il repère quelque chose et se met à détaler dans une autre direction, dans le bois. Je cours à sa poursuite.

Voilà, tu voulais courir, t'es servie, Annabel !

Je cours aussi vite que mes jambes me le permettent et je ralentis au dernier moment lorsque j'aperçois Caramel. Il a rejoint un autre chien qui fait sa promenade et lui renifle le derrière. Je relève la tête pour voir son maître, et j'ai un pincement à la poitrine, c'est Lecomte.

Mais c'est pas possible... je peux pas les éviter ces deux-là !

Je m'avance pour récupérer Caramel, celui-ci se secoue énergétiquement et nous éclabousse les jambes.

— Désolée, dis-je rapidement, en essayant de récupérer la laisse.

Il se met à rire tout seul, puis me demande :

— Je t'ai vue autour du lac, tu cours ?

— C'est possible... encore désolée pour ça, j'y vais.

— Attends !

— Je dois vraiment faire sécher celui-là avant de rentrer sinon je vais me faire tuer...

— Je dois te demander quelque chose...

— Tu as deux secondes.

— Qu'est-ce que t'as fait à Guillaume ?

— Sans commentaire, j'y vais.

Je serre fort la laisse pour me calmer et fais demi-tour avec Caramel. Mais celui-ci ne me laisse pas faire, il commence à tirer sur la laisse et à s'entortiller autour de Lecomte pour continuer à faire connaissance avec son beagle qui, lui ne bronche pas. Je démêle la laisse alors que Lecomte continue de me parler :

— Guillaume est plus le même. Il est bizarre ces temps-ci et je suis sûr que c'est à cause de toi...

— Tu peux enlever ton pied de la laisse ? je lui demande calmement.

— Réponds-moi d'abord.

— Pourquoi tu lui demandes pas toi-même ? je gronde en tirant fortement d'un coup sec, sans succès.

— Je n'ai pas confiance en toi, et j'ai l'impression que tu essaies de diviser le groupe.

— Rassure-toi, toi et Guillaume ne me verrez pas souvent au lycée, à part en cours. Je serai occupée.

Il lève son pied, je récupère ma boule de poils humide et il prend un chemin opposé au mien, même s'il n'a pas l'air tout à fait convaincu. Je marche alors au soleil, tout en réfléchissant à un plan pour éviter ces deux-là le plus possible pendant les jours suivants. Après cette marche, Caramel est sec, et je rentre chez moi.

Vanessa remarque les pattes sales de son chien et me sermonne pendant 15 bonnes minutes, mais je n'entends pas, car je sais quelle sera ma mission du lendemain. Dans ma tête, je détaille chaque étape pour sa mise au point.

Demain, j'aménage la salle 303 !

Je vais transformer cette vieille salle poussiéreuse en mon repaire d'études et de musique !

***

Ça va ?

De : Eryx1

dimanche 27 septembre, 20:54

À : Ann_c777

1 pièce jointe

C'est pathétique, mais depuis ce matin, je vérifie toute la journée si je n'ai pas reçu un message de toi...

Comment s'est passé ton nouveau job ?

J'ai enregistré une chanson à la guitare pour toi. C'est *Perfect*,

de Ed Sheeran. Hier soir, j'écoutais cette chanson et ça me faisait penser à toi.
Bonne nuit.

Je peux faire mieux...
De : Eryx1
dimanche 27 septembre, 22:47
À : Ann_c777
Je suis désolé... un autre e-mail. Je viens d'écouter la chanson que je viens de t'envoyer. Je ne suis pas content de ce que j'ai fait. Je vais faire mieux !
Dors bien.

27. LE DISSOLVANT

J'ai volé un jardin [...]. Un jardin dont personne ne veut, dont personne ne s'occupe. Alors, ça m'est égal de l'avoir volé car je suis seule à l'aimer.

Mary — *Le jardin secret*, Frances Hodgson Burnett

À 7 h, le lendemain, je suis penchée sous l'évier de la cuisine, lavée et habillée. Je prends une éponge, plusieurs chiffons et un spray multi-usage et les mets discrètement dans mon sac à dos, en m'assurant que mon père est toujours préoccupé par l'avancée de son nouveau projet.

Je me cogne en sortant la tête.

Discrétion, Annabel, tu te rappelles ?

Je tourne les yeux furtivement.

C'est bon, ça doit être un projet vraiment capital !

Je me redresse, mets mon sac sur mes épaules et me dirige vers le placard. Je sors un sac isotherme, récupère dans le frigidaire les restes de salade d'hier et les enfourne à l'intérieur, avec un fruit et un morceau de pain.

J'ai décidé de passer toutes mes pauses dans la salle 303. En partie à cause de la confession de Daniel, et ce que m'a dit Guillaume, mais surtout car je veux éviter toute complication qui me détournerait de mes objectifs. La veille, mon père a accepté sans problème mon passage de « demi-pensionnaire » à « externe », pendant au moins toute la durée du premier trimestre. J'avais préparé tout un argumentaire, et j'étais prête à lui dire que je pourrais me faire des repas équilibrés et avoir plus de temps pour étudier.

« Bonne idée » a été sa seule réponse, sans que je n'aie rien eu à ajouter.

Merci papa, c'est toujours un plaisir de communiquer avec toi...

Je vais aussi éviter le bus et faire les aller-retour à pied au lycée, c'est même conseillé par le site de course à pied :

« *Tout coureur commence par marcher régulièrement au moins 30 minutes par jour.* »

Après cette marche matinale, je suis devant la vie scolaire, j'y récupère la clé et suis prête à commencer les cours de la journée. Mon emploi du temps reste le même, sans le self et les trajets en bus.

Ma seule interaction avec un autre élève est pendant le cours de maths, au cours duquel Guillaume me fait passer un papier :

J'ai parlé à Katia et aux autres. Katia est d'accord pour reprendre à zéro, mettre le passé derrière nous et voir ce que ça donne.

Je ne réponds pas et mets juste le papier dans ma trousse, comme si je n'avais rien lu.

Arrivé midi, je veux juste rentrer dans ma bulle, mais j'ai enlevé toute source de tentation de mon sac. Aucun livre caché au fond. Comme une fugitive, je pénètre dans la salle 303 et vérifie deux fois que j'ai bien fermé à clé derrière moi. Je déplace une table à côté du piano, et y dépose tout ce que contient mon sac. J'y remets vite mon téléphone pour ne pas être tentée de répondre à Eryx1. Un frisson me parcourt en y pensant. Je récupère le téléphone machinalement.

Je dois l'éteindre.

Arrêter d'y penser.

Mais c'est plus fort que moi. Il faut que je réponde.

C'est virtuel.

Juste virtuel.

Pendant un instant, je fais le rapprochement entre le père absent d'Eryx1 et le divorce des parents de Guillaume. Plus d'une fois, je les ai rapprochés dans ma tête. Mais cette fois, c'est hors de question.

Les divorces sont fréquents.

C'est juste une coïncidence.

Je tape une réponse et suis instantanément soulagée. Je ne suis pas encore prête à lui dire au revoir.

Désolée

De : Ann_c777

lundi 28 septembre, 12:07

À : Eryx1

C'est moi qui suis désolée... j'ai essayé de ne pas m'attacher à toi mais c'est trop tard. Quand je l'ai réalisé, ça m'a fait peur. Alors, j'ai arrêté de t'écrire.

Ce qui me rassure avec toi, c'est qu'on peut être honnête et cela n'a pas de conséquences. J'ai besoin de ça en ce moment. Alors, voilà, je t'écris... pour te dire de ne pas réenregistrer ta chanson d'hier soir. Elle est parfaite.

Merci.

A.

Je peux enfin respirer, et je fixe mes armes du jour en imaginant de manière détaillée ce que je vais faire, en visualisant chaque meuble que je vais déplacer et nettoyer. Je remonte mes manches, attrape un chiffon et le spray en annonçant à voix haute :

– C'est parti ! Une chose après l'autre !

Je m'active et fais la poussière, déplace tout ce qui encombre dans la grande armoire au fond. Près des fenêtres, je dispose quatre tables en carré avec des chaises autour. Je range aussi les cartons remplis de flutes à bec entassés sur le canapé en cuir noir et déplace celui-ci près du piano. Je nettoie le tableau occupant la moitié du mur de la classe. Et, lorsque j'ai fini, je prends une craie blanche qui traîne dans un placard et y écris mon mantra, en lettres capitales :

COURAGE, FORCE, PERSÉVÉRANCE.

Je m'installe sur les quatre tables aménagées pour manger mon déjeuner. Je prends aussi mes cahiers pour faire mes devoirs, afin d'avoir la soirée de libre pour débuter le troisième chapitre sur les quatre opérations.

Je n'arrête pas avant d'avoir entendu la sonnerie. Lorsque celle-ci retentit, je range tout en vitesse dans mon sac et sors discrètement.

Un peu plus loin dans le couloir, je croise Katia et sa bande. Le regard de Katia s'aligne avec le mien pendant quelques millisecondes. Ce simple regard est suffisant. Il est suffisant pour comprendre qu'elle apprécie mon comportement et qu'elle souhaite que je continue à les éviter, malgré ce que m'a écrit Guillaume. Je me rappelle très bien ce qu'elle a dit :

« *Si tu ne parles pas à Guillaume et que tu restes dans ton coin, tout ira bien* ».

Ce regard me glace les veines.

Sur le chemin du retour, après les cours, je rêvasse. Comme prévu, j'esquive de nouveau le bus. J'ai croisé le regard de

Daniel pendant la journée, et c'était vraiment trop embarrassant. Je ne peux pas faire comme si de rien n'était. Je prends les petites routes pour ne pas me faire dépasser par tous les bus remplis d'élèves. Je me demande si quelqu'un va découvrir ma cachette secrète.

Est-ce que si je passe mon temps libre dans cette salle, je disparaîtrai des esprits ?

Je me demande combien de temps cela prendrait pour me faire complètement oublier... comme si j'étais un fantôme...

Comme maman.

Ma mère a disparu de ma vie du jour au lendemain. Et tout à coup, plus personne ne parlait d'elle, surtout pas mon père. C'est presque comme si elle n'avait jamais existé. Tout ce que je garde d'elle, c'est ses deux paires de jeans que je mets tout le temps et ses quelques t-shirts, même s'ils sont trop grands pour moi. Je me demande si moi aussi je peux disparaître comme ça, en ne laissant pratiquement aucune trace...

Au moins, en portant ses vêtements, elle est encore un peu là. Je touche les plis de mon jean et j'inspecte mon pantalon avec attention. Je repère une petite tâche. Je me souviens exactement comment cette tâche est arrivée là. J'étais au téléphone avec ma grand-mère, côté maternel. J'avais 11 ans et demi, et pendant un instant, j'avais oublié. J'avais oublié que la maladie de maman était un secret et que je ne pouvais pas dire un mot, à personne, surtout pas à ma sœur, et à mamie. Je discutais avec cette dernière, elle me demandait ce que j'allais faire aujourd'hui, qu'est-ce que j'avais fait hier... et c'est sorti tout seul, naturellement :

— On vient de rentrer de l'hôpital, comme d'habitude, là on va aller chercher Aude chez sa copine.

En entendant ça, maman a fait tomber la bouteille de vernis à ongles sur son pantalon, puis m'a regardé avec un regard noir. J'étais coupable.

— À l'hôpital ? Passe-moi ta mère... maintenant ! avait dit mamie.

Il n'avait pas fallu longtemps pour que tout le monde soit au courant après ça. Et je savais que ma mère m'en voulait. Je parlais trop... c'était tout moi. Enfin ça, c'était moi avant.

Je gratte la tâche, mais elle reste là, comme un rappel de mon erreur, parce que le cancer est une chose dont il ne faut pas parler. Ce simple mot est comme un coup de hache porté au cœur de ceux qui le prononcent. Comme si on risquait de réveiller une bête atroce, gardienne de la paix, rien qu'en le chuchotant.

Elle avait confiance en moi pour garder son secret... mais je n'ai pas été à la hauteur.

C'est pour ça que j'aime tant les livres sûrement... on n'a pas le temps de penser à ce qui est hors de l'histoire, quand on lit. On n'a pas le temps de parler, ou de faire des erreurs. On est dans un autre monde. Un monde où l'erreur n'a pas l'odeur du solvant.

Enfin à la maison. Je suis fatiguée et j'ai des courbatures aux mollets après la course poursuite d'hier. Vanessa teste ma patience, encore une fois :

— Tu rentres que maintenant ? Tu ne prends pas le bus ?

— Non, je vais marcher maintenant...

— Marcher ? Mais qu'est-ce qui t'arrive ? Ton père m'a dit que tu mangeais plus au self aussi ?

— Oui, je me fais à manger.

— Qu'est-ce que tu comptes faire de ta boîte à déjeuner ? Tu vas pas la laisser moisir toute la nuit j'espère ?

— Non...

Ça serait un sacrilège...

Je fais ce qu'elle me demande et me hâte dans ma chambre. Je prends un livre au hasard sur une étagère de ma bibliothèque. Je veux juste disparaître dans ses pages mais en relevant la tête, je lis aussitôt le post-it que j'ai accroché quelques jours plus tôt :

Si tu peux réussir en maths, tu peux réussir tout ce que tu auras décidé d'accomplir !

Repose ce livre ! Suis ce qui était prévu ! Personne n'a dit que ça serait facile !

5 semaines !

35 jours.

Tu vas tenir et arriver à la dernière page de ce livre de maths !

Garde

tes

yeux

sur

L'OBJECTIF.

Je repose le livre sur l'étagère, ouvre sur mon bureau le gros manuel de mathématiques et fais les exercices du chapitre suivant jusqu'à l'heure du repas du soir.

***

Re : Désolée

De : Eryx1

lundi 28 septembre, 20:26

À : Ann_c777

Je suis content d'avoir de tes nouvelles.

Ce que tu m'as dit m'a donné de l'espoir mais je ne t'en parlerai pas plus pour ne pas te faire peur. Tu sauras ce que je ressens en écoutant les paroles des chansons que j'ai enregistrées pour toi.

Un jour tu verras peut-être les choses différemment.

Et, je serai là.

Comment avance ton morceau de Beethoven ?

Tu as d'autres projets en ce moment ? J'ai demandé à des gars de mon école de musique et à d'autres potes s'ils voulaient monter un groupe ! Pour l'instant, j'ai un batteur qui a confirmé ! Un autre gars m'a demandé s'il pouvait se joindre à nous... le truc c'est qu'il joue de l'accordéon... je sais pas quoi faire. Notre groupe sera plutôt pop, comment lui dire que ça va pas le faire ? C'était mon dilemme du jour...

Bonne nuit.

Re : Re : Désolée

De : Ann_c777

lundi 28 septembre, 21:46

À : Eryx1

Oui, j'avance avec Beethoven... j'enregistrerai un autre morceau en attendant...

J'ai bien commencé un autre projet : je m'entraîne pour la course du lycée !

Pour ton problème, c'est délicat mais sois honnête et dis-lui que ce n'est pas ce que tu cherches. Tu peux même l'encourager à trouver un orchestre d'accordéons ! En tout cas, c'est super !!

Bonne nuit.

A.

28. LE BUREAU

Tu as caché la vérité.
Tu m'as appris à mentir.
Tu pensais les protéger.
Tu m'as appris à souffrir.

Annabel

J'ai gardé le même rituel pendant les jours suivants et j'ai réduit les contacts sociaux au minimum. J'ai eu quelques discussions avec Aurore en français, et avec Eryx1 virtuellement, quotidiennement. Le samedi, je garde Charlotte, et ces fois-ci Guillaume est aussi de sortie en même temps que sa mère. Jouer avec Charlotte est comme une bouffée d'air dans ma semaine. Est-ce que c'est triste pour une fille de quinze ans ?

Aujourd'hui, le mois d'octobre est presque terminé et j'ai l'impression d'être sur la bonne voie. J'ai compté les jours et noté méticuleusement sur mon calendrier chaque chapitre de maths effectué. J'ai complété tous les exercices de la sixième à la quatrième. Je commence même à comprendre les exercices de Moineau.

Ce sont les vacances scolaires, mais je suis quand même en train de bosser, lorsqu'on frappe à la porte de ma chambre.

— Je peux entrer ? me demande ma sœur.

— Bien sûr !

Je pose mon stylo et arrête de fixer le livre d'exercices, il ne me reste plus qu'une cinquantaine de pages avant d'avoir complété le tout.

— Je voulais te demander quelque chose... murmure-t-elle.

— Oui, vas-y.

Je la regarde attentivement pour lui signifier que je suis là pour l'écouter.

— Depuis quelques jours, des troisièmes se moquent derrière mon dos... de mon appareil dentaire et des petites choses... Je devrais les ignorer... mais j'y arrive pas. Qu'est-ce que tu en penses ?

J'en pense que ça ne peut pas être pire que de se faire appeler « Vampire »...

— Je ne suis pas la mieux placée pour ce genre de conseils...

— J'aimerais tellement qu'il y ait un moyen pour que ça ne m'atteigne pas, leur montrer qu'ils ne me changeront pas, que je continuerai à rester moi-même... que leurs réflexions sont immatures...

— Concentre-toi sur d'autres choses, peut-être ça aidera...

— Oui, je vais essayer... Est-ce que je peux... bosser avec toi ?

Elle admire mon calendrier avec toutes ses petites cases cochées et la liste de tout ce que j'ai accompli, puis elle continue :

— On pourrait travailler ensemble, réviser, faire nos devoirs ? On peut s'encourager et se motiver toutes les deux et ça me fera sûrement oublier tout ça, et puis...

— Si tu veux, oui, je la coupe.

Sur le moment, je ne suis pas tout à fait ravie de toute cette excitation. C'est comme un chamboulement de ma routine, de mes habitudes.

Mais comme je suis la dernière personne qui peut lui donner des conseils au sujet de son problème et que je voudrais quand même être là pour elle, je fais un effort.

Elle repart et est de retour quelques secondes plus tard :

— Je me mets où ? me presse-t-elle, alors qu'elle porte difficilement son bureau juste à l'entrée de ma chambre et essaie de le faire passer sans faire tomber le tiroir.

— Wow, tu plaisantes pas ! *Oh ! Qu'est-ce que je vais faire de ça ? C'est trop tard...* Vas-y mets ton bureau ici, je vais tourner le mien, on va les mettre face à face...

Et mince !

— C'est quoi ça ? s'étonne ma sœur en découvrant une planche de bois couverte de post-its derrière mon bureau.

— Ça... c'est rien ! C'est juste mon plan de révision dans toutes les matières.

— Tu sais qu'il y a des applis pour ça ? C'est désastreux pour la nature...

— Oui, oui, c'est juste pour cette fois...

À ce moment-là, elle en profite pour inspecter ma chambre et ajoute :

— J'avais jamais remarqué que ta chambre était si... vide ! Je pourrais t'aider à la décorer, si tu veux !

Euh... non... je vais éviter le mur de citations... et les papillons en veux-tu en voilà...

Sans attendre de réponse, elle continue en observant ma bibliothèque :

— Toujours autant de livres... toi qui lis beaucoup de romances... comment tes héroïnes savent qu'elles sont amoureuses ?

— Pourquoi tu me demandes ça ?

— Par curiosité...

— Amoureuses ? C'est difficile... en général c'est un courant qui passe, une attraction, une amitié qui s'est nouée, une attirance physique. Mais attention, elles peuvent être attirées physiquement sans que la personne possède un physique d'Apollon, comme M. Rochester dans Jane Eyre. Bien sûr, il y a beaucoup de romances différentes... Enfin bref, au boulot !

***

Ma sœur
De : Ann_c777
mardi 20 octobre, 21:32
À : Eryx1

Ahhhhhhhhhhhhhh !!! Ma sœur a débarqué dans ma chambre aujourd'hui. C'est vraiment difficile de travailler avec un modèle de perfection en face de moi. Mais je tiens le coup. Je suis trop proche du but.

Tu en es où avec ton groupe ? Vous avez décidé de ce que vous allez jouer ?

Bonnes vacances !!

A.

Re : Ma sœur
De : Eryx1
mardi 20 octobre, 21:57
À : Ann_c777

Comment est ta sœur ? Tout ce que je sais c'est qu'elle aime beaucoup la nature apparemment... Si tu apprends mieux à la connaître peut-être que tu changeras d'avis sur elle.

De mon côté, les répétitions continuent au moins tous les samedis avec mon groupe et là comme c'est les vacances c'est presque tous les jours. On joue toujours dans le garage de mon batteur. Le groupe est au complet depuis aujourd'hui, donc ça fait un guitariste (moi), un batteur, un joueur de guitare basse, une joueuse de synthé ! (et un joueur d'accordéon en manager… il nous a convaincus, il va nous trouver des coins où le groupe pourra jouer et puis les répétitions sont pas les mêmes sans lui !)

Pour l'instant on joue des reprises et tout le monde chante chacun à son tour… c'est un début.

Bonne nuit.

Re : Re : Ma sœur

De : Ann_c777

mardi 20 octobre, 22:04

À : Eryx1

Je sais que tu as raison… mais c'est plus fort que moi, elle me rend folle et je l'adore à la fois.

Ma sœur range ses vêtements par couleurs, cuisine comme une pro, est première dans tous les sports, défenseuse de la planète, végan et collectionne les bonnes notes. Elle collectionne les publicités de parfums dans les magazines et accroche ses préférées dans sa chambre, parmi ses posters avec des citations moralisatrices qu'elle essaie de ressortir dès qu'elle peut. Et ce n'est pas tout… juste une partie.

Pourtant aujourd'hui ça m'a fait bizarre quand elle m'a raconté son problème… Apparemment, des troisièmes se moquent d'elle au collège. Je suis bien la dernière personne qui peut l'aider avec ça.

C'est parfait pour ton groupe !! Tu me diras quelles chansons vous jouez…

Ton manager a l'air vraiment sympa ! J'aimerais tellement vous écouter…

Dors bien.

A.

29. LA TO-DO LIST

Tu crois que t'es un genre de héros.
T'attends dans l'ombre pour faire le grand saut.
Ta vie pourrait être un bestseller.
T'as juste besoin d'un makeover.

Annabel

Avec Aude, nous avons continué de travailler ensemble pendant toutes les vacances scolaires. Bizarrement, c'est une des meilleures expériences que j'ai vécues jusqu'à présent. C'est agréable d'avoir quelqu'un pour plaisanter, pour être sérieuse et pour continuer à avancer. Pour une fois, j'ai l'impression que l'on est sur la même longueur d'onde...

En tout cas, avec cette routine, tout se passait plutôt bien, jusqu'à ce que les cours reprennent et que Moineau, en tant que professeur principal, nous annonce qu'une sortie est prévue fin novembre, avec toutes les secondes, et que l'examen de mathématiques sera la semaine suivante.

Une sortie avec TOUTES les secondes ! Et pas de salle 303 pour me réfugier...

***

L'avant-dernier samedi de novembre, je rentre du baby-sitting et j'ai la surprise de trouver Amina et Lucie sur le canapé de mon salon. Je reste bouche bée. Mon rythme cardiaque s'accélère d'un coup, j'hésite à mettre en pratique mes entraînements de course à pied et prendre la fuite. Elles discutent avec Vanessa.

— Tiens la voilà ! Tu as de la compagnie, Annabel ! Contente d'avoir fait votre connaissance les filles ! dit ma belle-mère en se retirant dans la cuisine.

— Les filles... ça va ? j'articule, étonnée.

— Oui, on est là pour une mission spéciale ! m'indique Amina.

— Une mission ?

— Mission « sortir Annabel de son trou et lui changer un peu les idées après toutes ses révisions » ! m'explique Lucie avec un air sérieux.

— Vous avez envie qu'on fasse un truc ensemble ? je demande, amusée et terrifiée à la fois.

— Ça fait des semaines que tu nous évites, on voit bien que quelque chose ne va pas ! Et Daniel est bizarre lui aussi ! m'explique Amina. Il traîne de plus en plus avec Alex Pêcheux de ta classe...

— Il me donne envie de gerber, ce mec ! précise Lucie.

— Donc, là, c'est urgent... pause révision. On a tout planifié ! Soirée entre filles chez moi, prends ton pyjama, le plus kitch possible, ta brosse à dents et c'est parti ! Mes parents seront chez les voisins jusqu'à au moins minuit, me presse Amina. Et ton père est au courant, on l'a croisé en arrivant, il est d'accord !

— C'est une opération commando ! OK ! Je me dépêche !

J'ai envie d'y aller... c'est peut-être risqué mais j'ai envie de leur faire confiance.

En dix minutes, je prépare un sac avec tout le nécessaire, dis au revoir et m'éclipse avec mes deux amies.

Amina habite à 15 minutes à pied et pendant tout le trajet j'ai droit à un interrogatoire sur Daniel, Guillaume et ma décision soudaine de ne plus manger à la cantine. Je campe sur mes positions et persiste à utiliser l'excuse de ma moyenne catastrophique en mathématiques qui doit remonter absolument.

La maison d'Amina est très coquette. Comme elle nous l'a indiqué, pas de parents à l'horizon. La première chose qu'elle fait est de mettre la musique à fond dans son salon. Elle prend une pause de yoga et m'indique :

— Étape 1 : se libérer des tensions !

Elle monte ensuite avec souplesse sur une chaise et se met à danser et chanter sur un tube de l'été dernier. Avec Lucie, pendant quelques secondes, c'est comme si nous n'étions pas là. Amina ne se préoccupe de rien d'autre que de suivre le rythme de la musique et de se lâcher. Lorsqu'elle voit que nous restons immobiles, elle nous ordonne :

— Vous faites quoi là ? Lâchez-vous ! Personne vous juge, ici !

Lucie grimpe à son tour sur une autre chaise et je les suis. N'importe qui, en entrant dans la pièce à ce moment-là, nous prendrait pour des folles.

Je m'amuse...

Ça fait du bien.

J'en avais besoin, elles avaient raison.

Je respire, je ne pense plus à la sortie scolaire.

Après ça, nous nous affalons sur le canapé, toutes transpirantes, et le sourire aux lèvres. Lucie nous propose de regarder un film en mangeant. Elle a choisi Matrix. Le film préféré d'Eryx1 ! Est-ce que c'est une coïncidence ?

Est-ce que Eryx1 est Lucie ? Non, réfléchis, ce n'est pas possible, tu l'as connue après le premier e-mail !

— Alors... ça te va, ce film ? répète Lucie.

— Oui ! Je voulais le regarder, ça tombe bien !

Est-ce que c'est ce qu'on appelle le calme avant la tempête ?

Pourquoi je dois toujours m'inquiéter ?

Je peux profiter un peu, non ?

Deux heures plus tard, nous avons mangé trois pizzas et un bol de pop-corn. Le film est fini et Lucie ne cache pas sa déception :

— Désolée les filles, Lucas m'a conseillé ce film... je pensais que ça serait mieux que ça !

— C'était pas trop mal ! Bon c'est pas trop mon truc les films avec une tonne d'effets spéciaux et sans histoire mais c'était... intéressant, confie Amina.

— Sans histoire ? Tu plaisantes ? je lui demande.

— Ouais... j'ai pas trop compris. Il doit y avoir un sens mais ça m'est carrément passé au-dessus, rigole Amina.

— Ce film est génial ! je m'exclame. Et quand on y pense, c'est tout à fait possible !

— OK... là, il faut que tu m'expliques ! supplie Lucie.

— Mmmh... vous êtes sûres ?

— Dépêche-toi ! On veut t'écouter ! confirme Amina.

— OK... si on réfléchit, on pourrait très bien être dans une simulation, comme dans le film. Dans des centaines d'années, les technologies seront ultra-développées. Il y a déjà des simulateurs de réalité virtuelle qui sont en train d'être améliorés et qui sont déjà bien avancés. Imaginez dans 200 ans ! Donc, le film est censé se passer en 1999 mais en fait, tout ça, ce n'est pas réel, c'est la matrice. C'est juste un programme de réalité virtuelle créé pour rendre les humains esclaves car l'intelligence artificielle a pris le dessus ! Ce film est épique ! Et bien sûr, on a un héros qui apprend la vérité et serait apparemment le seul capable de libérer le monde de la matrice mais c'est pas facile, il doit choisir d'abord de se « réveiller »...

— Wow, moi je préfère quand tu racontes le film ! C'est intense ! s'extasie Lucie, mon frère a juste été capable de me dire « c'est un bon film, sérieux ! ».

Et si c'était Lucas ? Non... faut que j'arrête.

C'est virtuel. Juste virtuel.

Avant de nous coucher, nous enfilons toutes les trois notre pyjama le plus comique. Le mien affiche un panda, celui de Lucie un ananas et Amina, plein de petits cœurs de toutes les couleurs. Amina nous présente un vieux bocal à poissons vide dans lequel elle a inséré plein de papiers pliés :

— Étape 1 : se libérer des tensions Étape 2 : se relaxer et savourer. Étape 3 : se confier ! Le jeu de la vérité, les filles ! C'est le jeu parfait entre copines ! J'ai recopié les questions d'internet.

— Quel genre de questions ? je me renseigne, un peu anxieuse.

— T'inquiète pas, réponds comme tu le sens, me rassure-t-elle.

Nous piochons chacune un petit papier. J'apprends que s'il y avait quelque chose que Lucie devait refaire sur son visage, ce serait le grain de beauté de sa joue droite, un peu trop visible selon elle. La personne que déteste le plus Amina, c'est Alex Pêcheux, parce qu'il est tout le temps en train de l'appeler « Bouboule ».

— Lis ta question ! me presse Lucie.

— Cite un moment où tu as hésité entre la curiosité ou la raison...

— Alors ? demande Amina.

Qu'est-ce que je vais dire ?

— Raconte un truc croustillant ! dit Lucie en écarquillant les yeux.

— Je peux vous raconter quelque chose... mais c'est entre nous...

— Oui ! Tu peux nous faire confiance ! clament-elles en chœur.

— Au début de l'année scolaire... j'ai reçu un e-mail anonyme. Alors, j'ai hésité entre répondre ou pas...

— Quoi ?? crient-elles en même temps.

La soirée est trop parfaite pour ne pas leur raconter comment mes e-mails avec Eryx1 ont commencé. Elles font leurs pronostics et malgré mon estomac qui se noue, je rigole avec elles. Elles s'accordent toutes les deux sur le fait qu'il peut très bien être un vieux papi essayant des adresses e-mail au hasard. Je les rassure, ce n'est qu'un correspondant virtuel, rien de plus. Avant d'éteindre les lumières, Lucie me chuchote :

— Tu dois *absolument* venir à la fête de mon frère le week-end prochain !

— Oui ! Tu ramènes tes fesses ! On veut pas être des pots de colle non plus... alors on viendra pas te chercher cette fois, souffle Amina.

Je suis perdue... elles pourraient très bien me laisser tomber, comme Jess et Ophélie... Tant pis... je suis déjà tombée plusieurs fois... En priorité, je dois affronter cette STUPIDE sortie !

***

À FARE : MOIS DE NOVEMBRE

- ○ Enregistrer le morceau I'm Kissing You de Des'ree pour Eryx1
- ○ Écrire un poème pour Eryx1
- ○ Finir le livre de maths «Tout le programme du collège...»
- ○ Faire la première partie livre de maths seconde
- ○ Refaire tous les exercices de Moineau
- ○ Courir 30 minutes sans m'arrêter
- ○ Savoir jouer le morceau de Beethoven

○ Pratiquer l'exposé de français
○ Regarder le film préféré de Eryx1 (Matrix)
⊗ Trouver une excuse pour ne pas aller à la sortie scolaire

Poème
De : Ann_c777
vendredi 13 novembre, 22:33
À : Eryx1
Je rêve...
les yeux ouverts.
Les yeux fermés.
Je ne suis que passagère sur ce trajet.
J'écoute ta chanson...
et je pense à toi.
Plus de vague à l'âme, je ne me lasse pas.
Aujourd'hui,
pour une fois,
j'ai envie.
D'écrire des jolies choses,
en vers ou en prose,
pour éclairer ma vie.
A.

30. LA CHANSON

La solitude est un jardin où l'âme se dessèche, les fleurs qui y poussent n'ont pas de parfum. L'amour a un goût merveilleux, souviens-toi qu'il faut donner pour recevoir; souviens-toi qu'il faut être soi-même pour pouvoir aimer.

Lili — *Et si c'était vrai...*, Marc Levy

Pour ne rien te cacher, pendant toute la semaine qui précède la sortie scolaire, je songe à trouver une excuse pour ne pas m'y rendre. Mon cœur me dit d'y aller et de découvrir si ce qu'a dit Guillaume est vrai à propos de Katia. Mais une petite voix dans ma tête me répète que c'est une grosse erreur, que je vais droit dans le mur. Je me rappelle aussi de son regard... Dans mon esprit, les moqueries des autres sont encore trop récentes. Je les entends encore même si elles ont presque cessé. Pour moi, je suis encore Annabel, la vampire, fantôme, bizarre, et *loser*.

Je devrais être enthousiaste, car c'est un concert avec un pianiste et une violoncelliste. Pourtant, tout ce à quoi je pense, c'est la façon dont je vais pouvoir ne pas me faire remarquer.

Le matin de la sortie, je suis cependant fière de moi. J'ai enfin terminé pour la deuxième fois l'intégralité des exercices de monsieur Moineau depuis le début de l'année scolaire, et j'ai rendu depuis quelques jours le livre niveau collège, entièrement achevé après les rappels de madame Bénaud.

Le week-end précédent, j'ai trouvé un prétexte pour ne pas me rendre à la soirée organisée par Lucas. Comme Amina me l'avait dit, elles n'ont pas insisté. Lucas avait invité toute la classe, dont Guillaume et son groupe. D'ailleurs, depuis quelques jours, le groupe de Daniel et le groupe de Katia semblent avoir fusionné. Je les vois quelquefois se parler dans les couloirs ou se rendre à la cantine ensemble après les cours.

C'est donc le jour de la sortie scolaire. Un lundi, comme tant d'autres pour la plupart des lycéens. Pas pour moi.

Avant de partir, Vanessa m'apostrophe dans l'entrée :

— Tu ne veux pas mettre le haut que je t'ai acheté samedi dernier ?

Est-ce que je lui dis que je n'ai pas enlevé l'étiquette et qu'il a rejoint les autres ?

— Je le mettrai une prochaine fois je pense. Pour une soirée... il est peut-être un peu petit, quand même...

— Petit ?

— Oui, je suis plutôt ronde...

— Ronde ? Qui t'a dit ça ?

— Enfin, grosse quoi.

— Je ne pense pas non... qui t'a mis ça dans la tête ?

— Enfin, c'est pas grave, je vais l'essayer. Merci. Il est vraiment beau.

— Quand allons-nous revoir tes nouvelles amies ?

— Bientôt !

Ou pas...

Je me rends au lycée comme j'en ai pris l'habitude ces dernières semaines, à pied.

Tout va bien se passer, tu seras probablement invisible de toute façon. Ils auraient dû t'appeler Mademoiselle Invisible... ça aurait été plus réaliste.

Au lycée, plusieurs bus nous attendent, un pour chaque seconde, afin de nous conduire à la salle de spectacle. Je serre dans mes bras mon exemplaire de *Jane Eyre*, comme un porte-bonheur. C'est aussi pour avoir quelque chose à faire dans le bus et avant le spectacle, car nous avons une demi-heure à tuer après le trajet.

J'évite de croiser le regard de qui que ce soit, malgré l'agitation sur le parking derrière le lycée. Je dirige toute mon attention vers mes professeurs. Ils sont deux à nous accompagner : monsieur Moineau et monsieur Picot, notre professeur de musique.

Juste avant de monter dans le bus, monsieur Moineau nous demande de nous rassembler. Il fait l'appel et nous détaille une à une ses règles de conduite pour le bus :

— Vous pouvez utiliser vos appareils électroniques, mais uniquement pour le trajet. Si je vois l'une ou l'un d'entre vous sortir son téléphone ou tout autre appareil avec un écran il sera confisqué pour une durée indéterminée !

Il nous répète aussi au moins cinq fois de nous mettre à côté de la même personne qui est assise avec nous en classe. Guillaume me regarde et je panique immédiatement.

Quelque chose à regarder, tout de suite ! Compte le nombre de bus !

1... 2... 3... 4... 5... 6... 7...

Dépêche-toi et assieds-toi près de la fenêtre !

Installée dans le bus, je me mets tout de suite à lire mon livre et fais semblant d'être profondément concentrée dans ma lecture.

Guillaume s'assoit finalement à côté de moi. Je retiens ma respiration au moment où il effleure mon bras en s'asseyant. Quelques secondes après, il m'interrompt :

– On t'a pas vue chez Lucas le week-end dernier... on te voit plus jamais d'ailleurs. Les autres m'ont dit que tu ne mangeais plus à la cantine...

– Oui... j'ai des choses à faire, dis-je en levant à peine le nez de mon livre.

– Tu te mets avec nous pour le concert ?

– Nous ?

– Daniel, Lucas et les autres.

– Les autres ?

– Katia, Émilie, Roxanne, Mathieu et peut-être d'autres.

– On va voir....

– J'aime bien comment tu attaches tes cheveux ces derniers temps...

Je sens son regard sur ma nuque, et je réponds tout de suite pour ne pas y penser, toujours en fixant mon livre :

– Merci, c'est plus pratique.

Je continue à lire, mais les mots n'ont aucun sens, et j'ai pourtant lu ce livre une bonne dizaine de fois. Je veux arrêter de faire semblant d'être indifférente. C'est lui que j'ai toujours imaginé impassible et froid mais là, les rôles sont inversés.

Je ne peux pas être amoureuse de lui.

Raison 1 : c'est l'ami de Katia.

Raison 2 : je dois me concentrer sur mes objectifs ! Je ne PEUX pas être amoureuse !

Raison 3 : Eryx1...

– Tu l'as pas déjà lu, ce livre ? me demande-t-il.

– Quel livre ?

Il m'a coupée dans mes pensées. Je suis désorientée, mais

je me reprends, l'air embarrassé :

– Oui, bien sûr, ce livre.

– Pourquoi tu l'aimes autant ?

– L'héroïne n'est pas ce que tout le monde pensait... dis-je en relevant enfin la tête, même si à un moment donné, elle finit par le croire.

– Tu peux développer plus ?

Il gratte sa nuque comme je l'ai vu faire plusieurs fois, puis serre fort ses doigts entre eux sur ses cuisses. Il a les yeux braqués sur le siège devant lui puis se met à me fixer alors je tourne la tête vers lui incommodée et l continue :

– Alors ?

Je baisse les yeux et secoue la tête nerveusement.

– Je ne vois pas pourquoi tu t'intéresses à mon livre...

Il prend un air sérieux qui me fait cligner des yeux et regarder par la fenêtre, la route derrière lui.

– Ça m'intéresse beaucoup, j'aimerais savoir ce qui se passe ensuite...

Mon regard est fuyant, je ne peux pas le regarder dans les yeux plus d'une seconde.

– C'est un livre compliqué...

– Mais tu l'as lu un million de fois donc tu dois pouvoir me raconter... non ? dit-il d'une voix presque sévère.

Je prends une grande inspiration, le regarde droit dans les yeux, malgré mes joues qui chauffent et deviennent à coup sûr écarlates.

– L'héroïne rencontre quelqu'un qui perçoit vraiment cel e qu'elle est. Elle pensait qu'elle n'aurait pas droit au bonheur... à un moment donné elle fuit parce qu'elle a peur. Elle est rattrapée par le passé de celui qu'elle aime, mais aussi par ses croyances. Mais ça finit bien. Quand je le relis, ça me donne un peu d'espoir.

Il me fixe maintenant avec un regard si doux. Mon cœur tambourine et me crie de le laisser sortir de ma poitrine.

— Monsieur Duval et mademoiselle Charles, premier avertissement ! Vous dérangez tout le monde, taisez-vous s'il vous plaît ! gronde monsieur Moineau.

Guillaume prend son sac à ses pieds et sort son téléphone avec des écouteurs, les démêle et m'en tend un avec ses doigts qui tremblent légèrement.

— Tu veux écouter avec moi ? dit-il d'une voix hésitante.

Je le regarde, et ce n'est vraiment plus du tout le même garçon que j'ai bousculé le premier jour de la rentrée. C'est comme s'il avait enlevé son masque, pour que je puisse vraiment le voir.

Il est peut-être temps que je me laisse aller... qu'est-ce que je risque ?

— Si tu veux... dis-je en prenant un des écouteurs, qu'est-ce que c'est ?

— Une *playlist* avec un peu de tout, ça commence avec ma chanson préférée.

Je place l'écouteur dans mon oreille droite, il insère l'autre dans son oreille gauche, pose son téléphone sur l'accoudoir entre nous deux et avant de mettre en route la musique, il murmure :

— Je ne contrôle pas tout... mais je peux faire ça...

Cette chanson !

Dès les premières notes, et les premiers accords de guitare, je reconnais la chanson préférée de Eryx1.

The First Day Of My Life...

Je reste figée, j'ai l'impression qu'il guette ma réaction. Ma respiration se bloque elle aussi.

Est-ce que c'est une coïncidence ?

Je dois savoir maintenant.

Est-ce que c'est lui ?

Je peux lui faire confiance ? Je me suis confiée à lui, et lui aussi...

Il me faut une autre preuve...

Je dois être sûre.

Comment je peux être sûre que c'est lui ?

Finalement, je prends une décision. Je me rapproche au maximum de l'accoudoir, prends son téléphone entre mes mains. Il me laisse faire sans rien dire. Je parcours d'abord la playlist de lecture.

Elles sont là !

Je reconnais toutes les chansons qu'Eryx1 m'a envoyées.

Quelles preuves il te faut de plus ?

Je sors de la playlist, son fond d'écran apparait. Mes yeux s'embuent. La photo de la fête foraine... il l'a mise en fond d'écran. La photo que Katia a prise.

Je clique sur l'icône « mes dossiers ». Le premier dossier est nommé « A ». Je presse vite dessus.

Tout ce que j'ai envoyé à Eryx1...

C'est tout là...

Cet instant, c'est tout. C'est mon moment. Je ne suis pas en train de m'imaginer ce moment, je le vis. Je suis connectée à lui, avec cette simple chanson. Sans mot, sans regard, je suis reliée à Guillaume. Je ne pense plus à mon cœur qui s'emballe, ou à l'adrénaline qui parcourt mon corps. Je pense à lui, à cette chanson. Il n'y a aucun contact et pourtant par ce simple fil, nos deux cœurs sont reliés.

Est-ce que si je retire les écouteurs, c'est fini ?

Est-ce que je peux être à part, mais être quelqu'un pour lui ?

Mes pensées n'ont plus de sens alors je décide de les faire taire et de ne penser qu'à cet instant. Je laisse la musique m'envelopper. Il met sa main sur l'accoudoir du milieu. Il regarde ma main quelques secondes. J'imagine nos deux mains enlacées un millième de seconde, puis je pose le téléphone sur mes cuisses et malgré le picotement parcourant mes doigts, je pose ma main sur la sienne. Il tourne sa main et entrelace mes doigts.

Après la cinquième chanson, le bus se gare sur le parking devant la salle de spectacle. Je lui tends ses écouteurs et lorsqu'il les reprend, nos yeux s'alignent.

C'est fini maintenant, retour à la réalité ?

Il serre toujours ma main. Je n'ai pas envie qu'il arrête. J'ai envie de lui dire que j'espérais que ce soit lui, Eryx1, que ça ne pouvait être personne d'autre. Mais aucun mot ne sort.

La plupart des autres classes sont déjà arrivées, et se trouvent en rang devant les escaliers menant à l'entrée principale. Nos deux mains se détachent pour récupérer nos sacs. Tout le monde descend du bus, et monsieur Picot nous rappelle les consignes pour la énième fois. Il nous indique aussi qu'à la fin du spectacle nous devons nous retrouver à l'endroit où nous nous trouvons, sous peine de sanction.

Nous avons trente minutes avant le spectacle pour aller aux toilettes, prendre une boisson et prendre place afin de pouvoir assister au spectacle qui va durer environ une heure et demie. Les classes sont supposées entrer les unes après les autres, mais en quelques secondes nous sommes tous mélangés en un énorme troupeau. Je ralentis pour ne pas me faire happer par la foule et Guillaume disparait de mon champ de vision.

Ne panique pas. C'est juste un concert. Tout va bien se passer.

31. LE TÉLÉPHONE

J'essaie de ne plus y penser.
Mais c'est dur.
Il faudrait que je puisse panser cette fissure.

Annabel

Je suis maintenant dans le grand hall de la salle de concert, toute seule. J'en profite pour laisser mon regard vagabonder.

Je remarque tout de suite une immense table en verre juste à l'entrée. Elle sert à exposer les différents programmes de la salle et d'autres brochures. Les rayons du soleil traversent la toiture de verre et viennent se réfléchir sur sa surface, créant des arcs-en-ciel. Je surnomme immédiatement cette table « *le puits de lumière* ».

La transparence, c'est tellement pur. Si les personnes étaient aussi transparentes, est-ce qu'on serait tous aveuglés par leur lumière ?

Non mais là, je divague...

il faut vraiment que j'arrête les métaphores.

Je suis hypnotisée, et je ne remarque pas que plusieurs élèves s'avancent vers moi.

Ce sont Guillaume, Daniel, Lucas, suivis par Katia et le reste de sa bande.

— Annabel ! me dit Katia en souriant.

En prononçant juste mon prénom, elle a embrouillé mon esprit. Le pire, c'est qu'elle continue de me sourire. Elle ajoute :

— Je sais qu'on n'a pas été très sympas avec toi... si c'était un malentendu, on peut laisser le collège derrière nous et être amis, n'est-ce pas ? On est vraiment désolés pour tout.

Ils me regardent tous. Ils attendent ma réponse, comme si elle était évidente. Guillaume se rapproche de moi.

Et si c'était vraiment un malentendu ? Elle a l'air sincère.

— On peut essayer... je réponds sobrement.

Je dois me racler la gorge plusieurs fois, comme s'il y avait un tas de mots coincés qui ne demandent qu'à sortir. Je toussote pour faire passer tout ça.

Ils me sourient tous, et semblent excités, à part Lecomte, qui reste un peu en retrait. Comme il me l'a dit il y a quelques semaines, il ne me fait pas confiance. C'est là que Guillaume me prend par la main.

Mais, qu'est-ce qu'il fait ?

Il est fou ?

Ils le regardent surpris, moi la première, mais Guillaume serre mes doigts un peu plus fort. Sa main me rassure, même si je suis un peu déboussolée.

Katia, elle, parait vraiment ravie, et nous fait un grand sourire, puis elle me prend l'autre main en déclamant :

— Parfait ! On se met tous à côté pour regarder le spectacle ! Vous pensez que ça va nous endormir ? dit-elle.

C'est très inconfortable. Mon corps frémit.

Je ne suis pas à ma place.

Qu'est-ce qu'elle fait ?

Qu'est-ce que JE fais ?

Est-ce que je peux vraiment oublier la façon dont ils m'ont traitée ? Est-ce que je peux effacer aussi facilement le collège ? Est-ce qu'ils sont vraiment sincères ?

Je veux croire à ce nouveau départ, mais des tas de questions se bousculent dans ma tête. J'en profite pour libérer mes mains et fais semblant de chercher quelque chose dans mes poches, lorsque Lucas plaisante :

— J'ai déjà fait ma sieste dans le bus !

— Oui j'en suis témoin, j'ai même filmé la scène... ajoute Daniel.

— Vas-y, montre ! supplie Katia.

Émilie et Roxanne insistent aussi.

Daniel vérifie autour de lui qu'il n'y a aucun professeur, puis il sort son téléphone de sa poche. Il nous montre alors un enregistrement tremblant de Lucas, la bouche ouverte, en train de ronfler sur son siège dans le bus. Les autres éclatent de rire, sauf Guillaume.

— Désolé, c'était difficile de ne pas rigoler, c'est pour ça que ça secoue un peu.

— Tu devrais le ranger, dit Guillaume en chuchotant.

C'est sûr... je suis amoureuse.

Peut-être que c'est une stupide romance d'ado, mais c'est sûr maintenant.

Je le fixe alors qu'il essaie de convaincre Daniel d'arrêter de montrer le reste de ses vidéos. Il me surprend. Je baisse les yeux quelques instants, puis il me sourit.

Instinctivement, je vérifie ce que fait Katia. Elle m'observe, et me sourit aussi. Ce sourire me fait trembler de l'intérieur. Un sourire angélique, pourtant. Un sourire parfait.

Daniel remet son téléphone dans sa poche puis Katia propose :

— On va s'asseoir sur les bancs près des distributeurs ? Je vais m'acheter un truc à manger.

Tout le monde suit Katia. Elle est comme un aimant attirant tout sur son passage. À peine installée, je remarque Sébastien et Aurore, assis tout seuls chacun de leur côté. Ophélie et Jess sont aussi installées à quelques pas et se demandent probablement ce que je fais avec le groupe de Katia. Je lance spontanément :

– Peut-être que Sébastien et Aurore peuvent aussi venir avec nous...

– Bonne idée ! Je vais chercher Seb, lance Lucas en se dirigeant vers lui.

– Aurore, c'est pas celle... commence Émilie.

– Bien sûr, va chercher Aurore, coupe Katia.

Je vais récupérer Aurore, même si Émilie tire une drôle de tête pendant quelques secondes.

Aurore ne se lève pas, réticente :

– Tu es sûre de ce que tu fais ? J'aurais dû te dire un truc...

Je la tire par le bras sans la laisser finir :

– Je pensais que tu avais des amis en seconde, mais ils doivent être plus âgés...

– Des amis ? Je...

Nous sommes arrivés devant le groupe et elle s'arrête de parler. Pendant quelques secondes, il y a une atmosphère un peu bizarre entre Katia et Aurore. Mais juste après, Katia fait une blague et tout le monde se met à rire. Je ris comme Aurore cependant, d'un rire qui ne fait pas de bruit. Un rire forcé.

Nous rapprochons plusieurs bancs pour nous asseoir tous ensemble et pendant ces quelques minutes, nous paraissons être un vrai groupe soudé. Je jette parfois un regard à Guillaume, qui reste sérieux comme à son habitude même s'il se montre un peu plus décontracté. J'ai l'impression qu'il me sourit avec ses yeux.

Tout le monde rit aux blagues de tout le monde et à chaque

minute qui passe, je m'ouvre un peu, jusqu'à ce que Katia m'adresse la parole :

– Selon Daniel, tu as révisé à fond pour les examens de fin de trimestre en maths ?

– Oui.

Je regarde Daniel, qui baisse la tête, gêné, en pensant à ce qu'il m'avait dit ce vendredi après les cours. C'était le premier jour où j'avais décidé de commencer vraiment à m'y mettre.

Oui.

C'est tout ce que je peux dire. J'ai réalisé une quantité considérable d'exercices, et pourtant je doute encore de moi. Je ne sais pas si je serai à la hauteur.

– Tu te rappelles le premier jour, quand Moineau t'a appelée sur l'estrade ? Sérieux, il avait abusé, poursuit Lucas.

– Ou quand il t'a virée du cours de soutien ! me rappelle Roxanne, désolée d'ailleurs... pour la boulette.

– Oui, la boulette... c'était mieux comme ça de toute façon, il cherchait juste une excuse pour me virer, finis-je après avoir retrouvé mes mots.

– Apparemment, c'est pathétique comment il s'en prend à ceux qui ont des difficultés d'apprentissage... ajoute Katia.

Difficultés d'apprentissage ?

Je souris. Encore un sourire feint.

Je m'apprête à changer rapidement de sujet, lorsque Monsieur Picot s'avance vers nous pour nous annoncer que le concert commence dans dix minutes.

Nous nous dirigeons alors vers la salle et Roxanne, me répète encore une fois, avec une voix sincère :

– Désolée... pour tout.

Est-ce qu'elle est vraiment désolée ? Est-ce que je ne suis plus Vampire, comme ça, en une fraction de seconde ?

C'est comme si un voile venait se poser sur mes yeux, et je ne sais plus dans quelle direction avancer. J'avance à tâtons, et je m'attends à me cogner à un mur à n'importe quel moment. C'est à la fois inconfortable et palpitant.

C'est risqué, mais ça en vaut sûrement la peine. C'est mieux que d'avoir des regrets, non ?

Je laisse passer le groupe avant moi. Lecomte laisse aussi passer les autres et m'entraîne sur le côté :

– Je t'ai à l'œil ! J'ai un mauvais pressentiment...

Il n'attend pas ma réponse et me montre son téléphone :

– Je surveille chacun de tes mouvements...

Merci pour l'avertissement, Lecomte.

Si tu veux tout savoir, j'ai un mauvais pressentiment, moi aussi...

Mais ça doit être la peur de sortir de ma zone de confort, et de m'ouvrir aux autres...

32. LA TABLE

Ce n'est pas le temps ou l'occasion qui déterminent l'intimité, c'est une question de disposition. Sept ans ne suffiraient pas à certaines personnes pour arriver à se connaître, et, pour d'autres, c'est trop de sept jours.

Marianne – *Raison et Sentiments*, Jane Austen

Après une brève présentation des musiciens, le concert commence. Je suis assise au bout de la rangée du haut, à côté de Lucas. Guillaume fait des signes à celui-ci et ils se lèvent tous les deux, prêts à échanger de places. Au même moment, monsieur Moineau les rappelle à l'ordre discrètement et ils doivent se rasseoir.

Je fais partie du groupe des populaires ? Est-ce que je suis vraiment passée de paria, d'exclue, à membre de la bande de Katia ? La vie est vraiment bizarre...

Est-ce que je me pose trop de questions ?

J'aurais aimé qu'Amina et Lucie soient aussi là...

Je les regarde un à un et j'y crois. J'y crois tellement. Je les observe un à un dans l'ordre où ils sont assis, et je leur trouve à tous des qualités, comme aux personnages de mes romans.

À ce moment, Katia se penche en avant pour nous dire, toute excitée :

– Apparemment, à la fin, il y a une surprise...

Une surprise ? Quel genre de surprise ?

Les lumières sont tamisées et le silence s'installe. Monsieur Picot fait signe à Lucas de se taire lorsque celui-ci demande à Katia plus de précisions au sujet de la soi-disant surprise. Une jeune femme commence à revisiter avec son violoncelle plusieurs morceaux classiques, accompagnée d'un pianiste très talentueux. C'est envoûtant. On peut lire sur son visage toutes les émotions qui passent de son instrument vers nous. Parfois je ferme les yeux, et je laisse venir les images que la musique provoque en moi. Une fois, je m'imagine dans un jardin de roses, marchant pieds nus, insouciante. Une autre fois, je suis dans un couloir, avec des portes de chaque côté. Dès que j'ouvre une porte, il y en a une autre derrière. J'avance en ouvrant chaque porte au rythme des cordes et des touches.

Il y a huit personnes entre Guillaume et moi, mais c'est comme si j'étais juste à ses côtés. À la moitié du concert, je tourne la tête dans sa direction et le surprends à me regarder. Je reste figée même si dans la pénombre je ne suis pas sûre que ce soit moi qu'il observe.

La musique, ses yeux, mon cœur qui bat, tout est parfait.

La lumière se rallume brièvement entre deux morceaux, et je vois clairement ses yeux, plongés droit dans les miens.

– Ça va, Annabel ? Tu te sens bien ? me demande Lucas.

Je cligne des yeux et arrête de fixer Guillaume :

– Oui, bien sûr, ça va... et toi ?

– Oui, ça fait plaisir d'être tous ensemble, comme ça !

Après environ une heure, les projecteurs se rallument légèrement, et au bout de quelques secondes de flottement, tout le monde applaudit. Puis, la musicienne commence à s'adresser à nous :

— Merci pour votre attention. D'abord, j'aimerais savoir ce que la musique vous a inspiré. Est-ce que quelqu'un veut prendre la parole ?

Le pianiste prend un micro et se lève pour le faire passer à ceux qui lèvent le doigt. Plusieurs élèves prennent la parole et évoquent leurs émotions, quelques-unes assez inappropriées, comme celles de Lecomte, qui sont juste destinées à faire rire l'audience.

Lorsque tous ceux qui souhaitent parler ont pris la parole, le pianiste s'exprime à son tour dans le micro :

— Est-ce qu'il y a des musiciens ici ?

Quelques personnes lèvent le doigt, dont Lucas, qui me chuchote :

— Je joue de l'accordéon... c'est véridique, enfin, c'est ma mère qui m'a forcé...

Je ne peux m'empêcher de rire et d'ajouter :

— Alors c'est toi le manager du groupe !

— Guillaume t'en a parlé ? C'est sérieux entre vous, alors ?

Le pianiste nous coupe en reprenant la parole :

— Nous avons une petite surprise, proposée par votre lycée : est-ce qu'il y a des pianistes qui souhaiteraient essayer au moins une fois dans leur vie de jouer dans une salle fantastique comme celle-ci ? On m'a dit qu'il y avait quelques pianistes parmi vous !

Tout à coup, Katia crie :

— Oui, il y a Annabel ! Elle sait trop bien jouer !

Je suis tétanisée : pourquoi est-ce qu'elle a dit ça ? Ma respiration se coupe d'un coup et tous mes membres se figent. Machinalement, je gratte la tache sur mon jean, pour me rassurer.

Le pianiste s'avance vers notre groupe :

— Oui, Mademoiselle ?

— Annabel sait super bien jouer du piano, répète-t-elle en me pointant du doigt.

Rien n'a changé ?

Elle sait très bien que pour rien au monde, je ne voudrais jouer devant autant de monde.

Elle ne se souvient pas ? Je me trompe peut-être, mais... est-ce que leur plan était juste de m'humilier encore une fois ?

Est-ce qu'il est complice ?

Avant que je puisse dire quelque chose, la salle crie :

« Annabel ! Annabel ! Annabel ! »

Je n'ai pas le temps d'observer la réaction de la bande, car le pianiste me prend par la main, en me disant :

— C'est fort probable que cette opportunité ne se présente plus...

Les autres continuent de crier, de plus en plus fort, et à taper des mains.

Comme poussée par une force invisible, je me lève et suis le jeune homme.

Arrivée sur scène, une bouffée de panique m'envahit. Je prends l'élastique à mon poignet et le fais claquer plusieurs fois. Je m'assois tout de même sur le tabouret recouvert de cuir noir. Le piano est magnifique. De là où je me trouve, si je le fixe, je peux ignorer ce qui se passe autour. J'essuie mes mains moites sur mon pantalon. Le pantalon de ma mère. Quelque chose se noue dans ma poitrine. Je la presse fortement pendant quelques secondes pour atténuer la douleur. Ma vision est floue à présent, car les larmes sont montées sans que je puisse les arrêter. À cet instant, il y a comme une présence, une voix intérieure qui me dit :

Je t'écoute.

La douleur dans ma poitrine disparaît et je n'ai plus qu'une sensation d'étreinte qui entoure mon estomac. Comme si un étau comprimait mes côtes. Je dispose mes doigts sur les touches étincelantes comparées à celle du vieux piano de la salle 303 dans laquelle j'ai passé tous mes midis depuis plus de deux mois. Je murmure :

– C'est pour toi... maman... je ne t'ai pas oubliée.

Je me mets à jouer le morceau que j'ai répété pendant toutes ces semaines, et que je connais maintenant par cœur. Plus je joue, et plus mon pouls s'accélère. Je le sens dans mes mains, dont je perds au fur et à mesure le contrôle. Je ne retiens plus mes larmes et les laisse couler sur mon visage. Avec l'émotion, je joue le morceau plus rapidement qu'à l'origine. Je frappe chaque touche en suivant les sensations que me procurent chaque note, chaque mélodie. La fin du morceau arrive, et je retire mes mains tremblantes du piano. Le pianiste me regarde ébahi, je me tourne vers la salle et tout à coup, tout le monde se lève et applaudit. Dans le micro, le jeune pianiste dit :

– Je retire ce que j'ai dit précédemment, jeune fille, vous aurez sûrement l'occasion de jouer dans une salle aussi grandiose dans le futur. Merci beaucoup pour cette très belle interprétation de la *Sonate au Clair de lune* de Beethoven ! Merci à tous, nous vous souhaitons une très bonne continuation ! Pour ceux qui voudraient essayer le piano, laissez les autres sortir et installez-vous tranquillement au premier rang !

Tout le monde applaudit encore une fois, les lumières se rallument et monsieur Picot nous interpelle :

– Les secondes ! Vous avez trente minutes pour passer aux toilettes et vous trouver au point de rendez-vous de votre classe. Allez-y *pronto* !

Je sors, j'ai encore les mains qui tremblent. Je sèche mes yeux et passe d'abord aux toilettes. Sur le chemin, Guillaume vient à ma rencontre et me dit doucement :

– Ça m'a donné des frissons...

— T'as même fait pleurer Sébastien, je te promets ! coupe Lucas qui suit derrière.

— Merci... je n'avais pas prévu de jouer... devant tout le monde... Je dois passer aux toilettes... je balbutie en baissant les yeux, pas encore remise de mes émotions.

Je ne veux pas que les autres voient mes yeux rouges, et surtout pas Katia.

À la sortie des toilettes, je ne suis pas tout à fait prête à rejoindre le groupe. Alors, je fais un tour près de la grande table en verre. Celle qui expose plusieurs brochures et magazines à l'entrée. J'en prends un et fais semblant de le lire, juste pour faire passer le temps.

Je tourne une page de la rubrique théâtre du magazine et un bruit de craquement me fait tourner la tête. Je remarque alors Katia, juste à côté de moi. Pendant cette fraction de seconde, Katia bascule au-dessus de la table, je lâche alors immédiatement mon magazine pour essayer d'attraper son bras, sans succès. La demi-seconde suivante, la table en verre explose devant mes yeux. Un sifflement insupportable surgit dans mes oreilles. Je les presse fortement, mais le bruit vient de l'intérieur. La douleur me force à garder les yeux fermés. Lorsque je les rouvre, plusieurs professeurs et élèves arrivent en courant. Katia s'est relevée et du sang coule sur son bras nu, jusque sur les débris. De nombreux morceaux de verre sont incrustés dans sa peau. Un des professeurs reprend son souffle et nous demande, affolé :

— Qu'est-ce qui s'est passé ?

Je ne peux articuler aucun mot, il y a toujours ce bruit assourdissant dans mes oreilles. Katia prend la parole, d'une voix faible :

— Annabel m'a poussée sur la table... je ne sais pas pourquoi... j'ai essayé de ne pas tomber... mais la table a basculé...

Elle se met à pleurer et plusieurs élèves s'indignent :

« Elle est malade ! »

« Pourquoi elle s'en prend à Katia ! Katia est trop gentille... En plus, elle venait de l'accepter dans son groupe. »

« Elle doit être vraiment jalouse. »

« C'est une psychopathe. »

« Elle avait raison... elle est pas normale. »

Je suis encore sous le choc, et j'articule avec peine :

— Non, je n'ai rien fait, je voulais l'aider...

Le professeur emmène Katia se faire soigner et monsieur Picot qui nous a rejoints me prend à part, et me conduit à une table plus loin pour me parler à son tour :

— Pourquoi tu as fait ça ? Il va falloir faire un rapport d'accident, c'est très grave ce qui s'est passé. Il y a des dégâts physiques et matériels.

Je lui répète que ce n'est pas moi, mais il continue à me demander des explications. Il finit en me disant :

— Tu iras dans le bureau du principal... on verra ce qu'il en pense. J'interrogerai les élèves qui étaient autour. En attendant, tu ne bouges pas d'ici, et surtout pas un mot ! Je ne veux pas te voir parler à qui que ce soit !

À ce moment, je m'aperçois que j'ai oublié mon sac quelque part. Je veux tenir mon livre, pour me rassurer.

— Est-ce que je peux chercher mon sac ? Il doit être quelque part par ici...

— Ne t'éloigne pas, fais vite !

Je savais que c'était une erreur...

Où est-ce que j'ai mis ce satané sac, déjà ?

Je cherche partout du regard, comme si ma vie en dépendait.

Monsieur Picot part quelques instants, en me répétant de ne pas m'éloigner et de n'adresser la parole à personne. Guillaume se précipite aussitôt pour me parler :

— C'est une erreur, n'est-ce pas ? commence Guillaume.

C'est moi qui ai fait une erreur... c'était une mauvaise idée. Je savais que c'était une mauvaise idée.

Je garde le silence. Les larmes me montent aux yeux alors je me tourne dans la direction opposée et avance en continuant à chercher mon sac. Il me suit et m'attrape par le bras.

– Je te défendais... est-ce que Katia avait raison d'avoir peur tout ce temps ? demande Guillaume.

Je récupère mon bras mais reste toujours muette. C'est trop. J'ai peur de la suite des évènements et je suis complètement déstabilisée, alors je fais ce que j'ai su faire pendant si longtemps... me taire.

– Pourquoi ? Elle t'a dit quelque chose ? C'est parce qu'elle voulait t'entendre jouer du piano ?

Il n'abandonne pas et continue malgré mon mutisme :

– Tu n'as rien ressenti... entre nous ? Tu vas tout gâcher ? C'était un accident, non ?

– Non... ce n'était pas un accident, je me murmure à moi-même.

J'étouffe un sanglot dans ma gorge sèche. Je fixe le banc où nous nous sommes assis avec le groupe avant le concert. Mon sac m'y attend, là où je l'ai laissé. Mais quelqu'un l'a ouvert et a mis mon livre sur le dessus. Le mot « *VAMPIRE* » a été écrit en gros sur la page de couverture, avec un feutre noir. Je le feuillette avec Guillaume qui m'observe et le même mot est inscrit sur plusieurs pages qui suivent. Je croise les bras et serre le livre contre ma poitrine pour ne pas pleurer. Je pleure de l'intérieur. Je ne veux laisser personne voir une seule larme. Tout le monde peut voir l'inscription, c'est pour moi la confirmation que je dois rester dans ma bulle et ne plus en sortir. Guillaume ne me laisse pas là :

– Je croyais qu'on était amis... voire plus, mais pour toi ça ne voulait rien dire ?

Je ne supporte plus ses paroles et mes larmes qui commencent à couler. Je vérifie que monsieur Picot est occupé puis lui dis d'une traite :

— Ça ne voulait rien dire ? Tu crois que parce que je ne disais rien, pendant toutes ces années, je ne souffrais pas ? Tu crois que ton groupe peut s'excuser et que c'est fini... comme ça ? C'est pas fini, j'avais tort, j'ai fait une erreur.

— Tu repousses tout le monde ? Tu resteras toujours toute seule, si tu continues comme ça... tu penses qu'à toi !

— Oui, je ne pense qu'à moi... c'est mieux... pour tout le monde.

Pendant ces deux dernières minutes, Lecomte s'est approché et ne fait que me fixer.

Il doit penser qu'il avait raison de ne pas me faire confiance !

— Viens, on va voir comment va Katia, dit Lecomte en entraînant Guillaume.

Peu après, monsieur Picot m'indique que je dois monter dans le bus et m'asseoir seule.

Je monte en serrant toujours dans mes bras mon livre. Ils me regardent tous avec des regards furieux.

Lorsque j'arrive à la hauteur de Guillaume, celui-ci est à côté de Camille, la forte tête de la classe. Ils me regardent brièvement puis se remettent à parler tous les deux. Il est en pleine discussion avec elle. J'avance jusqu'au fond.

Ça y est, retour à la réalité, c'était prévu de toute façon... C'était stupide de ma part, cet espoir. Ta punition est arrivée... pour te rappeler une fois pour toutes et ne plus jamais te faire avoir !

Monsieur Picot m'interpelle :

— Vous avez rendez-vous dans le bureau du principal après les cours. Votre père sera aussi là. Par contre, monsieur Vermont préfère que vous attendiez dans le bâtiment administratif, devant son bureau, jusqu'à ce que cette affaire soit réglée. Vous êtes externe, donc vous pourrez manger là-bas.

Monsieur Moineau ne me dit pas un mot, trop occupé à compter les élèves.

Lorsque je m'assois, je suis prise d'une douleur à l'avant-bras gauche. Je retire ma veste, un morceau de verre a transpercé le tissu. Je le décoince et appuie fortement sur la plaie pendant tout le trajet en essayant de rester calme pour affronter la suite des événements.

33. L'ASCENSEUR

Pauvre de moi, qui ne me trouve
Ni parmi les mortels ni parmi ceux qui ne sont plus,
Ni parmi les vivants, ni parmi les morts !

Antigone – *Antigone*, Sophocle

Au lycée, j'ai droit à l'escorte de monsieur Picot jusqu'au bâtiment administratif. Il entre et me demande de patienter à l'extérieur pendant qu'il fait son rapport au principal, monsieur Vermont. Sans prêter attention à mon environnement, je m'installe sur un banc. Je dois faire le vide dans ma tête. La douleur à mon bras me tiraille, mais je l'ignore. La faim est le cadet de mes soucis, mais je sors quand même mon sandwich.

À ma grande surprise, un élève s'approche pour me parler. Je reconnais qu'il fait partie du groupe des amis de Katia, depuis cette année :

– C'est vraiment triste, elle t'a rien fait Katia, pourquoi tu t'en prends à elle comme ça depuis le collège ? C'est de la jalousie, c'est ça ? Elle nous a dit de t'ignorer, mais il fallait que je te dise que c'est vraiment n'importe quoi. Tu en viens même à la violence physique...

— Je... quoi ? je réponds, perplexe.

— Presque tout le lycée est au courant que tu es tellement jalouse que tu essaies même d'éloigner d'elle un de ses meilleurs amis, Guillaume. Elle a essayé de t'inclure au groupe et voilà comment tu la remercies !

Est-ce que je dois hurler, pleurer ou rire ? Les trois à la fois seraient appropriés tellement c'est absurde...

Le mieux, c'est de juste me taire.

Sans commentaire.

Pas un mot de plus.

Je serre fort mon sandwich, puis le range dans mon sac. La couverture de mon livre *Jane Eyre* m'arrache quelques larmes que je chasse discrètement de la main. Je dois avaler ma salive plusieurs fois. Quelque chose est coincé dans ma gorge, quelque chose qui ne demande qu'à sortir. Mais je ravale tout ça.

Je me suis résolue à rester forte, alors que je lui aurais bien jeté mon sandwich à la figure. Oui, à cet instant j'ai vraiment besoin de me défouler.

Je pensais qu'il avait compris que je ne souhaitais pas parler à qui que ce soit. J'avais tort, il attend une réaction de ma part, que je me défende.

Je peux lui dire n'importe quoi, ça ne changera rien.

— Ça doit être dans ma nature... d'être jalouse. Est-ce que tu peux me laisser maintenant ?

— Pauvre folle...

Il part en m'insultant, en me traitant de tous les noms.

Voici les faits : je suis tellement jalouse de Katia que j'en suis venue aux mains. Elle a retourné tout le monde contre moi, et son petit jeu a commencé en cinquième, lorsqu'elle a pris l'excuse du mot dans les toilettes.

Pourquoi ?

Tout ça pour un mot dans les toilettes ?

Toi aussi, tu dois te demander pourquoi. On cherche tous le pourquoi dans chacune de nos actions, et encore plus dans celles des autres.

Le pourquoi me dévore, depuis très longtemps. Depuis ce jour où Katia s'est éloignée de moi pour traîner avec Roxane et Émilie.

Je pensais que j'étais tranquille après avoir fait fuir le groupie de Katia, mais quelques minutes plus tard, mon professeur d'Histoire qui passe par là me sermonne lui aussi :

— Qu'est-ce qui vous est passé par la tête, Mademoiselle ?

— Rien, car je n'ai rien fait...

— Il va falloir prendre vos responsabilités, vous n'allez pas pouvoir échapper au conseil de discipline et le renvoi vous pend au nez !

— Le renvoi ?

— Oui, bien sûr, et il risque d'être définitif vu la portée de l'acte...

L'ironie du sort... je vais probablement être renvoyée, pour de vrai cette fois.

Ça sera la parole de Katia contre la mienne.

Une heure après, monsieur Picot sort et m'invite à entrer. Son humeur a encore empiré :

— J'ai vraiment que ça à faire, remplir de la paperasse ! grommelle-t-il en me disant à peine au revoir.

À l'accueil, la dame me demande de m'asseoir jusqu'à ce que le principal soit disponible. Pendant quelques secondes, j'entrevois monsieur Vermont dans son bureau. Il est au téléphone, ses traits sont tirés, et ses yeux montrent une grosse contrariété. Il se gratte les tempes nerveusement. Plusieurs tasses traînent sur son bureau et un petit monsieur moustachu, qui doit être son secrétaire, lui apporte un café qu'il accueille comme un cadeau inespéré.

Je m'assois, et au bout d'une heure, mes pensées commencent à tourner en rond. La tête dans mes mains, je presse mes doigts sur le centre de mon front, pour calmer un horrible mal de tête. Mon père arrive alors et l'incompréhension se lit sur son visage :

– Je ne comprends pas Annabel... pourquoi tu as poussé Katia ? Vanessa m'a dit que ça n'allait pas ces derniers temps. On aurait pu en parler... Je croyais que vous étiez amies toutes les deux ?

T'as loupé quelques épisodes là, papa...

– Je n'ai rien fait...

– Apparemment, il y a des témoins, le principal m'a mis au courant au téléphone.

– Ils ont vu ce qu'ils croient... Enfin, ils croient m'avoir vue... mais ce n'est pas la réalité !

– Annabel, si tu as besoin d'aide, on peut prendre rendez-vous, pour que tu en parles...

Il me semble que c'est ce que je suis en train de faire, mais tu ne m'écoutes pas ! Personne n'écoute, personne...

– Une collègue m'a donné le numéro d'un psy. Son fils a été le voir. Il va beaucoup mieux depuis.

J'ai juste besoin d'être seule. J'ai besoin d'un livre, d'être ailleurs pour quelques heures... juste quelques heures.

Je suis fatiguée.

C'est peine perdue... ma culpabilité est désormais un fait, une croyance, une vérité. LA vérité.

– Monsieur Vermont est prêt à vous recevoir, nous indique la dame de l'accueil.

J'entre dans le bureau assez spacieux du principal, mon père me suivant. Monsieur Vermont nous fait signe de nous asseoir et commence, la mine sombre :

— Nous avons affaire à des actes très graves, il faut qu'il y ait des sanctions. Tout d'abord, reconnaissez-vous les faits ?

Il n'attend pas ma réponse et continue.

— Je vous rappelle les faits : bousculade préméditée d'une camarade engendrant des blessures et des dégâts matériels très conséquents. Nous allons pouvoir faire jouer les assurances pour la table que vous avez cassée, mais c'est la réputation du lycée que vous avez ternie ! Je ne suis pas sûr que cette grande salle de spectacle nous accueille de nouveau les années suivantes. Qu'avez-vous à dire pour votre défense ?

— Je n'ai rien fait... je n'ai pas poussé Katia, et je n'ai pas cassé cette table.

— Si vous ne prenez pas vos responsabilités...

Il continue de parler, mais je ne l'écoute plus, ou plutôt je distingue juste un flux continu de mots, qui n'ont plus de sens. Ce ne sont plus que des mots, mis les uns à la suite des autres. Mon cerveau extrait juste les trois mots « *sanction* », « *renvoi* », « *blâme* ». Une musique s'infiltre aussi dans ma tête, une petite musique de fond, comme une musique d'ascenseur. C'est ça, c'est comme être dans un ascenseur. À l'extérieur, la vie passe. Mais dans cette machine, tout parait en suspens. Ma bulle s'est transformée en cage de fer. Une cage dont j'ai la clé, qui s'élève de plus en plus haut et dont la descente va faire mal.

— Mademoiselle Charles, j'attends votre réponse ! me somme le principal d'une voix forte.

— Est-ce que vous pouvez répéter ? je sursaute, revenant soudain à la réalité.

— C'est bien simple ! Est-ce que vous allez avouer vos actes, faire vos excuses et choisir un renvoi temporaire d'une semaine ? Ou bien, choisissez-vous de ne pas prendre la responsabilité de vos actes et après conseil de discipline, risquez-vous un renvoi définitif ?

— Est-ce que je pourrai passer les examens de fin de trimestre ?

— Si vous prenez vos responsabilités, le renvoi temporaire sera programmé après les semaines d'examen. Pour l'autre possibilité, ce sera la décision du conseil de discipline. Le conseil choisira si vous passez ces examens, et s'ils seront comptabilisés pour votre scolarité.

Un conseil de discipline...

Ça va loin...

Mon père reste muet pendant toute la durée de l'entretien. J'ai tellement travaillé pendant toutes ces semaines, je voudrais aller au bout de mes objectifs...

Le téléphone sonne. Le principal laisse le secrétaire prendre l'appel, souffle et prend un air sévère :

— Donnez-moi votre réponse demain, j'ai déjà une horde de parents d'élèves qui attendent une sanction immédiate !

Demain.

J'ai jusqu'à demain pour décider de mon sort...

Il est pressé de connaître ma décision, pressé de se débarrasser de cette histoire qui dérange son emploi du temps.

— Je vais faire mes excuses... je lance, désabusée.

— Sage décision, parfait ! Vous ferez vos excuses devant toutes les secondes, demain, après la conférence sur la Première Guerre mondiale. En attendant, faites-vous oublier et gardez votre sérieux pour les examens qui commencent demain !

Je ne peux pas perdre l'occasion de montrer que j'ai travaillé dur en maths et risquer un blâme sur mon dossier scolaire. De toute façon, ça ne changera pas grand-chose, je vais m'effacer et me concentrer sur mes études. Ils peuvent croire ce qu'ils veulent.

Faites-vous oublier... c'est justement ce que je vais faire. Peut-être que je peux finir cette année, puis disparaître, dans un autre lycée.

Mon père serre la main du principal et sort, toujours sans un mot. Il reste aussi silencieux pendant le trajet en voiture.

Je tourne la tête pour regarder la route par la fenêtre, mais surtout pour laisser finalement les larmes couler sur mes joues.

Je pensais que la journée était bel et bien finie, mais mon téléphone vibre dans mon sac. C'est madame Mercier qui m'appelle. Je réponds malgré mes sanglots :

— Allo Annabel, c'est Hélène. Est-ce que tu es disponible dans l'heure ? Désolée pour le bref délai. Mon fils vient de m'appeler pour me dire qu'il avait un rendez-vous important. Je suis coincée, j'avais aussi prévu quelque chose...

— Oui je suis disponible, mon père peut me déposer. Je peux être là d'ici dix minutes.

Je me dis que ça sera peut-être la dernière fois que je verrai Charlotte si ce qui s'est passé vient aux oreilles d'Hélène. Je veux lui dire au revoir avant.

Mon père me dépose et cette fin d'après-midi passe rapidement. Nous sommes devenues assez complices avec Charlotte. Je me dis que si j'ai un jour des enfants, j'aimerais une fille comme elle. Elle est vive, curieuse, et tellement enthousiaste. Ce que je préfère, c'est lui lire des histoires, et elle adore ça.

Nous lisons un livre sur le canapé du salon lorsque sa mère rentre. Elle nous sourit, puis me demande :

— Vous avez l'air d'être bien calmes, c'est super ! Annabel, tu sais si Guillaume est rentré ?

— Non, je ne pense pas.

— Il a une petite copine, je pense ! Apparemment vous êtes dans la même classe tous les trois, je ne savais pas. Son prénom... c'est Camille, ça te dit quelque chose ? C'est avec elle qu'il avait rendez-vous et ils se voient assez souvent.

— Oui, je connais Camille...

— Alors Guillaume, c'est celui de ta classe ? demande Charlotte perplexe.

— Oui, ton frère est dans ma classe.

Elle me regarde en me faisant un signe qui veut dire qu'elle va garder mon secret. Je leur dis au revoir.

Camille... le couple parfait.

Je fais mes adieux et mes yeux commencent à rougir alors je me dépêche de sortir en leur souhaitant une bonne soirée.

Je referme le petit portillon lorsque j'aperçois Émilie de la bande de Katia qui passe dans la rue. Elle doit habiter dans le quartier et sort son chien, un labrador noir. Elle me scrute, d'abord surprise, puis lorsqu'elle me reconnait elle montre qu'elle souhaite savoir pourquoi je sors de chez Guillaume. Je continue vers chez moi, dans la direction opposée, mais elle me rattrape :

— Qu'est-ce que tu fais là ? crie-t-elle d'un ton accusateur.

— Je ne pense pas que ce sont tes affaires, au revoir Émilie.

Son chien a décidé de retourner chez lui, il tire sur sa laisse, aboie, et plusieurs voisins sortent de leur maison pour voir ce qu'il se passe. Elle fait donc demi-tour et continue son chemin malgré elle, mais elle me lance au loin :

— Tu vas le payer !

Rentrée chez moi, je vais directement dans ma chambre. Je craque. Toute la tension accumulée pendant la journée déborde. Je ferme les volets, me mets sous les couvertures et crie aussi fort que mes poumons me le permettent, en étouffant mon cri avec mon oreiller. Je sors de mes couvertures car j'entends un bruit. On frappe à ma porte, mais je ne veux parler à personne. J'ai juste envie de crier ou de casser quelque chose, casser ce monde dans lequel je n'ai pas ma place.

La porte s'ouvre. C'est ma sœur qui entre sans que je l'y invite :

— Annabel ? Ça va ?

— C'est rien... ça sera réglé après-demain.

— Tu vas faire tes excuses ? J'ai entendu papa et Vanessa en parler, mais ce n'est pas toi, pas vrai ? m'interroge-t-elle en plongeant dans mes yeux pour y trouver la vérité.

— C'est vrai, c'est pas moi... mais je n'ai pas le choix, dans tous les cas je suis coupable, alors autant ne pas prendre de blâme.

— Tu n'as pas d'autre choix ? T'es sûre ? me demande-t-elle avec de l'inquiétude dans sa voix.

— J'en ai marre que tu sois tout le temps en train de me juger. Oui, je ne suis pas parfaite, comme toi ! Je ne vais pas me battre, c'est pas la peine, j'ai déjà perdu ! Je vais me concentrer sur mes objectifs !

— T'es tellement en colère contre le monde entier que tu ne sors pas de ta bulle. Tu penses qu'à toi... pourtant t'as toujours été la chouchoute de la famille

Là, ça va trop loin... elle veut mon poing dans la figure !

— La chouchoute ! J'espère que tu plaisantes, là ?

Mon sang bouillonne dans mes veines. Cette conversation devient insupportable mais elle continue :

— Papa et maman t'ont toujours préférée à moi !

— Explique-moi, parce que là j'ai du mal à te croire !

— Qui c'est qu'ils envoyaient toujours chez mamie et papi ? Ils voulaient juste se débarrasser de moi, pour être tranquilles ! Ils t'aimaient plus que moi.

— T'es pas sérieuse, là !

— Tout d'un coup maman meurt et toi, tu fais comme si de rien n'était. T'es juste égoïste ! Le seul moment où papa s'est intéressé à moi, c'est quand j'ai dit que je voulais faire une filière scientifique, puis médecine !

Elle est maintenant plus en colère que moi et part en trombe en claquant la porte.

C'est trop. Trop d'émotions d'un coup. Je prends mon journal, l'ouvre à la page où il y a écrit en grosses lettres :

COURAGE, FORCE, PERSÉVÉRANCE

D'un coup de tête, je lance mon journal dans la poubelle. Puis, je tire de ma bibliothèque *Les hauts de Hurlevent*, m'allonge sur mon lit et lis jusqu'au dernier mot.

34. LE MOT D'EXCUSE

Quand on est soi-même en train de changer, on ne s'en aperçoit pas avant d'avoir changé.

Anne — *Le journal d'Anne Frank*, Anne Frank

Le lendemain, je me réveille en sueur et en pleurs.

Encore le même cauchemar...

Je me suis toujours demandé ce qu'avait ressenti ma mère avant de nous laisser. Ce matin particulièrement, cette question me hante et ne quitte pas mon esprit.

Comment est-ce qu'on vit lorsque l'on sait qu'il nous reste que deux ans sur Terre ? Puis quelques jours ?

J'ai fini ma lecture vers 2 h du matin. Les yeux gonflés et endoloris, je regarde mon téléphone et il est seulement 5 h. Je ne peux pourtant plus fermer les yeux. J'inspecte ma blessure au bras. Je sens une coupure, une brèche qui, si je ne la referme pas, occupera bientôt tout mon organisme. Je me vois disparaître. Dans quelques heures, je vais faire mes excuses devant les sept classes de secondes. Je suis terrifiée et le manque de sommeil n'aide pas à me calmer.

Après quelques minutes, je me décide à me lever. Je prends un bout de papier pour y écrire ce que je vais dire lors de mes excuses publiques. Pour ne pas réfléchir au mensonge que je vais dire, je lirai juste ce que j'ai écrit sans y penser. Après plusieurs essais, j'écris finalement :

Bonjour, je m'excuse d'avoir poussé Katia et d'avoir causé des blessures physiques et des dégâts matériels. Cela ne se reproduira pas.

C'est sobre et ça va droit au but.

Je répète ces mots plusieurs fois afin qu'ils deviennent automatiques. Plus je les répète, et plus j'ai l'impression que c'est vrai. Je rentre dans la peau de mon personnage, Annabel Charles, celle qui est jalouse de Katia. Celle qui a été jusqu'à écrire des insultes dans les toilettes, celle qui a essayé de lui prendre son meilleur ami, et qui finalement l'a poussée sur une table en verre.

Je suis prête.

C'est ce dont j'essaie de me convaincre en me regardant dans le miroir de la salle de bain. Cependant, le reflet de celle que je vais prétendre être me fait peur. Je me frotte les yeux pour effacer la courte nuit de sommeil.

Un café... c'est peut-être le jour pour m'y mettre...

Quand je sors, je crois entendre quelqu'un pleurer. Je m'approche de la chambre de ma sœur et colle mon oreille sur la porte. Ce sont bien des pleurs. Je suis sur le point de toquer, pour lui demander si elle pleure à cause d'hier soir, ou à cause des idiots de troisième qui l'embêtent. Mais je me défile. C'est trop dur, je n'ai pas la force.

Je me résigne à aller prendre mon petit-déjeuner et mon père garde encore sa bouche fermée dans la cuisine. Il a l'air abattu, mais ne l'exprime pas. À la rigueur, je préférerais qu'il se mette en colère : tout sauf l'indifférence.

***

Nous voici donc dans la grande salle du club de théâtre. Là où a lieu la conférence sur la Première Guerre mondiale, et là où je vais devoir faire mes excuses ce matin.

De nouveau dans ma bulle, debout, dans un coin, à l'entrée de la salle, je répète mes deux phrases dans ma tête, comme une actrice qui se prépare pour une audition. Le principal m'en extirpe :

— Mademoiselle Charles, vous n'oublierez pas vos excuses, vous les ferez à la fin.

Je suis de retour à la réalité. Les secondes se pressent tout autour pour trouver une bonne place. Plusieurs élèves me lancent des regards haineux. L'un d'eux me pousse. Il me faut quelques secondes pour m'apercevoir que je n'arrive plus à respirer normalement. C'est comme si un filet entourait mes poumons, à chaque fois que j'essaie de prendre une inspiration, une grosse douleur me comprime et m'en empêche. Je sors de la salle rapidement pour essayer de respirer dehors. Je suis alors prise de nausées. Je me dépêche d'aller sur le côté du bâtiment, là où il n'y a personne, et rends mon petit-déjeuner malgré moi.

Il faut que tu te reprennes, après les excuses tout ira mieux.

J'essuie ma bouche et mes yeux qui sont humides, me mouche et reprends la direction de la salle. Katia se met alors sur mon chemin. Elle est toute seule et doit savoir que tout le monde est à l'intérieur sauf moi. Elle me dit avec légèreté, comme si elle me faisait une faveur :

— Je t'avais prévenue, c'est dommage pour tes nouveaux amis... peut-être que tu as compris où est ta place maintenant, et que tu as vraiment vu que tu n'es rien.

— J'ai compris que je devais éviter tes disciples...

— Toujours aussi drôle... j'attends tes excuses avec impatience...

— Tu peux me dire pourquoi ? Tu sais très bien que je n'ai jamais écrit sur toi dans les toilettes au collège... alors pourquoi ? Qu'est-ce que je t'ai fait ?

— Je t'aime beaucoup Annabel... c'est ça qui rend les choses intéressantes. Mais la faiblesse, ça me dégoûte. Tu me dégoûtes. Tu as commencé à vraiment me faire trop pitié.

— J'étais trop faible pour être ton amie ?

— Je t'avais aussi dit de laisser Guillaume tranquille depuis le début, non ? Je t'avais prévenue qu'il était hors de ta ligue...

— Alors tout ça, c'était à cause d'un garçon ?

Ma tête commence à tourner. Je sens un autre reflux monter doucement le long de mon œsophage. Ça me brûle, jusque dans les yeux. Je perçois encore plus de révulsion dans son regard.

— Aussi faible et pathétique que ta sœur... souffle-t-elle, comme si elle était déçue.

— Pourquoi tu parles de ma sœur ?

— J'ai encore des amis au collège...

— Tu as quoi ?

Je viens de comprendre qu'elle est une des causes des pleurs de ma sœur. La rage commence à se répandre dans tout mon organisme, mais je la contiens, comme on tient précautionneusement un mélange chimique prêt à exploser.

— Tu ne vas jamais arrêter ? lui dis-je en digérant encore ses paroles.

— Reste juste dans ton coin. Ne te montre pas et ne l'ouvre pas. C'est mieux pour tout le monde. Et tout ira bien.

Sur ces mots, elle me sourit et elle entre dans la salle. Je serre le papier avec mes excuses dans ma poche. Le filet qui entoure ma poitrine est toujours là et se resserre à chacun de mes pas. J'entre, tout le monde est installé et le principal présente une dame habillée d'un tailleur beige, qui va nous parler de la propagande publicitaire pendant la Première

Guerre mondiale. Je trouve une place sur le côté et quelques secondes plus tard, on donne des coups dans ma chaise. Je m'avance un peu sur le rebord pour moins les sentir mais on me tire les cheveux. Je jette un coup d'œil à mon poignet, il y a l'élastique d'Amina, que j'ai gardé en souvenir de cette soirée à la fête foraine. C'est presque comme si cette soirée n'avait jamais eu lieu pour moi, comme si je n'avais pas été présente. Mais cet élastique me rappelle que ce n'était pas un rêve, j'ai bien été là.

Je fais claquer l'élastique sur mon poignet plusieurs fois, puis l'enlève et rassemble mes cheveux en chignon, comme Amina l'avait fait. Je repère Guillaume assis avec Lucas et Daniel quelques rangs devant moi et j'ai un pincement au cœur. Sébastien est aussi avec eux.

La conférence m'aurait intéressée en temps normal, mais tout ce à quoi je peux penser est ce que m'ont dit Guillaume et ma sœur hier. L'air passe toujours difficilement dans mes poumons, le manque de sommeil et les nausées n'arrangent pas les choses.

Est-ce que j'ai tort ? Est-ce que je dois sacrifier ce pour quoi j'ai travaillé aussi dur ?

— Mademoiselle Charles, nous vous attendons, me presse le principal qui se tient sur l'estrade.

La dame en tailleur beige est déjà partie, l'audience est endormie et pressée d'aller en pause.

Je me lève rapidement et ma tête se met encore à tourner. J'avance sans détourner mon regard de l'estrade.

Qu'est-ce que je vais dire ?

Je ne sais pas ce que je vais dire...

Je mets les mains dans mes poches et sens le papier froissé avec mon discours. Je le prends et je suis prête à le lire sans réfléchir, comme j'ai répété.

Sur l'estrade, je me tourne vers l'audience. Ils me regardent avec un mélange d'impatience, de dégoût et d'amusement. Je déplie le petit papier, prends une grande inspiration et essaie d'avaler ma salive. Puis je pars. Ailleurs. Ce n'est pas la première fois que ça m'arrive, cette impression que mon cerveau ne reçoit plus les signaux extérieurs, comme un mécanisme de défense pour me protéger d'une situation intolérable.

Le principal me sort de ma bulle en m'interpellant :

— Nous vous attendons, je pense que tout le monde est pressé de se dégourdir les jambes avant de commencer les examens de fin de trimestre.

— Oui, je suis prête, lui dis-je d'une voix faible.

Je cligne plusieurs fois des yeux car ceux-ci sont embués. Sans le vouloir mon regard croise celui de Guillaume, qui baisse les yeux aussitôt. Je relis mon papier dans ma tête :

Bonjour, je m'excuse d'avoir poussé Katia et d'avoir causé des blessures physiques et des dégâts matériels. Cela ne se reproduira pas.

J'imagine le principal satisfait, ainsi que tous ceux qui me regardent.

C'est bientôt fini. Tu fais tes excuses et ça sera fini.

Ça sera fini. Ça sera fini. Ça sera fini...

Je

ne

peux

pas...

Ce n'est pas MOI.

Mes mains tremblent, je jette un coup d'œil à Sébastien pour me donner du courage, puis je prends la parole :

— Je suis là... Je suis là... parce que j'ai besoin de passer mes examens, pour être la personne que j'ai envie d'être... le meilleur moi.

Quelques élèves éclatent de rire.

— Vous êtes surtout là pour faire vos excuses, pour celle que vous avez blessée et pour le lycée dont vous avez terni la réputation, me presse le principal.

— Ça... c'est *votre* réalité, c'est ce que *vous* croyez. Dans *ma* réalité, j'étais juste quelqu'un qui avait envie de se fondre dans la masse, quelqu'un qui voulait être normal... si ça veut dire quelque chose... Mais j'étais surtout quelqu'un qui avait peur et ne cherchait pas les histoires, parce que les histoires, je les vivais dans ma tête.

L'effet de surprise déclenche un silence dans la salle, alors je continue, même si les larmes me montent aux yeux :

— Aujourd'hui, je dois faire mes excuses pour quelque chose que je n'ai pas fait, pour pouvoir passer mes examens. Je pensais que ça n'avait pas d'importance. Mais j'avais tort... oui, tout ça, c'est fini.

Je dois reprendre ma respiration.

— Menteuse ! Personne te croit ! lance une voix dans l'audience.

Plusieurs suivent et murmurent :

« Vampire... Vampire... Vampire... »

Je prends une grosse inspiration, l'air passe de plus en plus facilement, je mets une main au niveau de mon cœur et la douleur est presque partie, alors je poursuis, malgré les murmures :

— Plusieurs personnes ont essayé de me connaître, de m'aider et ont vu au-delà des apparences et des rumeurs mais je les ai repoussées.

— Allez-vous faire vos excuses ? C'est votre dernière chance, m'interroge le principal.

— Vous voulez que je fasse mes excuses... alors les voilà. Je m'excuse d'avoir laissé penser à certaines et certains que c'est normal de se faire traiter comme je l'ai été. Je ne l'accepterai plus pour moi ni personne d'autre. Je préfère prendre un blâme sur mon dossier et me faire renvoyer définitivement.

Cela n'a pas d'importance si vous ne me croyez pas, c'est votre choix. Je fais le choix de raconter mes faits, et vous pourrez continuer à croire celle qui vous manipule avec succès.

Je me tourne vers le principal qui me regarde maintenant, décontenancé :

— Alors, Monsieur le Principal, vous pouvez programmer mon conseil de discipline et vous pourrez prendre vos responsabilités, comme je prends les miennes.

Avant de descendre, je regarde Sébastien, il a ses deux mains devant sa bouche comme s'il était choqué. Lorsqu'il retire ses mains, il dévoile un sourire.

Je sors, mon cœur cogne dans ma poitrine, mais plus aucune douleur ne m'oppresse, je suis libre.

— Mademoiselle Charles !

Le principal me rattrape. Une grande détresse se lit sur son visage. Je m'arrête pour l'écouter alors que les élèves se dispersent :

— Vous me mettez dans une position inconfortable, ce n'était pas ce qui était prévu ! Les parents d'élèves vont tous me tomber dessus. Je n'ai pas d'autre choix que de convoquer votre conseil de discipline aujourd'hui, pour mardi prochain. Je dois aussi vous exclure temporairement du lycée jusque-là...

— Je ne peux pas passer l'oral de français aujourd'hui ?

— Non, je vous avais prévenue. Vous pourrez effectuer les examens de mardi si vous en avez. C'était un discours éloquent, mais je ne ferais pas de vagues si j'étais vous, vous avez une bonne partie du lycée contre vous.

— Vous faites votre travail, je ferai le mien...

Mardi, c'est l'examen de maths... je ne partirai pas sans me battre.

35. LE SAC

Parfois on n'a pas besoin de se fixer un but ni d'avoir une vue d'ensemble. Il suffit de savoir ce que l'on doit faire au moment présent.

Iris Samantha, bonne à rien faire, Sophie Kinsella

Le principal a appelé de nouveau mon père afin qu'il vienne me récupérer, après lui avoir raconté mon discours imprévu. Mon père ne pouvant se libérer, c'est Vanessa qui vient me chercher. Dans la voiture, l'atmosphère est lourde, Vanessa prend finalement la parole :

— C'est courageux ce que tu as fait... je ne pense pas qu'à ton âge j'aurais eu le courage... Je sais que tu n'as rien fait de tout ça...

— Tu es bien la seule... Merci.

— Tu as un plan... pour le conseil de discipline ?

— Un plan ? Si on veut...

Mon plan est d'abord de présenter mes excuses, à tous celles et ceux que j'ai repoussés.

Je commence d'abord par Guillaume alias Eryx1 et je prends mon courage à deux mains pour lui écrire un message.

Pardon
De : Ann_c777
mardi 1 Décembre, 12 h 43
À : Eryx1
J'aurais dû te dire que je n'avais rien fait mais j'ai préféré te repousser, alors que tu étais devenu mon ami et mon confident. J'espère que ce n'est pas trop tard, pas trop tard pour te demander d'être de mon côté…
A.

Je reste tout l'après-midi le regard perdu dans le vide. Tout se mélange dans ma tête, comme un puzzle dont il faut que je remette chaque pièce au bon endroit. Il y a ma sœur, les mots dans les toilettes, Katia et sa bande, Guillaume et Camille, Aurore, Sébastien, Lucie et Amina, Ophélie et Jess, mon père, Vanessa et ma mère. Ma tête est sur le point d'exploser.

Comme j'ai à peine dormi la veille, je décide de faire une petite sieste pour me remettre les idées en place. À mon réveil, je vérifie ma montre et il est déjà presque 17 h.

Aude.

Il faut que je lui parle.

Je fonce dans sa chambre, toque deux fois et ouvre la porte. Elle fait ses devoirs sur son lit. Je m'avance doucement en réfléchissant à ce que je vais lui dire puis m'assois sur son lit avec elle. Elle reste muette, mais je commence :

— Je m'excuse… pour tout ce que je t'ai dit… Est-ce que tu me pardonnes ?

Elle ne dit toujours rien alors je poursuis :

— Tu penses que maman et papa t'aimaient moins que moi… je peux te dire que c'est faux. Maman voulait garder sa maladie secrète, alors elle a inventé des choses, elle a même menti à mamie et papi pour qu'ils te gardent plusieurs fois. Je vois maintenant que c'était stupide... mais elle voulait te protéger. Puis un jour, j'ai fait la gaffe et elle a dû partager son secret avec toute la famille. Mais *toi*, elle voulait pas que tu la voies comme une malade... Oui, elle me disait qu'elle voulait pas être malade au moins dans tes yeux, parce qu'elle voyait comment les gens changeaient de comportement quand ils savaient qu'elle avait le cancer.

Je prends une pause, elle a les larmes aux yeux, alors je fais ce que je n'ai jamais fait de ma vie. Je la serre dans mes bras. Je la serre fort. Je pleure maintenant moi aussi.

— Merci... merci de m'avoir raconté ça... quand j'étais petite j'ai cru que c'était moi qui étais malade... j'avais entendu mamie dire que maman pensait que l'air de la mer me ferait du bien...

— C'est de la folie ce qu'on peut croire...

Je desserre mon étreinte et l'observe. Un sourire apparait sur ses lèvres.

— Oui, c'est de la folie... regarde-moi. Je porte les vêtements de maman, parce que j'ai peur qu'elle disparaisse complètement. J'ai presque oublié le son de sa voix... je continue.

— Qu'est-ce que tu vas faire ?

— Il est temps que j'accepte de m'en séparer, elle sera toujours avec moi de toute façon.

Je la laisse mais avant de passer la porte, je lui dis :

— Est-ce que les troisièmes t'embêtent toujours ?

— Oui...

— Dis-leur d'arrêter... dis-leur que tu n'acceptes pas qu'ils te traitent comme ça !

Je referme la porte derrière moi.

C'est fini... je ne passerai plus mon temps à me cacher.

Je retourne dans ma chambre. Je commence par sortir mon

journal de la poubelle où je l'ai lancé la veille et je le mets sur mon bureau. J'ouvre le côté droit de ma penderie. Je fixe pendant quelques instants la quantité astronomique de vêtements offerts par Vanessa.

Elle a toujours trouvé une occasion... ça devait être sa façon à elle de me montrer son affection...

Je choisis un pantalon et un haut et les enfile. Malgré ce que je pensais, ils sont parfaitement à ma taille. Je trouve un sac en plastique, ramasse les vêtements de ma mère, et les mets à l'intérieur, avec tous les autres. Dans ce sac, je mets aussi la peur de me séparer de ma mère, et toute ma colère envers elle pour m'avoir demandé de garder son secret.

Je te pardonne maman... et à moi aussi.

On fait tous des erreurs.

Tu avais peut-être peur de mourir mais je ne dois plus avoir peur de vivre...

36. LE STYLO ROUGE

Le théorème de l'Amour ne fonctionne pas pour moi.
L'Amour me survole mais ne m'atteint pas une fois.
Il vole, vole, vole, vole, vole de plus en plus haut.
Parce que l'Amour pour moi est comme un oiseau.

Annabe

La semaine passe rapidement, entre mes révisions et mon entraînement de course à pied. Cela me parait irréel, mais je peux maintenant courir 45 minutes sans m'arrêter. Cette discussion avec ma sœur nous a rapprochées davantage. Mis à part ça, mon père reste enfermé dans son mutisme.

Avant mon retour, le lundi, j'ai la surprise d'un appel téléphonique du principal qui pensait tomber sur le répondeur :

— Mademoiselle Charles, j'allais laisser sur votre répondeur les consignes, pour votre conseil de discipline...

— Merci, j'ai bien lu ma convocation, je connais la procédure.

— Très bien... essayez de ne pas créer de problèmes demain.

— Si les problèmes ne viennent pas me chercher tout ira bien ! Bon après-midi Monsieur Vermont, conclus-je en raccrochant.

***

Nous voici mardi matin, jour de l'examen de maths, et de mon conseil de discipline. Dans la cuisine, mon père, toujours les yeux fixés sur son ordinateur.

— Papa...

— Oui ?

— Est-ce que tu peux venir... à mon conseil de discipline ?

— J'ai une réunion importante...

— Je pense que mon conseil de discipline est important. Et j'aimerais que tu sois là...

— Je pensais que tu ne préférais pas... bien sûr... je serai là.

C'est un début.

Vanessa propose de me déposer au lycée et j'accepte. Je porte un des hauts et pantalons qu'elle m'a offerts. Elle reconnait le joli manteau noir parfaitement ajusté qu'elle m'a acheté l'année dernière et affiche un grand sourire :

— Tu t'es décidée ! Il te va très bien !

— Oui, c'est tout à fait mon style... je l'adore ! Merci.

Le premier cours est un cours d'Histoire. Je m'arrange pour arriver juste à l'heure et m'installe toute seule. Guillaume me fixe, puis cherche quelque chose dans son sac. Il n'a pas répondu à mon message de lundi dernier.

Est-ce que ça veut dire qu'il m'en veut toujours ?

Le professeur fait comme si je n'existais pas. Pour une fois, je lève le doigt pour participer à son cours, mais il ne daigne pas m'interroger. J'ai raté l'examen de fin de trimestre la semaine dernière. Il doit penser que je n'ai déjà plus ma place parmi ses élèves.

Juste après, c'est l'examen de mathématiques. Le dernier

examen de fin de trimestre sera celui de biologie cet après-midi. Même si je ne t'ai parlé que des mathématiques, sache que pendant toutes ces semaines, j'ai aussi réalisé et étudié des fiches de révision dans chaque matière. Cependant, c'est l'examen que je vais faire dans quelques minutes qui compte le plus pour moi. Je sors mes petites fiches avec les formules à retenir. Je les connais par cœur mais je les relis une dernière fois, puis je m'assois en attendant que monsieur Moineau distribue les copies d'examen.

Guillaume vient à sa place à mes côtés. Je veux lui demander pourquoi il n'a pas répondu à mon message, mais ce n'est pas le bon moment. Aucun de nous deux ne détache les yeux de monsieur Moineau. Finalement, le professeur dépose les copies sur les tables, je baisse alors la tête pour me concentrer.

Pendant 1 h 30, je donne mon maximum et mets en application tout ce que j'ai appris pendant ces deux derniers mois. Les méthodes et réponses viennent naturellement. Lorsque je bloque, je relis plusieurs fois, je cherche au brouillon jusqu'à trouver une procédure satisfaisante. Après avoir inscrit ma dernière réponse et inspecté intégralement ma copie, je lève la tête vers l'horloge. Il me reste dix minutes. À ce moment, le professeur, voyant l'air satisfait que j'arbore, me dit :

— Mademoiselle Charles, cela m'étonnerait que vous ayez terminé alors veuillez éviter d'afficher cet air ravi.

— J'ai terminé monsieur, mais je peux relire une dernière fois, je lui réponds, déterminée.

— J'en doute, dit-il en s'approchant, voyons ça...

Il prend un air stupéfait, ouvre ma copie double pour lire la suite et toussote en même temps :

— Avez-vous suivi des cours à côté du lycée ?

— Non, j'ai travaillé de mon côté.

— C'est un miracle si vous réussissez...

Il prend ma copie à son bureau et commence à la corriger tout de suite, fiévreusement. Son visage passe de la stupéfaction à l'incompréhension. Il semble avoir fini de corriger, mais il rapproche la copie de son visage et l'examine attentivement en plissant des yeux. Finalement, il souffle fortement, pose mon travail sur son bureau et réfléchit pendant quelques secondes sans bouger. Il reprend ensuite son stylo rouge et il écrit une note en haut de la feuille avec un sourire en coin. Il se lève en tenant fermement la copie et vient vers ma table en la posant avec fracas :

— Je reste baba Mademoiselle Charles, vous êtes la preuve vivante que les miracles existent !

— Ce n'est pas un miracle... Parfois, certaines choses ne sont pas comme vous les pensez, il faut juste déplacer votre point de vue.

— Merci pour ce passionnant cours de philosophie, maintenant n'oubliez pas votre nom sur la copie Mademoiselle Charles, avant que je la récupère ! Je ne pensais pas que je dirais un jour cela, mais vous avez accompli l'impossible !

En écrivant mon nom, je découvre la note qu'il a inscrite et un frisson parcourt mon corps. Je cligne des yeux pour être sûre que je ne me trompe pas.

19/20 ! Je suis passée de 5 à 19 sur 20 !

Je tourne la tête vers Guillaume et celui-ci m'observe. Le cœur battant, je jette un dernier coup d'œil à ma copie d'examen. Le professeur demande alors à tout le monde de poser son stylo. Je laisse les autres sortir tranquillement en pensant à la suite des évènements.

À la sortie de la salle, je suis pétrifiée. À quelques pas de l'entrée de la porte, Alex tient fermement Sébastien contre le mur. Celui-ci ne peut pas se dégager alors que plusieurs autres garçons de la classe lui donnent des claques. Pour eux, cela a l'air d'un banal rituel pour se défouler après l'examen.

Tous les élèves qui passent dans le couloir agissent comme si tout était normal et je suis toujours bloquée à la porte. J'ai l'impression que si j'ouvrais la bouche, aucun son n'en sortirait.

Comme d'habitude, tu vas rester là, sans rien dire ?

Fais quelque chose !

Réagis !

Parle !

Maintenant !

Alex conseille à Sébastien avec un sourire :

— Ne bouge pas, ça fera moins mal...

Sébastien ferme les yeux et retient son souffle.

Tout à coup, j'en ai assez, c'est trop Je sors de mon immobilité et crie :

— Arrêtez !

Plus fort !

— Lâche-le, Alex !

L'élève qui s'apprêtait à frapper Sébastien fait une pause et me regarde, surpris. Alors, je continue, en m'approchant d'eux :

— Vous croyez que vous deviendrez plus intelligents en le frappant ?

— On t'a pas demandé ton avis, Vampire ! dit Alex.

— Si vous vous défoulez sur lui sans aucune raison, juste pour le plaisir, alors c'est encore pire !

— Mais il aime ça ! déclare Alex, on peut même lui demander ! Allez, dis à ta copine que tu aimes ça !

Sébastien me regarde, confus, la joue encore rouge des coups.

— C'est *toi* qui aimes ça... c'est *toi* qui as un problème. Je t'ai demandé plusieurs fois de me lâcher...

D'autres élèves s'arrêtent, étonnés, pour regarder la scène et commencent à prendre la parole à leur tour :

« C'est vrai ! Arrêtez », « C'est n'importe quoi ! », « Lâchez-le ! »

Alerté par le bruit dans les couloirs, monsieur Moineau passe la tête quelques instants dans l'embrasure de la porte.

Alex lâche Sébastien aussitôt.

Lorsque le professeur retourne dans sa classe, Alex prend le sac de Sébastien et renverse tout son contenu par terre, en rigolant :

— Ramasse ! Avec ta nouvelle petite copine !

Tous ceux qui regardaient commencent à s'éloigner et je m'avance pour aider Sébastien à ramasser toutes les affaires éparpillées. Une troisième personne se baisse pour aider, c'est Aurore, qui se tient à quatre pattes. Au même moment, Guillaume et Camille nous observent plus loin. Tout en ramassant, je dis à Aurore :

— Merci...

— Merci à toi, tu m'as fait ouvrir les yeux. Si je ne fais rien, c'est comme si j'étais d'accord avec eux.

Lorsque tout est ramassé, nous nous relevons et Sébastien nous remercie. Je vérifie d'un rapide coup d'œil si Guillaume et Camille sont toujours là, mais ils sont partis. Sébastien me regarde en secouant la tête, comme s'il était ennuyé par quelque chose, alors je lui demande :

— Qu'est-ce qu'il y a ? Ils t'ont fait très mal, tu veux aller à l'infirmerie ? On peut aller voir le principal maintenant !

— Non, pas maintenant... c'est pas ça... répond-il d'un ton agacé.

— Qu'est-ce que c'est alors ? je lui demande, surprise par sa réaction.

— Guillaume et toi !

— Qu'est-ce que tu veux dire ?

— La façon dont vous vous regardez, tout le temps, et le fait qu'il m'a demandé si j'étais témoin de quoi que ce soit à propos de Katia ! Ça devient ridicule !

— Il a fait quoi ! Mais pourquoi ?

— Tu sais très bien pourquoi !

— Je lui ai envoyé un message... et il n'a pas répondu... Mais ça n'a plus d'importance de toute façon... Il est avec Camille.

— Camille, t'es sûre ? Je ne pense pas qu'elle soit intéressée par lui...

— Je serai sûrement dans un autre lycée bientôt, de toute façon... il faut juste que je trouve Lecomte avant... c'est ma dernière chance.

— Mathieu Lecomte, le copain de Guillaume ? demande Aurore qui est toujours là et écoute en silence.

— Oui... j'ai besoin de son téléphone.

— Il y avait Guillaume dans le couloir... je peux le rattraper et lui demander...

— Merci... ça m'aiderait beaucoup..

Je reste quelques instants avec Sébastien, puis je lui indique que je dois me rendre à mon conseil de discipline. Il propose de m'y accompagner et j'accepte. Cependant, alors que je m'y dirige, je suis stoppée net par quelques élèves. Katia est au milieu du groupe, elle m'ordonne en me poussant :

— Je t'ai demandé de laisser Guillaume tranquille, je pensais que tu avais compris. On t'a vu sortir de chez lui lundi dernier ! Il faut que tu arrêtes d'espérer pour rien, vous deux, c'est impossible, vous ne serez jamais ensemble !

— Tu n'as pas à t'inquiéter si tu penses que c'est impossible que l'on soit ensemble, je réponds calmement.

— Rappelle-toi que si tu t'approches de lui, je peux faire de ta vie un enfer, peu importe où tu seras.

— Ça ne changera pas de ce que tu me fais subir depuis le collège. Mais je n'ai plus peur maintenant.

— Réponds-moi, est-ce que toi et Guillaume vous êtes ensemble ? demande-t-elle, perdant patience.

— Non, Katia, on n'est pas ensemble.

— Tu vas l'éviter et ne pas lui parler, n'est-ce pas ?

— Je ne peux pas faire ce que tu me demandes, je décide formelle.

— Tu ne peux pas éviter Guillaume ?

— Non... et je pense que notre discussion est terminée Katia, au revoir.

Je n'écoute pas les murmures du groupe et je me faufile entre les élèves, en tirant Sébastien avec moi. Dans quelques minutes a lieu mon conseil de discipline. Dans quelques minutes je vais savoir si je suis renvoyée définitivement ou pas.

37. L'INVITATION

Mais si tu prends ma voix, que me restera-t-il ?
La petite Sirène – *La Petite Sirène*, Hans Christian Andersen

Je dois me rendre dans la salle 305 du bâtiment B. Je souris en passant devant la salle 303, la salle de répétition. Cette salle va me manquer en quittant le lycée. C'est vraiment devenu mon jardin secret.

Devant la salle, il y a déjà les parents d'élèves, monsieur Moineau, car il est mon professeur principal, mais aussi Camille et un autre élève de seconde, un garçon qui me dit quelque chose. Je me rappelle à cet instant qu'ils sont tous les deux nos délégués des élèves pour les secondes. Les autres professeurs arrivent, ainsi que Katia, Émilie et Thomas, un garçon de leur bande. Il ne manque plus que le principal et la conseillère d'éducation.

Personne n'ose parler et tout le monde est soulagé de voir arriver monsieur Vermont qui nous indique :

– Vous pouvez entrer, installez-vous, Madame Brau ne va

pas tarder !

Tout le monde s'installe aux tables qui ont été placées en carré. Le principal me montre ma place où je suis seule au milieu d'un côté, puis il me demande :

— Est-ce qu'un de vos parents sera là ?

— Je ne suis pas sûre...

La conseillère d'éducation arrive enfin. J'essaie de rester détendue.

Respire !

Respire.

Tu es une fille courageuse.

Forte.

Persévérante.

Le principal débute la séance :

— Madame Buissière, professeur de français, prendra des notes ce midi et établira un compte rendu confidentiel. Nous...

On frappe à la porte à ce moment-là. Mon père entre en s'excusant pour le retard et vient s'asseoir à mes côtés. Quelques secondes plus tard, il est suivi par Guillaume, Lecomte, Aurore, Roxanne et Ophélie. J'essaie de les sonder du regard pour savoir la raison de leur présence.

Est-ce qu'Aurore a convaincu Guillaume que j'avais besoin de Lecomte ?

Roxanne vient témoigner contre moi, c'est sûr.

Mais Ophélie ? Et Aurore ?

Il nous regarde rapidement un par un, puis poursuit :

— Tout d'abord, n'oubliez pas que tout ce qui sera dit ce midi ne devra pas sortir de cette salle. Madame Brau rappellera les faits, nous écouterons Mademoiselle Charles, ainsi que les témoignages, et enfin nous procéderons au vote qui pourra être le renvoi définitif ou temporaire, ou bien un renvoi avec sursis. Tous ceux qui sont inscrits sur la liste des témoins sont présents, j'ai rajouté Monsieur Lecomte, donc nous pouvons commencer.

Il est bien là à cause d'Aurore ?

Je m'efforce de rester attentive lorsque Madame Brau commence à relater les faits :

– Lors de la sortie du 30 novembre à la salle de spectacle L'Étoile, Annabel Charles a poussé une de ses camarades, Katia Lemaître, sur la table en verre du hall d'entrée. Cette bousculade a fait tomber la table en verre...

Les faits...

Je m'imagine crier « Objection, votre honneur ! » et réciter ma plaidoirie avec classe et intelligence. Je rate la moitié du rapport. J'observe aussi Aurore. Elle presse son pouce à l'intérieur de sa paume, en fixant un point dans le vide. Les parents d'élèves me regardent avec désolation. Une maman secoue la tête et roule des yeux. Madame Brau n'a pas encore fini, je reprends le fil pour ne pas manquer la fin.

– ... elle a accepté de s'excuser devant toutes les secondes, mais a changé d'avis pour de nouveau nier les faits. Plusieurs élèves ont confirmé l'avoir vue pousser Mademoiselle Lemaitre.

Lorsque Madame Brau a fini, le principal demande à Katia :

– Mademoiselle Lemaître, confirmez-vous ces faits ?

– Oui... dit-elle d'une voix douce, presque sanglotante.

Elle a vraiment l'air d'une victime. Tous les professeurs et parents la regardent avec de la peine

Puis, se tournant vers moi, le principal ajoute :

– Avez-vous quelque chose à dire pour votre défense avant que les témoins prennent la parole ?

J'ai eu le temps de réfléchir à ma défense, et même si aucun discours ne me satisfait, je prends quand même la parole :

– Je ne sais pas exactement ce qu'il s'est passé. J'ai essayé de rattraper Katia par le bras avant qu'elle ne tombe. Ce que je sais, c'est que je n'ai pas poussé Katia Lemaître ce jour-là.

Par contre, Katia me pousse régulièrement. Dès qu'elle en a l'occasion, elle me pousse dans les couloirs, contre mon casier. Elle me rabaisse et n'hésite pas à me traiter de façon inférieure, avec ses mots et ses actions depuis 3 ans... depuis que ma mère est morte. J'ai été absente une semaine suite à son décès, et une rumeur s'est propagée. J'étais soi-disant renvoyée pour avoir écrit des insultes sur Katia.

Mon père a pris un regard triste. Il parait mal à l'aise.

– C'est tout ? demande le principal.

– Oui, c'est tout.

– Nous écouterons donc les témoignages des autres élèves avant de procéder au vote.

Émilie et Thomas racontent avec précision comment ils m'ont vue pousser Katia. Leur performance est parfaite. Les parents sont conquis.

C'est alors qu'Aurore se lève. Elle sort avec des doigts tremblants un dossier de son sac, le dépose sur la table, en me regardant, puis elle commence :

– Je suis témoin de la façon dont Katia a agi envers Annabel. Je l'ai vue en train d'écrire dans les toilettes sur Annabel... des insultes.

C'était elle ? Ne répète pas les mots sur ce mur, s'il te plait...

Elle montre en même temps la photo des inscriptions des toilettes et la fait passer autour de la table. Je suis soulagée qu'elle montre juste les mots, sans les prononcer. Ce que je ne t'ai pas dit, c'est que le mur comprenait des mots bien plus cruels... des mots que je ne pourrais pas te répéter et que de toute façon j'ai refoulés sur l'instant.

– Je n'ai rien dit, continue Aurore... parce qu'elle m'a menacée... J'espérais que l'administration fasse quelque chose. Mais personne n'a rien fait, ces inscriptions sont toujours là, et depuis l'incident de la table, c'est encore pire.

Elle serre fort un autre papier, elle le pose quelques secondes pour essuyer ses mains et remettre ses cheveux en place.

— L'écriture du premier mot qui a été inscrit sur le mur est la même que celle de Katia, dont voici une invitation donnée pour son anniversaire.

Elle présente de la même façon l'invitation, qu'elle fait passer à son tour. Lorsqu'elle arrive jusqu'à moi, j'identifie l'écriture. Je reconnais la même manière spécifique de faire les F et les S que dans les toilettes en cinquième.

C'est elle qui avait écrit sur elle-même...

— Est-ce que vous pouvez en venir aux faits qui nous intéressent s'il vous plaît ? presse le principal.

— Ce sont les faits ! lance Aurore, Katia harcelait Annabel et moi-même !

— Et moi aussi ! ajoute Ophélie, Katia me harcèle depuis la cinquième. Je n'aurais jamais eu le courage de témoigner sans Annabel... elle me fait dire et faire des choses en me faisant du chantage...

Ophélie !

Est-ce que c'est vrai ?

— Je... s'apprête à commencer Roxanne.

— Mais je vous arrête tout de suite, cette affaire ne change rien aux faits. Si vous n'avez pas de preuves à apporter, rappelez-vous que nous avons des témoins. Des témoins qui ont vu Mademoiselle Charles pousser Mademoiselle Lemaître. Nous pouvons donc procéder au vote. Madame Buissière, veuillez bien noter dans le rapport qu'aucune preuve en faveur de Mademoiselle Charles n'est ajoutée et que cela rend donc caduc son témoignage.

Le principal semble pressé d'aller manger et se lève déjà pour placer l'urne qui va accueillir les votes.

Lecomte...

Ma dernière chance...

– J'aimerais apporter une preuve ! je crie.

Mon cœur bat à cent à l'heure.

– Pressez-vous donc, nous attendons ! insiste le principal.

– Mathieu... est-ce que je peux avoir ton téléphone ? je lui demande.

Katia le regarde et il hésite quelques secondes, puis il met la main dans sa poche et me tend son téléphone en me disant :

– C'est pour la bonne cause j'espère...

Ma vue devient légèrement floue avec l'adrénaline qui me parcourt. Je contrôle à peine mes doigts. Je me rends dans son dossier « vidéos » et examine les fichiers en regardant la date et l'heure.

30 novembre.

30 novembre...

Ça y est !

Je trouve plusieurs vidéos à cette date et une qui correspond à peu près à la fin du concert.

Merci Lecomte !

– C'est bon ! J'ai trouvé ! j'annonce remplie d'excitation.

J'envoie la vidéo à Madame Buissière qui l'ouvre sur son ordinateur. Tout le monde se réunit devant l'écran pour visionner la scène. La vidéo est prise dans le grand hall, on peut voir au fond la table en verre, on devine deux personnes devant, Katia et moi. Autour se trouvent plusieurs élèves que l'on voit plus clairement. À la fin de la vidéo, Monsieur Vermont lance, comme s'il était soulagé :

– Je ne vois pas de preuve ! On ne voit rien ! Il me semble que les téléphones n'étaient pas autorisés !

– Vous pouvez nous rappeler quels sont vos élèves témoins de l'incident et qui m'ont clairement vue pousser Katia ?

– Émilie et Thomas de seconde 3 ! s'impatiente le principal.

– Si vous regardez sur la vidéo, vous pouvez voir qu'Émilie et Thomas sont de dos avant que l'on entende la table se briser.

Vous n'avez donc aucun témoin.

Tous les professeurs et parents d'élèves ont leurs bouches grandes ouvertes.

Guillaume se lève à ce moment-là et récupère le téléphone. Je croise son regard, il me fait toujours autant d'effet. Il tapote sur l'écran, puis y affiche une liste.

La liste !

Il la fait passer au principal en la décrivant :

— Voici «*La liste des exclus*» écrite par Katia, et envoyée à tout son groupe. À tout notre groupe. Les élèves à éviter, avec toujours une bonne excuse, trouvée par ses soins.

Le téléphone passe de mains en mains et je peux lire.

Annabel de Seconde 2 (Vampire), Aurore de Seconde 2 (la tache)...

— Bien sûr... tout notre groupe est coupable... et ça je le comprends maintenant... finit-il.

Les professeurs paraissent consternés. Il y a une ou deux minutes de silence. Monsieur Moineau prend finalement la parole en premier :

— Je vote pour l'annulation immédiate de ce conseil de discipline ! Je ne vais pas vous apprendre à faire votre métier, Monsieur Vermont... mais je vous avais prévenu des signes inquiétants que j'avais repérés. Le harcèlement pendant mon cours de soutien ou pendant la classe. Mais vous n'avez pas levé le petit doigt ! Cette élève m'a fait complètement douter de mes méthodes pédagogiques. Je n'ai jamais vu ça, dans toute ma carrière ! Je vote pour le rattrapage des examens de cette brillante élève ! C'est une honte !

Madame Buissière approuve et les autres suivent. Les parents d'élèves me regardent maintenant avec compassion.

Katia pleure, puis elle sort sans attendre la fin.

Le Principal clôture et ne peut que s'aligner sur la majorité.

Tout le monde sort.

C'est fini.

C'est fini.

C'est fini.

Je n'arrive pas à y croire, mais c'est fini. Avant de passer la porte, je vais directement voir Aurore :

– Je ne sais pas comment te remercier... Merci, merci ! Merci d'avoir été chercher Lecomte ! Et pour ton témoignage !

Elle parait étonnée de ma remarque et me dit :

– Ce n'est pas moi qu'il faut remercier, mais Guillaume et toi. Tu m'as donné le courage de témoigner...

– Guillaume ?

– C'est lui qui est venu me voir avec toutes les preuves et a essayé de me convaincre de témoigner contre Katia. Il a pris la photo dans les toilettes et a trouvé une vieille invitation donnée par Katia. S'il y a quelqu'un à remercier c'est lui. Mais c'est ton discours mardi dernier qui m'a finalement convaincue.

– Merci... Je ne savais pas...

Nous sortons ensemble de la salle et ils sont tous là, dans le couloir. Je ne peux pas m'empêcher de pleurer. J'essuie mes larmes et m'avance vers eux.

Il y a Sébastien, Amina, Lucie, Lucas, Lecomte et Jess auprès d'Ophélie.

Mon père qui est resté silencieux prend finalement la parole, les yeux humides :

– Annabel... je suis désolé... je vais te laisser avec tes amis... je t'attendrai dans la voiture... je tombe de haut, jamais je n'aurais imaginé ce que tu endurais.

Je le remercie et me dirige avec Aurore vers Lecomte :

– Tu ne plaisantais pas... tu me surveillais bien... je ne sais pas si je dois te remercier ou te claquer...

– C'était pour la bonne cause finalement... c'est ce qui compte, non ?

— Annabel, pardon ! Sérieusement, je suis désolée, on s'est fait manipuler comme des idiots ! ajoute Lucas.

— Oui, désolée... ce n'était pas moi... j'étais devenue quelqu'un d'autre... enchaîne Roxanne, quelqu'un que je ne supporte plus.

— Tu me pardonnes aussi ? me prie Ophélie. Je suis devenue comme elle... j'ai fait du chantage, et j'ai raconté des mensonges. J'ai été horrible !

— Je vous pardonne, dis-je sans me préoccuper des larmes qui coulent.

Amina et Lucie viennent vers moi et me prennent par les épaules. Les contacts me mettent mal à l'aise en temps normal, mais à cet instant, c'est un symbole pour moi. J'accepte leur amitié, même si c'est un risque à prendre.

Je remarque que quelqu'un manque :

— Daniel n'est pas là ?

— Non... il traîne avec Alex Pêcheux ! C'est son nouveau meilleur ami... m'indique Amina. Ils se racontent leurs histoires de filles.

Je devine qu'il ne leur a toujours pas dit la vérité à propos de sa fausse copine.

Guillaume attend plus loin. Je m'avance doucement vers lui. Mes yeux sont encore un peu rouges. Il m'observe avec son regard tendre. Je me décide finalement à lui parler, en tentant de garder le contrôle de mes émotions :

— Tu n'as pas reçu mon message ?

— Si.

— Alors pourquoi tu n'as pas répondu ?

— J'attendais que tu viennes me parler... en vrai. Que ce soit *plus* que du virtuel.

— Je comprends. Merci d'avoir témoigné. Et je suis désolée de t'avoir repoussé.

— Je suis désolé, pour tout ce que je t'ai dit...

– Non... tu avais raison. Sans toi... je serai sûrement encore dans ma bulle... à vivre dans mes rêves éveillés. Grâce à toi, j'ai ressenti des choses que je n'avais jamais ressenties...

– On m'a dit que Katia t'avait encore menacée aujourd'hui... Et tu lui as répondu... Ça m'a donné un petit espoir...

– Tu veux que l'on soit amis ?

– Si c'est ce que tu veux...

Même si je suis reconnaissante, mon cœur bat pour lui, mais son cœur à lui bat maintenant pour une autre. Je dois partir et penser à autre chose, alors je me retourne pour rejoindre les autres mais il continue :

– Attends, pourquoi tu pars ?

– Parce que j'ai toujours des sentiments pour toi... mais tu es avec Camille maintenant...

– Camille ?

– Vous êtes ensemble, ta mère a hâte de la rencontrer...

– Je pense que tu as été mal informée, on n'est pas ensemble, me sourit-il.

– Vous n'êtes pas ensemble ? je répète perplexe.

Mal informée ?

J'attends qu'il répète pour être sûre d'avoir bien compris :

– Non, Camille est dans mon groupe de musique, elle joue du synthé. Elle m'a aussi aidé à découvrir la vérité à propos de Katia, comme Sébastien... mon bassiste.

Je suis désorientée, c'est trop à la fois et je n'arrive pas à aligner deux mot à voix haute. Dans ma tête par contre, tout se bouscule :

Parle, parle, parle !

Tu n'es pas une statue de pierre, tu as des sentiments ! Réagis ! Tu sais ce que tu ressens !

– Tu te rappelles ce que je t'ai dit à la fête foraine ? continue-t-il.

Je hoche la tête, surprise qu'il évoque sa confession.

— Je voulais me corriger et préciser que je suis amoureux de toi pour toutes ces raisons : parce que tu es parfois bizarre, parfois maladroite, parce que tu es non-populaire pour ceux qui ne voient pas que tu es drôle, intelligente et belle. Quand je regarde tes grands yeux verts, j'ai toujours envie de savoir à quoi tu penses.

Je reste bouche bée, comme la première fois où il m'a parlé à la fête foraine. Mon cœur bat à cent à l'heure. Il me tend un livre.

Jane Eyre !

— Tiens, j'espère que ça pourra remplacer celui que tu avais...

— Merci, il est vraiment beau...

Nous nous regardons tous les deux, et je ne sais pas quoi dire d'autre. Il se gratte la nuque nerveusement.

J'ouvre le livre qu'il m'a offert. À l'intérieur, il a écrit :

Annabel, ma rebelle...

Je souris.

Je prends sa main quelques secondes avec les deux miennes. Je sens son cœur battre à travers ses doigts. Je fixe ses yeux, qui brillent. Je sais ce que je veux faire. Son odeur m'enivre de nouveau, mais je ne lutte plus. Je rapproche mes lèvres et il fait de même. Il pose sa main derrière ma nuque. Nos visages bougent de quelques millimètres, jusqu'à ce que nos lèvres se touchent. Il place son autre main derrière mon dos pour me rapprocher de lui. C'est mieux que tout ce que j'ai imaginé.

Mon premier baiser.

C'est comme éprouver des sensations opposées en même temps.

Le chaud et le froid.

L'angoisse et le bien-être.

L'excitation et la tranquillité.

Mais plus que tout, je suis vivante.

C'est lui et c'est moi.

Il parait déçu lorsque j'éloigne mon visage. Je murmure dans son oreille :

— Viens, j'ai quelque chose à te montrer.

Les autres discutent plus loin dans le couloir, lorsqu'ils nous voient partir, Lucas s'exclame :

— On peut venir nous aussi ? Sérieux, on va fêter ça, non ?

— Oui venez tous, leur dis-je en riant.

Nous sortons du bâtiment, et tout à coup j'ai l'impression que le lycée a changé. Lorsque je passe dans l'allée, il n'y a plus ce bruit sourd, presque étouffé, de ce qui se passe autour de moi. C'est comme si ma bulle s'était complètement percée. Comme si elle ne filtrait plus ce que je veux mettre de côté. J'entends les rires, je perçois les conversations. Je remarque les élèves sur les bancs de chaque côté, qui se racontent leurs séries regardées la veille. J'observe les arbres qui ont presque perdu toutes leurs feuilles. Je suis présente. Je ne suis plus dans ma tête.

Guillaume me demande :

— Où est-ce que tu te cachais pendant tout ce temps, le midi ?

— Tu vas savoir !

Je l'entraîne d'abord à la vie scolaire où Leslie, au comptoir, a déjà préparé la clé de la salle de répétition, par habitude :

— Bonjour Annabel, j'ai appris pour ton conseil de discipline, je suis contente pour toi ! Tiens, la clé !

Je la remercie et je presse le pas jusqu'à la salle 303. J'ouvre la porte, et laisse Guillaume entrer le premier, et ensuite le reste du groupe en leur annonçant, après avoir repris mon souffle :

— Voilà... mon jardin secret ! Bienvenue !

Pendant qu'ils s'extasient tous, j'en profite pour prendre

Guillaume par la main et recule sur la pas de la porte.

— Il faut que je te demande... comment tu as récupéré mon adresse e-mail ? je lui demande.

Il ouvre la petite poche avant de son sac et en sort un petit papier. C'est le papier où je lui avais écrit :

Tu pourras dire à ton fan-club qu'il ne faut pas qu'ils s'inquiètent...

Je le tourne et derrière, je reconnais l'adresse e-mail que j'avais écrite pour Aurore ! C'est mo qui lui ai donné mon adresse !

Je rougis et nous éclatons de rire tous les deux.

Son rire.

C'est tout.

Je le tire par le bras pour que l'on soit hors du champ de vision des autres, et je l'embrasse encore une fois, puis il me dit :

— Je t'aime...

— Je t'aime aussi... l'Amour c'est peut-être stupide à 15 ans... mais tant pis...

C'est le premier jour de cette vie.

— Tu peux jouer le morceau... L'histoire sans fin ? J'ai envie de te voir le jouer... me prie Guillaume.

Je m'installe au piano et ils se mettent tous devant moi. Je souris en les observant un à un.

Ce n'est pas un rêve...

Je frappe les touches sans lever es yeux du piano. Mes doigts tremblent à cause de l'émotion. Mais ce n'est pas la peur, c'est la joie.

38. LE MEILLEUR MOI

Tous ceux qui ont séjourné parmi nous ont vécu quelque chose qu'ils ne pouvaient vivre qu'ici et quand ils sont retournés chez eux ils n'étaient plus les mêmes. Ils avaient appris à voir, parce qu'ils nous avaient vus sous notre forme véritable. Si bien qu'ils étaient aussi capables de voir leur propre monde et leurs congénères avec d'autres yeux.

La Petite Impératrice — *L'Histoire sans fin*, Michael Ende

En fin de soirée, je suis encore sous le choc après tout ce qui vient d'arriver. Je me repasse en tête le film des événements, en commençant par ma note de mathématiques, l'altercation avec Katia, puis le conseil de discipline, jusqu'à mon premier baiser.

Du bruit dans l'entrée m'attire hors de ma chambre. Je m'arrête dans le couloir lorsque je reconnais les voix, celles de mon père et de Katia :

— Tu n'es pas la bienvenue ici... tu as assez fait de mal, tu ne crois pas ? Ne t'approche plus jamais de ma fille, avertit mon père calmement.

– Je voudrais juste lui parler, une dernière fois... ça ne prendra pas longtemps, demande Katia avec des sanglots dans la voix.

J'avance au bout du couloir et mon père se retourne vers moi l'air triste. Je me place à ses côtés et lui dis :

– C'est bon, papa.

Il soupire et se retire dans la cuisine en fermant la porte. Je me tiens devant Katia, mais c'est impossible de la regarder en face après tout ce qui s'est passé. Katia commence :

– Je vais partir... changer de lycée. Ma mère a déjà tout prévu... Pourquoi tu ne m'avais pas dit pour ta mère ?

– C'était trop dur... puis le temps a passé et je n'y arrivais toujours pas. Je sais que c'était une erreur... je lui souffle, en évitant sans relâche son regard.

– Je voulais te dire la vérité. J'étais jalouse, oui. Mais pas juste de Guillaume. Tu te rappelles en CM1, CM2 et un peu en sixième, quand tu m'invitais chez toi ? Toi et ta mère, vous veniez toujours d'avoir fait les magasins toutes les deux. Elle nous préparait le goûter, et après elle nous laissait faire ce qu'on voulait.

– Oui... je m'en souviens, je murmure.

– Puis, tu as arrêté de m'inviter. Tu avais toujours une excuse. Tu es devenue différente. Et je me disais que tu n'avais pas le droit, pas avec une mère comme la tienne. J'étais en colère, je pense. Je voyais que tu me cachais quelque chose...

Elle fait une pause et essuie quelques larmes. Je retrouve la vraie Katia. Celle qui a été mon amie. Elle est là, sous sa carapace de fille populaire. Pourtant, je ne sais pas quoi lui dire alors elle continue :

– Je connais beaucoup de monde... et les gens m'apprécient mais ils ne veulent pas vraiment me connaître. Je n'ai pas de vrais amis. Tu étais ma meilleure amie. Si j'avais su que ta mère était malade... tout aurait été différent. Si tu me l'avais dit...

Tout aurait été différent...

Je trouve finalement le courage de lui répondre, les yeux dans les yeux, malgré ma gêne et les larmes qui encore une fois coulent librement :

– Oui... dans un monde parallèle parfait... *tout* aurait été différent. Mais on n'est pas parfait et on avance par essais et erreurs. Ça n'autorise pas les autres à nous rabaisser. La vie est déjà assez dure comme ça... Je ne sais pas exactement pourquoi tu es là... C'est sûr que je n'oublierai jamais, mais je te pardonne. J'espère que tu trouveras de vrais amis...

Au revoir Katia.

Sur ces mots, je ferme la porte d'entrée et m'y appuie pour respirer un bon coup.

Au revoir Katia.

Mon père sort de la cuisine, le regard épuisé :

– Annabel... je n'ai pas été très présent pour toi...

– Papa...

– Laisse-moi finir. Tu m'as vu dans mes pires moments... après que ta mère est morte...

À cet instant, je me souviens lorsqu'il avait conduit pendant deux heures autour d'un rond-point. J'étais à ses côtés. Il pleurait. Encore et encore. Il tournait autour de ce rond-point, comme s'il ne pouvait pas accepter qu'elle soit morte. Comme s'il pensait que le temps allait reculer 3 ans plus tôt. Il ne pouvait pas entrer dans la mairie et déclarer son décès. Il s'est garé sur le parking et a attendu encore les yeux dans le vide pendant une durée interminable. Je l'observais, désemparée et la gorge serrée.

– C'est pas ta faute papa... je lui avais dit.

Et, je le répète à ce moment même :

– C'est pas ta faute papa...

— J'aurais pu t'éviter ça... Je n'ai jamais été très doué pour les relations sociales. Ça a été pire après le décès de ta mère. Je te regardais et je me revoyais dans cet état. Aujourd'hui, toute cette histoire m'a secoué et je vais faire tout mon possible... pour communiquer mieux et te soutenir.

Pour la première fois, après toutes ces années, depuis cette journée dans la voiture avec lui, il me serre dans ses bras.

C'est le premier jour de cette vie.

38. LE MEILLEUR MOI

Cher journal,

Je croyais que je n'étais pas «normale».

Je croyais que je pouvais déchirer mes souvenirs et les enfermer dans une boîte pour ne plus y penser.

Je croyais que j'étais mieux seule.

Je croyais que ma mère disparaîtrait si je ne portais plus ses vêtements.

Tout ça, c'était mes croyances.

Aujourd'hui, je suis toujours Annabel Charles, 15 ans, presque 16, «Vampire» ou «la rebelle» pour certains, «Anna» pour d'autres. J'imagine toujours un tas de scénarios dans ma tête. Mais ça ne m'empêche pas de vivre. Je lis toujours plein de livres et passe parfois des nuits blanches. Mais j'ai moins peur de vivre...

Je sais qu'il y aura d'autres objectifs, d'autres listes, mais pour l'instant, il y a aujourd'hui.

Aujourd'hui, à cet instant, je suis moi.

C'est suffisant.

Je sais qu'il y a une autre version qui m'attend, dans le futur.

Le Meilleur Moi.

Je lui souris.

A.

REMERCIEMENTS

Merci.

Merci à vous, lectrice ou lecteur, d'avoir lu mon histoire jusqu'au bout. Merci à celles ou ceux qui laisseront un commentaire ou une chronique (Amazon et Instagram par exemple) ou m'enverront un petit message à **rose.pernot7@gmail.com**. J'ai hâte d'avoir vos retours.

Je n'ai pas écrit ce livre sans aide. Je remercie tout particulièrement l'éditrice Marion de Miralta Édito, qui a permis à mon livre de se développer dans la version que vous venez de lire.

Je remercie aussi mes bêta-lectrices de choc : Ana R. Blanc (@ana.r.blanc_autrice), Morgane (@molla.penweak_auteure), Isabelle Verne (@livrespleinlatete), Eva Collin (@eva.collin.et.les.livres), Emma (@lovelyjun9le), Marie (@un.the.et.des.livres). Elles m'ont aidée chacune à leur façon à améliorer mon histoire.

Merci à mon mari et mon fils, les amours de ma vie. Je vous aime.

Merci à celles et ceux qui m'ont rendue plus courageuse, forte et persévérante... et ont inspiré plusieurs personnages de mon livre.

Rose.

Printed by Amazon Italia Logistica S.r.l.
Torrazza Piemonte (TO), Italy

49463296R00184